吉時良緣 上

風 文創 100

百里堂 著

目錄

序

同事曾經問我，妳為什麼在工作這麼忙的情況下，還要寫書？

其實這是因為一個夢。

我從小就喜歡各種類型的小說，閒暇時，便捧著小說看得如癡如醉，那時我就在想，如果我來寫，這些小說中的人物又會如何呢？

但卻一直沒有勇氣，因為我是個嚴重偏科的理科生，語文長期處於及格邊緣，這樣使得我對自己寫出來的文字極度沒信心，於是我就一個人寫來自娛自樂。

忽然有一天，一個朋友知道了便說，妳好好寫了來瀟湘發吧，咱們打個賭，誰完完整整寫完一本誰就請客吃飯。

我知道她是鼓勵我，加上實在壓不住心中的蠢蠢欲動，便動手了。

寫《吉時良緣》的最開始，我心中是極為忐忑的。

因為我這一寫不知道迎接我的是鋪天蓋地的轉頭還是冷冷清清、沒人看的場面。

但我還是堅持了，當時我只有一個信念，那就是這也許是我這輩子唯一一次有勇氣發文了，堅持不下來估計沒下次了。

雖然這文不長，但對我來說還是成功了，因為我堅持下來了，而且還感覺到深深的幸福感。

選擇寫重生文，是因為我覺得我們的人生中有太多的錯過和無奈，一不小心，便會發現年華已經逝去，失去了過去的追求，過去的夢想，而在柴米油鹽中苦苦掙扎。

如果這時光能倒流，如果這世界有奇蹟，能帶著記憶回到以前的時光，那我們又將如何選擇？

人生會不會完全不同？

而《吉時良緣》描寫的是一個父母雙亡、溫柔靦覥的女子，被最親厚的朋友、最忠實的婢女，在她的夫君默許下聯手送上死亡之路……

但是沒想到，老天給了她第二次機會，她回到了那個親情涼薄的家，回到了還未出嫁之前，忠實的婢女還未來到她的身邊，親厚的朋友也未相識……

而不想重蹈覆轍、想為自己博得一個自由自在的幸福生活的她，開始苦苦思量。

只是她沒有想到，她這麼思量著、掙扎著，卻遇到了一個值得她傾盡一生的男子……

第一章　夢？

「四夫人，到……到了，我們家小姐在前面的小屋等您。」婢女停下腳步，戰戰兢兢地看了看四周。

這娟兒平時挺沈穩的，今兒個怎麼如此心不在焉？

沈梨若皺了皺眉道：「娟兒，妳家小姐為何約我來如此僻靜的地方？」

「我家小姐……她……她……」娟兒臉上閃過一陣驚慌，支支吾吾半晌也沒說出一句完整的話來。

沈梨若眉頭皺得更深，正欲發問，身邊便傳來一陣清脆的聲音：「估計表小姐因許久不見夫人，特地找了個環境清幽的地方與夫人聊聊心裡話。」

沈梨若瞄了瞄恭敬地站在身邊、已跟了自己五年的夏雨，輕輕地點點頭。想必正如夏雨所說，婉玉那丫頭這幾日在家待得煩悶，特別約她來這地方解解悶。

屋子不大，有前後兩個房間。雖然外面陽光正熾，但小屋四周種滿了翠竹，使整個屋子十分陰暗，屋內沒有掌燈，只有幾絲陽光從層層疊疊的竹葉縫隙中透進來。

沈梨若環顧四周，並未見到穆婉玉的身影，又連喚了幾聲，見無人應道，使問道：「妳們家小姐呢？」問完她轉過頭向夏雨吩咐道：「雨兒，去把燈點上，這屋子暗得讓人怪不舒服的。」

「是，夫人。」夏雨恭敬地福身，轉身向後屋走去。

「我們家小姐怕是有事耽擱了。」娟兒站在門邊，右手背在身後，死死地抓住房門，小聲說道。

疑惑地看了眼行為怪異的娟兒，沈梨若緩步走到桌邊坐下，心裡有絲說不清的不安。

百無聊賴地等了一會兒，見夏雨仍沒有掌燈，沈梨若正準備詢問，一陣腳步聲便由遠而近。

「雨兒，妳沒去掌燈，拿酒做什麼？」沈梨若一臉不解地望著拿著酒壺的夏雨。

「夫人，這裡環境清幽，正適合您和表小姐品酒談心。」夏雨放下酒壺，恭敬地說道。

「奴婢剛在屋裡看見這壺酒，想著夫人興許需要，便拿來了。」

雖然夏雨的聲音一如既往的恭敬，臉上也依然帶著和往常一樣的謙卑，但沈梨若心裡卻湧起一陣不知名的驚慌。

談心而已，要酒水何用？今日這事兒處處透著古怪：娟兒的慌張，夏雨的淡然，再加上這陰暗的屋子，此刻都成了一條條看似無關卻又隱隱相連的線，擰絞在一起，讓沈梨若冒起冷汗。

強壓下心中的不安，她站起身道：「既然婉玉沒來，我們先回吧。」說罷，大步向外走去。

「夫……夫人，別……我們家小姐馬上就要來了。」娟兒慌慌張張地叫著，轉身「砰」的一聲關上屋門，張開雙臂攔在門前。

「沒有尊卑的東西，還不快給我讓開！」沈梨若怒罵道，正欲伸手推開娟兒，全身便被人死死抱住。

「夫……夫人，您不能走！」娟兒尖叫。「不能走！」

「放開我！放開我！雨兒！」沈梨若驚叫，拚命地掙扎。

就在她快掙脫娟兒的桎梏時，全身的力氣彷彿忽然被人一下子抽乾，雙腿一軟，便癱倒在地上。

「真是沒用。」夏雨的聲音冷冷地傳來。

「是、是，還是夏雨姊姊有先見之明，在夫人的茶水中下……下了點藥……」娟兒怯怯地說道。

「還呆在那裡做什麼，還不快把夫人扶到椅子上坐著。」夏雨緩緩走到沈梨若旁邊，拉起她的手臂，對著娟兒道。

「是。」娟兒戰戰兢兢地攙起沈梨若的另一隻手，和夏雨合力將她扶到桌邊。

沈梨若癱在椅子上，雙眼死死地盯著站在不遠處的夏雨，嘶啞地吼道：「誰，是誰？」

夏雨緩緩走到桌邊，嘴唇微動，輕輕地說道：「夫人，別怨我，一切只怨您擋了別人的路，占了別人的位置。」

占了別人的位置！

沈梨若突地睜大眼，再看了眼在旁邊哆嗦的娟兒，從牙縫中擠出幾個字：「穆婉玉！」

「夫人，您平時待奴婢也算不錯，就讓奴婢最後服侍您一回吧。」夏雨輕輕地拿起酒壺斟酒，姿勢優美而秀麗。

沈梨若雙眼狠狠地盯著眼前的夏雨，看著離自己越來越近的酒壺，一陣刺骨的冰涼頓時從她的心底升起，蔓延到四肢百骸。

「毒酒？她當所有人都是傻子嗎？」沈梨若扯了扯嘴角。

「夫人您請放心，表小姐都安排好了。」夏雨淡淡地說道。「再說，夫人，這可是別院，沒有少爺點頭，表小姐又怎麼可能……」

「不可能！夫君他……」沈梨若喉嚨中發出一陣嘶啞的低吼，只覺得全身上下如同置身冰天雪地之中。

「夫人，事到如今您還是這麼天真。」夏雨發出一陣輕笑，將手中的酒杯往沈梨若嘴邊靠近。「表小姐即使受了罰，被趕出京城，可她還是穆家的嫡女，有少爺在，誰又能看輕她？而您，不過是落魄家族的孤女而已……兩相比較，少爺難道不知道選誰嗎？夫人，我勸您還是乖乖地喝了吧。」

沈梨若全身劇烈地抖動著，她嫁入劉家近五載，恪守婦道，孝敬公婆，對劉延林更是關懷備至。夫君對她雖然早沒了新婚的柔情，但沒想到最後竟然如此狠絕，她對他的愛，對他的情，最終也敵不過「利益」二字……

沈梨若淒然一笑，她的夫君已是劉家家主，身邊當然需要一個能為他帶來巨大利益與助力的人……而她不過是一個父母雙亡、家族落魄的孤女。對於穆婉玉和劉延林之間的風言風語，她並不是毫不知情，但在她看來，以穆婉玉的性子絕不會委身於劉延林做一個妾室，且穆婉玉平時對她格外親近，是她在這個深宅大院裡唯一的朋友……

沈梨若吸了口氣，原來這一切都是假象！假象！穆婉玉親近她，討好她，處心積慮、費心部署為的就是這麼一天……

是燒了屋子，營造她因失寵而酒後自焚輕生的結果？或是丟具男屍進來，再一把火燒掉，讓她死了都落個背夫偷漢的壞名聲？

她將視線轉向夏雨——這個自己最器重的婢女——忽然笑了。「那妳呢？又是為了什麼？」

這笑容在此時出現得太過詭異，太過可怕，夏雨大驚，不禁連退數步。

夏雨咬了咬牙。「夫人，俗話說人往高處走，水往低處流，我夏雨又豈能一輩子為奴為婢？」她冷哼一聲。「跟在您身邊，我最好的結局不過找個小廝嫁了，然後我的子子孫孫繼續做著人下人，可表小姐卻不同，她會為我鋪路，選一門好親事……就算是妾又如何，那也是權貴之家的主子！」

說到這裡，她扔掉手中的杯子，瞪了一眼呆呆站在一旁的娟兒。「愣著幹什麼？還不快掰開她的嘴！若是誤了小姐的事，小心妳的皮！」

「是……是！」娟兒打個哆嗦，急忙應道。

夏雨見狀快步走到沈梨若身邊，一把拽起酒壺，就往沈梨若嘴裡灌下去。

毒酒特殊的辛辣流進了沈梨若的嘴裡，刺激著她的咽喉，接著五臟六腑都彷彿被灼燒般翻騰起來，劇烈的疼痛席捲了全身，她用盡全身的力氣，死死的望著眼前越來越模糊的身影，嘶啞地吼道：「穆婉玉！夏雨！妳們別高興得太早，我會在下面睜大眼睛看著妳們！等著妳們！哈哈！」

一陣淒厲的笑聲從沈梨若的喉嚨裡發出，夾帶著無邊的恨意，在陰暗的屋子裡迴盪著……

驟然，聲音戛然而止，沈梨若癱倒在椅子上，眼神已沒了焦點。

娟兒渾身劇烈地抖動著，忽然撲通一聲跪倒在地，連磕了幾個響頭，不停地說道：「別怪我、別怪我，我也不想的，別怪我……」接著騰地一下跳了起來，便飛奔出門。

夏雨怔怔地望著死也不肯閉上眼睛的沈梨若半晌，轉身走來走去。

一陣風吹來，小屋周圍的竹葉吹得沙沙作響，彷彿有人在哪裡喃喃細語，久久不絕……

「九小姐，九小姐……」

接連的呼喚聲在耳邊響起，沈梨若一驚，猛睜開雙眼，空洞、木然的目光直直地向來者瞪去，對方不由得心驚肉跳。

「小姐，您、您這是怎麼了？」

「嗯？」沈梨若一愣，視線落在眼前這個陌生而又熟悉的面孔上，沈默了一會兒道：「剛剛小憩了一會兒，何事？」

留春？沈梨若依稀記得，留春被許配給前院的許四，不能做她的陪嫁丫鬟，才由大夫人指派了夏雨……

想到此，她的雙手猛地攥緊，身上頓時逸出無邊的寒意。

留春被驚得退了幾步道：「九小姐，您忘了？明日是老夫人壽辰，大夫人特意為小姐訂製了新衣，用的是上好的綢緞，樣式也是最時新的，奴婢特地拿來給小姐試穿看可合身。」

沈梨若定了定神。「明日就是祖母壽辰？」

「是的，大老爺和二老爺都已回來了。」

「哦。」

留春瞅了瞅依舊精神恍惚的沈梨若，心中直嘀咕：小姐自前幾日摔了一跤後就經常這個模樣，莫不是磕傷了頭？

正尋思著，便見沈梨若慢慢踱向窗前，向遠處望去，留春急忙迎上去。「這衣裳……」

「大伯母讓人訂製的定然不會有什麼差錯，妳下去吧。」沈梨若揮了揮手。

「是，九小姐。」留春在原地愣了好一會兒才應答。「那奴婢下去了，小姐早些休息。」

「嗯。」

留春將衣服收好，跨出門口輕輕地掩上房門。直到她的腳步聲遠去，再也聽不見了，沈梨若才嘴角一揚，笑了。

沒想到毒酒不僅沒將她毒死，反而讓她回到了五年前……

這時候，她還未嫁給劉延林。

這時候，她還是那個乖巧聽話、柔弱靦覥的女子。

這時候，她悲慘的生活還未開始……

現在老天爺給她第二次機會，那麼她絕不會再像以前一樣委曲求全，她要離開這個禁錮她一生的牢籠，為自己博一個自由美好的生活。

至於那些害她之人，她定要他們嘗嘗憤恨絕望、痛不欲生的滋味！她發誓，這輩子，她就是他們的夢魘。

第二章 回首

和風徐徐吹拂，蔚藍的天空中，溫暖的太陽灑下一片金光。今日是沈老夫人六十二歲壽辰，雖說沒有大肆操辦，但沒人敢有絲毫怠慢，紛紛起了個大早。

沈梨若緩緩走出屋子，仔細地打量院子裡既熟悉又陌生的一草一木，她多久沒有回沈府了，兩年還是三年？上一世自嫁給劉延林後她便少回娘家，劉家遷往陽城後更是難得回來一次。現在看著這記憶深處的一草一木，沈梨若一陣恍惚。

這是她在沈府唯一的樂園，是她的避風港，因為這裡是她和父母一起生活的地方。她記得小時候，一有閒暇父親便會撫琴，而母親隨著悠揚的琴聲舞劍，到現在她還記得母親英姿颯爽的身影。

那時的她不懂事，常常纏著母親問，為何祖母和姊姊們不喜歡她，是不是她什麼地方做不好？每當這時，母親總會溫柔地告訴她，她沒有不好，祖母和姊姊們對她冷淡只是因為不熟悉，然後母親會告訴她：要堅強、勇敢，不要為了別人的眼光和看法而活。

上一世的她卻忘記了，在父母去世後的孤寂中，她選擇了低頭，選擇了討好，失去了自我。

「九小姐，小姐們都已經早早去了梅園。這天色也不早了，我們要不……」耳邊傳來留春焦急的聲音。

「不急。」

沈家祖上乃是前朝四大望族沈家的旁支，雖說如今四大世家已經沒落，沈老夫人卻一直以名門自居。沈梨若的父親是沈老夫人的么兒，因不喜沈老夫人安排的親事，便放棄了養尊處優的生活，出錢買了個偏遠地區的縣丞官位，一走就是好些年，此事令沈老夫人一直耿耿於懷。後來沈梨若的父親又沒經過沈老夫人同意，私自娶了沈梨若的娘——一個鏢師的女兒，這讓注重門第的沈老夫人更是無法容忍。

沈老夫人拿自己兒子沒辦法，便把氣出在沈梨若的娘身上，自從沈梨若隨父母搬回沈府，沈老夫人便對這對母女多加刁難，再加上各房妯娌落井下石，下人狐假虎威，沈梨若的母親整日鬱鬱寡歡，沒多久便因病去世了。而她爹因愛妻去世，整日愁容滿面，半年後也撒手人寰，留下沈梨若戰戰兢兢地在沈家大院裡艱難生活，只得處處忍讓。

上一世的沈梨若為了給祖母留下好印象，早早到了梅園，那時沈老夫人才起身。沒有沈老夫人的吩咐，她傻傻在庭院裡站了近半個時辰，在來來往往的丫鬟、奴僕譏誚的眼神中冷得瑟瑟發抖，成為兄弟姊妹們的笑柄。而這一世的她絕不會再如此委曲求全，仰人鼻息，既然上天給她第二次機會，那麼她必要為自己爭上一爭。

「九妹妹，九妹妹。」一陣清脆的呼喚聲打斷了她的思緒。

沈梨若一愣，這聲音她很熟悉，非常熟悉，自從她隨父母搬回沈家，這聲音便一直存在於她的生命中，即是由正室所生的沈家六小姐沈梨焉。

沈梨若眼中寒光一閃，緩緩地轉過頭。

一個穿著絳紅色緞面小襖的十六歲少女迎面走來。沈家眾女的樣貌大致都生得不錯，沈梨若的長相清秀，沈家大小姐和四小姐更是這陵城數一數二的美人。六小姐沈梨焉的五官亦生得極好，只是顴高而唇薄，略顯刻薄，又因皮膚有些偏黑，每天出門前必在臉上敷厚厚的白粉，結果使本來明麗的臉孔變得呆板和做作。

沈梨若暗自冷笑一聲。「六姊姊安好。」

「妹妹好，聽說妹妹前幾日摔了一跤，現在可好？當我得到消息時，雖然著急得很，可是被母親拉著幫忙準備祖母的賀禮，實在是抽不開身，還希望妹妹不要怪我。」沈梨焉一臉的歉疚。

「是啊，九小姐，我們小姐當時可是急壞了，嚷嚷著就要來看您，還是二夫人說您經過大夫診治後已無大礙，小姐才鬆了一口氣。」沈梨焉的貼身婢女冬青急忙附和。

這解釋還真是多此一舉。

沈梨若眼珠一轉，迎上去抓住沈梨焉的手，嗔怪道：「姊姊這是說哪裡話，在這個家就數姊姊最關照妹妹，妹妹又怎麼會怪姊姊呢？」

「那就好，那就好。」沈梨焉拍了拍胸口，一副終於放下心來的樣子。

「時候不早了，姊姊，我們還是快走吧，要不然可要遲到了。」沈梨若微微一笑。

「對，我們快走。」

很快一行人便到了梅園大廳門前。

門外的婢女望見沈梨若二人，急忙掀開簾子進門通報。

「喲，兩位妹妹來得真是早啊，我還以為妳們睡過頭了，正準備差人去叫妳們呢。」二人剛跨進房門，便傳來一個突兀的聲音。

沈梨若順著聲音望去，便見一位身穿淺黃色絲絨掐腰小襖，下著一條百褶長襬羅裙的美豔少女挑著眉，斜著眼，一臉的陰陽怪氣，正是沈家四小姐——沈梨落。

沈家大小姐沈梨苑乃是大夫人親生，從小就是老夫人的心尖子，她的婚事經過沈老夫人千挑萬選，於去年嫁給錦州知府之子朱凌為妻。剩下未出閣的有大房的沈梨落，二房的沈梨焉及三房的沈梨若。雖然沈梨落豔名遠播，卻因生母是側室且身分低微，與二房正妻所生的沈梨焉自是不可相比，就算從小被大夫人養在身邊，這嫡庶的差距永遠是她難以逾越的鴻溝。為了討得沈老夫人的疼愛，以便將來能許配給好人家，二人自然成了對方的眼中釘，因而兩人這種針鋒相對，互相諷刺的場面可是隨時可見。

沈梨焉橫了沈梨落一眼，轉過頭對著主位上體型微胖、面容慈祥的沈老夫人嫣然一笑，嬌憨地說道：「祖母可別聽四姊的，您的壽辰焉兒怎麼可能忘記呢，一大早焉兒就起身為祖母準備了您最愛吃的芙蓉糯米捲，還有焉兒親自為您挑選的一尊玉觀音像，祝祖母福如東海、壽比南山。」說著示意冬青將食盒和裝有玉觀音的盒子呈上。

沈老夫人一聽頓時樂了，對著沈梨焉招了招手，笑道：「還是我的焉兒討人喜歡，快到我身邊來。」

「祖母您快嚐嚐，這可是焉兒親手做的。」沈梨焉笑盈盈走到老夫人身邊，打開食盒端出糕點遞到沈老夫人面前。

沈老夫人拿起一塊糯米捲，輕輕地咬了一口。「嗯，香濃可口，我家焉兒的手藝大有長進啊。」

「多謝祖母誇獎。」沈梨焉一臉喜色。說完轉過頭挑釁地看了沈梨落一眼，滿臉的鄙視和不屑，沈梨落頓時臉色鐵青。

「不過……一盤糕點用得了多少時間？別當祖母年紀大了好糊弄啊，我看啊妳這丫頭肯定是貪睡起晚了。」沈老夫人伸出食指在沈梨焉的額頭上輕點一記，語氣中帶著親暱和寵溺。

「哪有啊，祖母，焉兒可是天剛濛濛亮就起身開始做了，不過來的路上遇著了九妹……」沈梨焉扯著沈老夫人的袖子癟著嘴嘟囔，言語中包含著不少的委屈。

言下之意就是說因她才耽擱了時間吧！沈梨若心中冷笑。如此一來，她無論如何解釋都是在為自己推託，再加上她素來不討祖母歡喜，這個不尊長輩的罪責她就扛定了。

沈梨焉素來最喜歡的就是裝委屈博得長輩疼惜，再將責任推到別人身上。上一世她處處忍讓，就算心裡再不喜也從不分辯，可如今再來一次，她沈梨若不會再讓她如意了。

感受到老夫人不豫的目光，沈梨若頓時全身一哆嗦，縮了縮頭，雙手使勁絞著衣角。

「梨若只是……只是今早起身時，想起昨日才完成的百壽圖有幾處繡得不夠好……沒想到剛修改好出門，沒多久便被六姊從後面叫住……」聲音中竟帶著哽咽。

裝可憐撒嬌誰不會？再說這屋子裡有得是人想看著沈梨焉倒楣，而她只需要扮好一個受了天大委屈的小角色就行了。

果然……

「沒想到九丫頭還真是心靈手巧啊，小小年紀就會繡百壽圖了。」坐在左側首座的大夫人連忙笑道：「母親，這可比那芙蓉糯米捲有心意多了。」

「俗話說慢工出細活，想必六妹的確花了不少的時間和心思在糕點上面，才會從後面叫住九妹。」沈梨落特意加強了後面二字。「細細一看，六妹今日的妝容十分美麗，想必耗費了不少時間吧？今日祖母壽宴，倒是會來不少公子，難怪六妹……」說到這兒，沈梨落掩嘴輕笑起來。

「妳！」沈梨焉一聽，騰地一下站起，滿臉怒容。

二夫人見自己女兒失態，急忙瞪了沈梨焉一眼。「看四丫頭說的，雖說這芙蓉糯米捲比不上百壽圖耗費精力，但也是六丫頭的一番心意，可比不上有些人隨便去買幾件瓷器就當作壽禮。」

沈梨落臉色一僵，片刻後滿臉又堆上了笑容。「二嬸說得是，祖母過壽，我們這些小輩無論送什麼都是一片心意，哪有什麼好壞之分，姪女也就隨便說說。」

「好了好了，大家都少說兩句，今天可是母親壽辰，咱們還是讓九丫頭把她的百壽圖拿出來給母親瞧瞧吧。」大夫人看著沈老夫人的臉色有些不豫，撚了撚袖子。

「是啊，九姑娘，還不快去給妳祖母拜壽。」一位夫人說道。

感覺到周圍的目光發生了變化，沈梨若心中暗笑，瑟縮著從留春手裡接過裝有百壽圖的盒子，戰戰兢兢地走到廳堂中央，交給沈老夫人身邊的張嬤嬤，輕聲地說道：「孫女祝祖母福壽康年。」

「喲，沒想到九丫頭的字和繡功還真不錯，雖說手法還有些稚嫩，可這心意才是最珍貴啊。」大夫人看了張嬤嬤展開的繡圖笑道。

「就是啊，老夫人，奴婢以前硬是沒看出來。」張嬤嬤將繡圖遞到老夫人面前。

「嗯，不錯。」沈老夫人點了點頭，嘴角微微向上扯了扯，看著站在廳堂中央低著頭、絞著衣角的沈梨若道：「妳一大早就起來，還沒吃東西吧。就別杵在那裡了，找個地方坐下來吃些點心。」

「謝祖母。」沈梨若抬起頭，一臉的歡喜雀躍，但一對上旁邊沈梨焉憤恨的目光，臉上的歡喜瞬間凝固，頭又縮了縮，迅速找了個最角落的位置，半側身子坐下。

眾人打量了老夫人身側略顯驕橫的沈梨焉以及遠處角落裡瑟瑟縮縮的沈梨若，都暗自搖頭，能讓自家妹妹如此懼怕，看來這沈六小姐並不像平日裡所講的那樣端莊典雅，性子極好。

沈老夫人望著身側一臉憤怒的沈梨焉和遠處那個瑟縮的身影，心裡也微微失望：看來我以前太慣著這六丫頭了。

感覺到眾人眼神的變化，沈梨焉的臉色越來越難看。

今天雖說沒有大肆操辦，但沈家的女眷們和沈家比較親近的親朋好友都已經來了，這些人在陵城大多都算得上有頭有臉的人物，沈梨焉可不想給這些人留下不好的印象。再說她早已聽聞最近長輩們都在尋思為她們三個未出閣的姊妹議親，在這緊要關頭，她沈梨焉可不能因為這點小事而擔上一個任性刁鑽的評價。

正當沈梨焉琢磨著如何挽回的時候，門外一名婢女匆匆挑簾子進來，道：「老夫人，大老爺派人來說，劉二爺已經到了，現在劉夫人正前往清楓小築，還請老夫人和各位夫人、小姐前往。」

「什麼？他們怎麼來了？」老夫人愣了愣，道：「妳快去回大老爺，說我們馬上就去。」

「是，老夫人。」婢女福了一福，迅速退出廳堂。

「還是咱母親有面子，連劉老爺都親自來為母親賀壽。」大夫人站起身，迎了上去扶著老夫人的手臂。

「那是當然，咱們母親和劉老夫人可是多年的交情。」二夫人連忙走到老夫人的另一邊，和大夫人一左一右地攙著沈老夫人向外走去。

幾句話就哄得沈老夫人笑容滿面。

「好啦，一大早妳們倆就一搭一唱的糊弄我這老婆子，咱們還是快走吧，別讓客人等急了。」沈老夫人笑道。

伴隨著老夫人的笑聲和眾人的恭賀聲、附和聲，一群娘子軍浩浩蕩蕩地向清楓小築走去。

劉家在前朝時雖說不是四大世家之一，卻也是名門望族，即使如今大不如前，但劉家這百年來一直盤踞在西陵，其底蘊可不是沈家這個落魄旁支所能比的，何況劉家大爺現在官拜禮部侍郎，在陵城的劉家可算得上是第一世家。

劉家老夫人未出嫁前與沈老夫人是閨中密友，因此劉沈兩家的關係倒也不錯。但隨著劉老夫人與劉大爺遷居京城之後，兩家的關係就漸漸淡了，近兩年除了逢年過節派人捎點賀禮以外，平時沒什麼來往。可如今這陵城的劉二爺竟然一反常態，來為沈老夫人賀壽，難免讓眾人感到意外。

劉家……

上一世沈梨若便是在這一日初次見到劉家人。

而她也是在這一日被劉延林溫文爾雅的風采所吸引，懷著無比的歡喜和期待嫁給他，盼望著與他白頭到老。
沈梨若恍恍惚惚地跟在眾人後面，來到了清楓小築。
清楓小築位於沈府西面，小築東南角有個四周種著冬青樹的池塘，中間架著小橋，背面是一片竹林，花廳周圍種植著各色菊花，雖然是秋季，但風景極為秀麗。
一行人剛到門口，幾個婢女簇擁著一個身穿靛藍色緞面小襖、淺藍色羅裙的端莊貴婦盈盈走來。
大夫人急忙迎上去，親暱地拉住貴婦人的手。「漣漪姊姊，母親知道妳來，可是高興得嘴都合不攏了。」
漣漪為劉夫人的閨名，當初劉老夫人還在陵城時，沈劉兩家頗為親密，女眷之間常走動，因此彼此都熟悉。
劉夫人眉細而顴高，本是刻薄之相，可是她身姿婀娜，再加上一對明亮有神的大眼，倒顯得明麗動人。
她走到沈老夫人跟前，屈身行了個福禮。「伯母，姪媳婦恭祝您福壽無疆。」
「妳這是做什麼，難道還和伯母客氣不成？快快起來。」老夫人急忙上前扶住劉夫人的手。「這外面風大，妳又穿得單薄，咱們還是快進去吧。」
「一切聽伯母的。」劉夫人微微一笑，攙扶著沈老夫人向花廳走去。
眾人依次進屋，分主次坐下。

沈梨若依舊找了個角落的位置坐下。

「漣漪，這許久沒見，越發漂亮了，可不像我這老婆子，一轉眼就老了。」沈老夫人笑道。

「伯母年輕著呢，要是咱們去街上走走，估計所有人都會認為您是我姊姊呢。」劉夫人掩袖一笑，轉過頭對著眾人笑道：「妳們說是不是啊？」

「是。」眾人紛紛笑道，紛紛附和。

「妳們看看，許久不見，漣漪這張嘴還是那麼討人喜歡，可不像我們家這幾個……」沈老夫人笑了笑。

「漣漪姊姊一來，便嫌棄我們笨嘴笨舌了，母親果然偏心。」大夫人轉過頭湊在劉大人耳邊用眾人都能聽見的聲音道。

「妳看，妳看，這都當娘的人了，還這麼任性，怪不得教出幾個皮猴來鬧得我不安生。」老夫人指著大夫人。

「皮猴還不是母親您寵出來的。」大夫人一臉的委屈。

「哎喲，這還成了我的不是了。」沈老夫人摸著額頭，一臉無可奈何的模樣。

屋裡眾人見狀都被逗笑了。

「許久沒見延雲了，不知他最近身體如何，今日可來了？」二夫人道。

劉夫人皺了皺眉頭，臉上的笑容頓時僵了幾分。「延雲最近精神倒還是不錯，不過前些日子得了風寒，就沒讓他過來給伯母拜壽，望伯母別見怪。」
眾所周知，劉家子嗣單薄，劉二爺今年四十有五卻只有兩個兒子。其中長子延雲乃劉夫人所出，但從小身子極弱，有一大半的時間都與湯藥為伍，讓劉夫人操透了心，現在二夫人哪壺不開提哪壺，一下子說到了劉夫人的心病上，自然讓她不喜。

「看妳這話說的，延雲那孩子我打小就喜歡，斯斯文文可不像我們家那幾個皮猴，天天胡鬧讓我不省心。我這裡有兩株老蔘，妳待會兒回去的時候記得帶上給他補補身子，這身體健康可是最要緊的。」沈老夫人瞪了二夫人一眼，暗自責怪她胡亂插嘴。

二夫人被沈老夫人一瞪，也察覺到自己說錯了話，急忙低下頭不再吭聲。

「這怎麼使得，哪敢煩勞伯母。」劉夫人嘴上雖說得客氣，但臉上閃過一絲不耐煩，顯然不想再多談兒子的身體問題。

「什麼煩勞不煩勞的，今日在這沈府，我這壽星最大，妳再和我這老婆子客氣，我可要生氣了。」然後轉過頭板著臉，故作生氣狀道。

「就是啊，漣漪姊姊，母親可是一直掛念著你們，就別推辭了。」

「是啊，劉夫人，那可是老夫人的一番心意。」

眾人紛紛附和。

「那漣漪就卻之不恭了，謝謝伯母。」劉夫人站起身微微福了福。

「好，好！」沈老夫人連連點頭。

沈梨若坐在角落仔細打量著她上一世的婆婆。

比起上一世最後的印象，劉夫人年輕貌美很多。想必這時候劉延雲的身子還算不錯，可是誰又會知道一年後劉延雲便撒手人寰，劉夫人白髮人送黑髮人，畢生的希望毀於一旦，頓時華髮滿生，與現在判若兩人。

「漣漪，妳怕是還沒見過我們家的幾個丫頭吧。」沈老夫人抬起手，對著坐在不遠處的沈梨焉和沈梨落招了招手。「這是我家的四丫頭和六丫頭。」

沈梨焉和沈梨落娉婷地走到劉夫人面前，一舉一動莫不端莊秀麗，臉上的笑容也明媚溫柔，很是動人。

「真是琉璃般的人兒，模樣真好。」劉夫人笑著仔細端詳了兩人道。

「漣漪真是過獎了。」沈老夫人謙虛道。

兩人恭敬地向劉夫人行了禮，各自喜孜孜地退回自己的位置。

沈老夫人滿意地點了點頭，接著目光在屋裡轉了一圈，對著角落裡的沈梨若厲聲道：「梨若，窩在那兒幹什麼，還不快來給劉夫人請安。」說完，轉過頭對著劉夫人抱歉地笑了笑。「這是九丫頭，向來靦覥，平時甚少出門，不大懂規矩，多多見諒。」

如果沒有必要，怕是不想在眾人面前介紹她吧。

沈梨若暗自撇嘴，慌慌張張地站起，走到劉夫人面前，手足無措地行了個禮，與先前的兩人相比簡直如天壤之別。

在劉家待了五年，她自然熟知劉二爺和劉夫人最不喜的就是做事畏畏縮縮，難登大雅之堂的人。

果然劉夫人輕輕地皺了皺眉。「模樣挺清秀的。」

說完轉過頭笑道：「還是伯母和二位姊姊教子有方，三位姪女都是知書達禮，明珠朝霞般的姑娘，真是羨煞旁人。」

「說到教子有方，哪比得上漣漪姊姊。咱們陵城誰不知道延雲是出了名的大才子，四公子延林也是能文能武，風度翩翩，溫文爾雅。」大夫人恭維。

「可惜延雲前年就娶了李家姑娘，現在不知誰家姑娘這麼有福氣許配給你們家四公子，能做漣漪的兒媳婦？」二夫人乘機問道。

劉夫人的笑容有些發澀，沒有直接回答二夫人的問題，只是笑著在沈梨若三人間來回打量著。

大夫人和二夫人見狀，臉上先是閃過一陣驚喜，接著又面色不豫地向對方看去。沈梨若暗暗好笑，這麼快就開始怕對方搶走自己的乘龍快婿，殊不知她們的準親家根本就無意讓劉延林娶她們的女兒，她這兩位伯母怕是希望越大失望越大。

劉夫人表面上對劉延林關懷備至，如親生兒子一般，其實心裡視他為眼中釘、肉中刺，平時明裡暗裡打壓劉延林，使絆子扯後腿的事情沒少做，但因劉延雲身子太差，不得不依靠庶子劉延林，劉夫人就算心中再不喜，也不得不擺出一副慈母模樣。

上一世沈梨若便是因父母雙亡，在娘家毫無地位才被劉夫人看中，於半年後嫁入劉家，滿心歡喜地踏入了那個禁錮她到死的囚籠。

「依我看三位姪女無論模樣品行都是極好的，這婚姻大事雖說是父母之命媒妁之言，但畢竟是延林的終身大事，我看還是選個延林中意的為好。」劉夫人笑道。

「那是、那是，要是我們家三個不成器的閨女中，有人能做漣漪的兒媳婦，那可是三生修來的福氣。」沈老夫人笑道。

劉夫人端起茶杯輕輕抿了一口道：「今日怎地沒見到苑兒？」

老夫人聞言一愣，臉上閃過一陣落寞。沈梨苑打出生就是老夫人的心頭寶，捧在手上怕摔了，含在嘴裡怕化了。雖說女子嫁人後以夫家為重，但她的壽辰沈梨苑沒能回來，老夫人心裡難免有點失望。

大夫人見狀急忙道：「凌兒要參加明年三月的會試，如今正是苦讀的緊要關頭，苑兒實在走不開，所以沒能回來。」

「原來如此。」劉夫人點點頭笑道：「聽聞朱賢姪學問不錯，這次會試一定不會有任何閃失，三月殿試必能金榜題名，前途無量。」

大夫人一聽，頓時笑得合不攏嘴。

老夫人也是滿臉堆笑，雙手合十。「若真是那樣，真是謝天謝地了。」

二夫人垂下眼眸，掩住眼中的嫉妒，扯扯僵硬的嘴角，附和地笑著。

其餘眾人也紛紛笑開，一時間大廳裡言笑晏晏。

沈梨若微垂眼眸，心中冷笑，據她所知，她這個大姊夫自大才疏，偏偏又自命不凡，還風流成性。成親未到一年，她那美貌過人的大姊便再也拴不住大姊夫，只得眼睜睜看著他和一群「才子」流連勾欄之地。什麼埋頭苦讀，準備會試？怕是在美人懷中流連忘返吧。

正在這時，張嬤嬤走到沈老夫人跟前。「老夫人，花廳已經準備妥當。」

「嗯。」老夫人點點頭，朗聲道：「時候也不早了，咱們先去用午膳吧。」

話音剛落，大夫人和劉夫人便起身攙著沈老夫人，二夫人晚了一步，只得滿臉不豫地跟在老夫人身後，往花廳走去。

第三章　壽宴

花廳離清楓小築不遠，穿過迴廊便到了。

現在雖尚未到冬季，但天氣還有點兒涼，花廳內通著地龍，且早已準備妥當，桌上擺滿各種點心、水果和蜜餞。

眾人各自選好位子坐下。

肅然而立的婢女和婆子們見眾人坐好，急忙將小菜、冷碟、熱菜絡繹不絕地端上來。

一番祝賀和寒暄之後，宴會正式開始。

沈老夫人坐在主位，滿臉笑容。大夫人拉著劉夫人坐在沈老夫人的左邊，沈梨落見狀急忙挨著劉夫人坐下，兩人臉上帶著適當的討好和殷勤。

大夫人和劉夫人的關係本來就不錯，閒談中又只提兩人熟悉的話題，殷勤為劉夫人布菜，有意無意間便把二夫人排擠在外。坐在沈老夫人右側的二夫人心中雖有不快，但又不好表現出來，只得堆起僵硬的笑容，隔著桌子不時附和兩句。

沈梨若默默地選了個不起眼的位子，臉上帶著淡淡的疏離。

她依稀記得，三個月後劉夫人便會派人來提親，而劉延林也將正式走入她的生命。

想起那張溫文爾雅的臉孔和最後的決絕，她的心情格外複雜。

記得上一世剛嫁給他時，他對她也算溫柔體貼、關懷備至，那時她以為會一輩子幸福美滿地過下去，直到她的青絲變成白髮。可是自從劉延雲去世，他正式成為劉家家主以後，一切都變了。美妾一個個進門，她只能守在房內慢慢等著自己的心變冷，最後更是被他的紅顏知己逼上絕路。

恍惚中，沈梨焉擠了過來，碰了碰她。「九妹，想什麼呢？」

她的臉上雖然帶著笑容，但眼底的抑鬱卻沒有逃過沈梨若的眼睛，沈梨若暗自冷笑，她這位六姊應該在為沒和劉夫人搭上話而氣惱吧。

沈梨若看了眼滿臉笑容的大夫人和沈梨落一眼，眼珠一轉。「沒什麼，我只是尋思以後我們怕是要叫劉四公子做姊夫了吧。」

怎麼可能！

沈梨焉騰地一下站起，剛想發作，待看見周圍眾人吃驚的眼神，只得壓住滿腔的怒意擠出笑容，低頭慢慢坐下，望著沈梨若，一臉正色。「這事兒八字還沒一撇呢，妹妹可不要亂說，傳出去對四姊的名聲有損。」

「看六姊說的，這也就咱們姊妹間聊聊，怎麼會傷了四姊的名聲？」沈梨若笑了笑。

「咱們姊妹間聊聊可以，妹妹可別向外人說起。」沈梨焉見沈梨若連連點頭，頓了一下，咬牙切齒地說道：「妳為何有如此想法？」

沈梨若悄悄指了指坐在劉夫人兩邊，一臉欣喜的大夫人和滿臉羞色的沈梨落，湊近沈梨焉的耳邊悄聲說道：「妳看大伯母和劉夫人如此親近，四姊又是咱們陵城出了名的美人……」

沈梨焉頓時臉色一沈。

「美人如玉，有四姊這樣的美人做妻子，那位劉四公子想必十分歡喜吧。」沈梨若彷彿沒看出沈梨焉的臉色，接著問：「妳說是不是啊，六姊？」

「嗯……」沈梨焉心不在焉地應了一聲，拿起筷子無意識地戳著面前的清蒸鮭魚，望向大夫人和沈梨落的眼光充滿陰霾。

雖然對著滿桌子的菜，但劉夫人的出現讓沈梨若吃得索然無味，匆匆扒了幾口飯便藉口頭疼，退出花廳。

帶上留春，沈梨若慢慢地走往回房的路，由於這時候宴會還未完，幾乎未遇到人。

自從沈梨若醒來以後，行事一直與往常不同，留春雖心有疑慮也不發問，只是安靜地跟在她的身後。

忽然，沈梨若腳步一頓。

只聽見前面拐彎處傳來一陣笑聲，一個溫文爾雅、面目俊美的華服少年和一個皮膚白淨、略微瘦弱的少年在僕從簇擁下緩緩走來。

「小姐，是三少爺！」身後傳來留春的聲音。

沈梨若迅速轉身，一把抓住留春的手臂，往旁邊一閃，兩人的身影迅速消失在花叢之中。

「小姐？」留春蹲在沈梨若身邊，一臉疑惑。

「噓！」沈梨若示意留春閉嘴，轉過頭透過花草間的縫隙向外看去。

那個青年男子已慢慢走近，英俊的面孔在沈梨若眼中清晰起來，她心中頓時一陣絞痛，雙眼死死地盯著那張無比熟悉的臉孔。

來人正是劉延林，不得不說她上一世的相公相貌生得極好，濃眉入鬢，鼻梁高挺，且風度翩翩、溫文爾雅，再加上良好的出身，雄厚的家境，足以讓陵城的未嫁少女傾心。

可正是這張臉，如今同惡夢一般糾纏著她，尤其是那雙如墨黑般的眸子，總是盯著她，沒有溫情、沒有熱度，除了冷，還是冷，冷得就算在夢中，她都能感受到寒意，無論她如何掙扎，如何嘶叫都擺脫不了……她曾不止一次想過，她究竟哪點做得不好，他要如此對她？她也曾不止一次想知道，他在她前世的死亡中扮演了什麼樣的角色？

如今當她再見到這個自己曾傾盡一生付出的男子，卻意外發現，自己竟然連一絲絲心痛都沒有，滿腔鬱悶是出於前世的不甘，除此之外剩下的是些許輕鬆。

或許在長久的失望，長久的灰心中，她對他的愛已漸漸消失了，只是她沒有發現而已……

又或許她對他所有的恨、所有的怒、所有的怨，都在那惡夢裡消耗得一乾二淨。

正當沈梨若思索的同時，劉延林兩人已走到離她藏身花叢的不遠處，就在這時，幾個婢女簇擁著一個少女從他們的左側方走來。

少女走得不快，每一步身子都劃出一道優美的弧線，衣衫隨風而動，將她身上玲瓏的曲線勾畫得格外美麗動人。

「小姐，是六小姐。」留春在沈梨若耳邊壓低聲音。

沈梨若沒有回答，只是定定地看著他們。

她當然知道是沈梨焉，她還知道依沈梨焉的性子，絕不會輕易放過這門親事，上一世沈梨焉就為劉延林費盡了心思，若不是劉夫人想找個好欺壓的兒媳婦，這門表面上光鮮的親事又怎會落在她頭上？飯桌上一番提示，讓沈梨焉迫不及待地要為自己創造機會。才子佳人花園偶遇，雖然多了沈凌宇，卻也無礙於這段多麼美妙的邂逅。

當沈梨焉快走到兩人跟前時，臉上綻放出明媚的笑容，蓮步輕移，走到沈家三少爺沈凌宇身邊，眼波卻是如水般掃過劉延林。「三哥，這位是？」

聲音清脆悅耳，還帶著絲絲甜膩，足以讓任何男子關注。

「這位是劉家四少爺。」沈凌宇笑了笑，轉過頭對劉延林介紹。「這是我六妹。」

「見過劉公子。」沈梨焉雙眸微垂，含羞帶怯地輕輕一福，顯得格外動人。

「六小姐安好。」劉延林雙眼不著痕跡地在沈梨焉姣好的身段上一掃，還禮。

聲音溫和清朗，人英俊瀟灑，讓沈梨焉眼睛一亮。

「三哥，這宴席未散，你帶著客人急匆匆地去哪裡？該不會是急著讓劉公子去看你的新畫作吧。」沈梨焉嫣然一笑。

「呵呵，一時興起，一時興起……」沈凌宇臉色微紅，不好意思地抓抓頭。

「六小姐莫怪，剛在宴席上和沈兄相談甚歡，又聽聞有新作，就拉著沈兄帶我去欣賞欣賞。」劉延林面帶微笑。

「既然劉公子有雅興，梨焉這就準備糕點和茶水，以便劉公子和三哥盡情相談。」沈梨焉展現自己的溫婉大方。

「多謝六小姐。」劉延林點頭稱謝，暗中思量：這沈家六小姐身段姣好，落落大方，倒是個少有的美嬌娘。

「還是六妹善解人意，三哥在此謝過。」沈凌宇輕笑。

沈梨焉微微一福，轉過身扭動腰肢，緩步離開。

劉延林的眼神在那曼妙身影上停留了一會兒，才收回目光，和沈凌宇談笑著離去。

「走吧。」直到他們已經走遠，沈梨若才站起身，對身邊的留春說道。

「小姐，您剛才為何要躲著三少爺？」留春十分不解，九小姐雖然與其他兄弟姊妹關係不親厚，但也從不像今日這樣。

「而且三少爺身邊那位劉公子長得極為俊俏，小姐應該前去打聲招呼，若是能夠……」留春喃喃地說：「您看六小姐就知道上去露露臉。」

沈梨若吸了口氣，轉過頭，伸出手指在留春額頭上一點，笑道：「難不成我家留春見到俊俏的劉公子春心動了？既然如此我這就去稟告大夫人，取消妳和許四的婚事，再將妳派給六姊，讓她帶著妳陪嫁如何？」

留春一聽，立即臉色緋紅，跺了跺腳。「小姐，您這是說什麼呢！我怎會有那心思，我……我對許大哥和小姐可是一心一意。」

「好啦，和妳說笑呢！看把妳急的。」見留春一臉著急，沈梨若笑了笑。轉過頭望向劉延林背影消失的方向半晌後，她揮揮手。「咱們回吧。」

看剛才劉延林的模樣，分明是被沈梨焉吸引了，她這一世可不想再和他有任何瓜葛。想到這裡，沈梨若吐了一口氣，腳步頓時輕快從容了許多。

沈梨若住的靜園在沈府的西北角，地處偏僻，平時鮮少有人來往。躺在床上，沈梨若聽著遠處不時傳來的歡笑聲，絲竹樂器聲和戲曲聲，心中竟然十分平靜，不知不覺間睡著了。

一覺醒來，天色已暗，晚飯時間也已經過了。

留春見沈梨若醒來，急忙伺候她起身，並告訴她道：「申時時分，大夫人身邊的紅煙來過，奴婢見小姐睡得正香，便告訴她小姐這幾日頭部傷口犯疼了，剛睡下不久。紅煙聽後，沒說什麼便走了。」

「嗯。」沈梨若點點頭。

留春見沈梨若下了床，急忙將晚飯擺好，猶豫了一陣低低地說道：「小姐，您前些日子為了給老夫人準備禮物，買了上好的布帛和繡線，花了不少錢，如今已所剩無幾了。」

「再隔幾日便是發月錢的日子了，以後能省就省吧。」沈梨若挾起菜，輕輕地送到嘴邊。

「是！」留春輕輕嘆了口氣，輕聲回答。

算起來大夫人對她還算不錯，掌管中饋以來，沒有短缺她的月錢，沒有剋扣她的吃穿用度，但生活在這深宅大院裡，免不了要孝敬長輩、結交兄弟姊妹、打點僕人，每月那點銀錢遠遠不夠，若是要離開沈家，沒有積蓄又怎能保障以後的生活？

想到這兒，她忽然想起一些事，看來她得想辦法出府一趟。

第四章　得金

直到第三日清晨，沈梨若才去梅園向沈老夫人問安，說在祖母壽宴那天因病不能侍奉左右，心中大為不安，想去靈空寺為祖母祈福，以盡孝道。

靈空寺在陵城南面的靈空山上，香火鼎盛。沈老夫人素來信佛，沈家大老爺還特地在府中建造佛堂方便她每日參拜。即使她不喜沈梨若，但這一說可謂極合她的心意，便點了點頭應允了。

雖說如今風氣比前朝開放了不少，但像沈家和劉家自詡為名門世家，依然極力保持前朝規矩，家中的姑娘都管教嚴格，平時極少出門。若是有事外出，必是前呼後擁，婢女婆子浩浩蕩蕩的一大片。

但在沈家，沈梨若是個例外，她在家中可有可無，平時除留春一個婢女貼身伺候外，就只有兩個粗使奴才做些粗活。

她這次出門，沈家上下似乎也集體忘記加派人手伺候沈梨若前去靈空寺，她也樂於如此，沒有一大批人跟著，行動自然自由許多。

向沈老夫人問安後，沈梨若便帶上留春出門了。

二人剛行至門口，馬車便來了，駕車的乃是留春的未婚夫婿——許四，為人忠厚老實，值得信任。

沈梨若坐上車廂，聽聞大街上的熱鬧聲響，掀開車簾即看到不少婦人和姑娘來往穿行，談笑自若。

她一直以來就很懷念小時候那種自由自在的日子，可是自從回到沈家後，她幾乎沒跨出大門過，嫁入劉家後更是縮在那一方小小的天地裡。

祖母常說她身上流著來路不明的女人的血，一看就是不省心的。其實也算正確吧，不管她如何壓抑心中對牆外世界的渴望，似乎永遠做不到如那些大宅內的女人們甘之如飴。

腦中又閃現出母親溫柔的話語：「若兒，妳要堅強，要愛護自己……」

深深地吸了口氣，沈梨若瞇起眼睛，前世處處壓抑，委曲求全，最後得到的又是什麼？爾虞我詐、勾心鬥角、陷害背叛她都受夠了，這輩子她不想重蹈覆轍，她要像母親說的那般，堅強、勇敢，為自己而活！

馬車穩穩地停在靈空山腳下，沈梨若下了馬車，留春和許四提著包袱跟在她身後。走上長長的階梯，燒完香許過願後，沈梨若出了寺門往後山走去。

靈空寺後山有一片楓葉林，如今正值秋季，楓葉紅得正好。

支開留春，沈梨若提著包袱往林中走去。

她隱約記得曾經聽過，有個醉酒的地痞在這片樹林裡摔了一跤，想要挖出絆倒自己的石頭洩憤，不料竟然挖出了一罈黃金，發了大財！

但是具體位置到底在哪裡？沈梨若懊惱地敲敲腦袋。

林子不大，沈梨若在林子裡繞了一圈，最後在一棵半倒的樹前站定，考慮了一會兒之後，謹慎地看了看四下的確無人，銀牙一咬，下決心。「拚了！」

顧不得弄髒身上的綢衣，沈梨若蹲在地上，從袖中拿出一塊布巾，及包在裡面的剪刀，對準地上那塊明顯凸起的石頭周圍泥土，挖了起來。

不一會兒，沈梨若搬開鬆動的石頭，一個黑乎乎的罈子出現在眼前。罈子不大，和她兩拳並放時的體積差不多。按捺著激動的心情，沈梨若手腳麻利地挖出罈子，打開罈蓋，黃澄澄的金光頓時炫目。

激動地打開包袱，沈梨若拽出用來包裹糕點的布帛，將金葉子小心地包好，隨後把罈子和石頭恢復原狀，再把放著金葉子的包裹藏進袖中，迅速地站起身。

錢，她終於有錢了！沈梨若臉上綻放出無比燦爛的笑容。

沈梨若小心翼翼地左右看了看，確定沒有旁人，急忙拍了拍身上的泥土，壓抑住激動的心情快步向外走去。

「咦？妳這小丫頭為何知道石頭下埋著金子？」一個突如其來的聲音從沈梨若的身後響起。

有人，怎麼會有人？她剛剛明明勘察過的。

沈梨若大驚，右手緊緊攥著衣袖中的金子，這些金子對大富之家來說雖不算什麼，但對於衣食住行全靠沈家的沈梨若而言，卻極其珍貴。

沈梨若定了定神，緩緩地轉過頭看向說話之人，眼神中充滿警戒。

只見一個頭髮凌亂不堪，滿臉大鬍子的人慵懶倚在樹幹上，身上穿著灰色短褐，亂糟糟的鬍子和頭髮遮住了他大半張臉。

「我很好奇，妳怎麼知道那下面有金子呢？」大鬍子慢慢走近。

「我……我見到的。」沈梨若攥著袖口，努力讓自己的聲音平靜緩和。

「哦？是嗎？」大鬍子湊到沈梨若跟前。

「是的。」沈梨若用力地點了點頭。「前幾日我上完香，來此稍作休息，瞧見一人鬼鬼祟祟蹲伏著。剛才想起，一時好奇就挖開試試，沒想到……」

大鬍子聽得津津有味，最後還點了點頭。「胡亂一試就能挖出一罈金子？妳這丫頭的財運倒真讓我羨慕。不想說實話我也不勉強妳，不過……」他頓了頓，伸出手道：「拿來！」

沈梨若心中頓時一緊，反射性把左袖往懷裡縮了縮，警戒地看著大鬍子。「什麼？」

大鬍子嘿嘿一笑，抬起手指向沈梨若緊緊護住的袖子。

「這……這是我挖到的，憑什麼給你。」沈梨若死死地攥住袖口。

「既然被我瞧見豈能沒我的分？小丫頭妳該不會想獨吞吧。」大鬍子抓了抓亂糟糟的鬍子，懶洋洋地說。

什麼？

沈梨若一聽，雙眼瞪得老大，小臉憋得通紅。她辛辛苦苦挖了半晌才得來的金子，就這樣分出去！

就在這時，遠處傳來留春的呼喚：「小姐，小姐您在哪裡？」

「找妳的人似乎來了。」大鬍子嘿嘿一笑。「小丫頭，考慮得怎麼樣，再不拿來我可就喊了。」

「別、別。」沈梨若深吸一口氣，急忙道：「我給，我給。」

留春雖是她信任之人，沒什麼心機，但這金子是她脫離沈家唯一的經濟基礎，不能有任何閃失。

她咬了咬牙，哆嗦地在衣袖中掏了掏，好一會兒才把那包金子掏了出來。

沈梨若慢慢打開布帛，手指抖了又抖，心都縮成一團了。

瞧見那大鬍子滿臉不耐煩，正欲張嘴喊人，沈梨若急了，她迅速打開布帛，掏出五片金葉子放在他的手心。

大鬍子低著頭，朝手中的金子掂了掂，輕蔑地看了眼沈梨若。「就這點？」

沈梨若氣得滿臉通紅，咬牙切齒。「這可是五片金葉子，夠吃上大半年了。」

「不行！一半！」

「什麼？」沈梨若差點尖叫出聲。

「一半，不給我就喊人了。」大鬍子緩慢地說。

察覺到留春的聲音越來越近，沈梨若只得深吸一口氣，恨恨地瞪了他一眼，迅速將一半金葉子放到他手上，低聲咆哮。「好了，你還不走！」

「嘖嘖，見妳衣著華麗，必出身富貴人家，為了這點兒小錢與我這等窮人計較，真是『人心不古』啊。」大鬍子慢悠悠地收好金葉子，對沈梨若搖了搖腦袋。「小丫頭，做人要有憐憫之心啊。」

沈梨若兩眼發直地瞪著大鬍子一搖一晃逐漸遠去的背影，直過了好一會兒才回過神來。

「小姐、小姐，原來您在這裡，可讓奴婢找得心急。」身後傳來留春歡快的呼喚聲。

沈梨若重重吐了口濁氣，沒好氣地道：「急什麼？就這麼丁點兒大的地方，我能走到哪兒去？」

說完定了定神向外走去。

坐在馬車裡的沈梨若將右手放在左袖裡，輕輕撫摸著帛中明顯縮水的金葉子，一臉悶悶不樂。

直至回到沈府，沈梨若臉上才堆起了笑容，出門為祖母祈福總得一臉歡喜地回家不是？剛走進梅園，便見大夫人和二夫人的丫頭都站在院子裡。

這時候她們怎麼都來了？

留春快走了幾步，打了簾子，沈梨若抬腳往屋內走去。

沈老夫人穿著件繡著暗紅色團花紋樣的黑色對襟褙子，正滿臉笑容地與一位端莊貴婦說著話兒，而大夫人和二夫人坐在貴婦人對面，一臉欣喜地打量著坐在旁邊那位溫文爾雅的少年。

是他！

沈老夫人明顯今天心情不錯，見沈梨若進來，急忙招呼她進來坐下。

沈梨若壓下心中複雜的思緒，行禮道：「祖母，孫女回來了。」

「回來了，坐下歇歇。」沈老夫人輕點了點頭。

「謝祖母。」沈梨若輕輕一福，低眉順眼地在二夫人身邊坐下。

「這丫頭雖然靦覥，不大說話，卻是個有孝心的。今天一早便去靈空寺為我祈福了。」沈老夫人轉過頭對著劉夫人滿面笑容。

「前幾日母親壽辰，九丫頭患病沒能侍候左右，為此一直耿耿於懷。昨日身子好轉，便讓她今日代表小輩們去為母親祈福，以表孝心。」大夫人笑道。

沈梨若心中冷笑：她這嘴一張，自己的功勞就白白成了眾兄弟姊妹共同的了。

「靈空寺香火鼎盛，菩薩感受到小輩們的孝心，定能保佑母親身體健康。」二夫人笑道。

「那是自然！」劉夫人附和，轉過頭看向沈梨若。「聽聞靈空寺籤文一向靈驗，不知九姑娘可有求籤？」

「求了。」沈梨若低著頭，小聲地說。

「哦？什麼籤？」眾人問道。

沈梨若輕聲回答。「上上籤。」

「上上籤？」沈老夫人喜不自勝，緊緊握住椅子的把手連連追問：「快說說，籤文是什麼？」

似乎很不習慣被這麼多人盯著，沈梨若輕輕地扭動了下身子，低著頭慢慢站起身，走到老夫人跟前，雙手舉起手中的籤文。「孫女駑鈍，只記得後一闋是：森羅萬物皆精彩，事事如意謝聖賢。」

「這可是難得的好籤啊，恭喜母親。」

「菩薩必能保佑母親事事順心，身體健康。」

大夫人和二夫人滿面笑容地附和。

「伯母真是好福氣啊，這可是菩薩借九姑娘的口告訴伯母，以後必將事事如心意。」劉夫人道。

「好，好，好。」沈老夫人大喜，連說了幾個好字。「我家九兒好福氣。」

「這都是菩薩對祖母的厚愛，孫女哪敢居功。」沈梨若低著頭，嘴角微翹，輕聲回答。

祖母素來信佛，她不過稍稍投其所好，借菩薩的口說了幾句吉祥話而已，就贏得了她的讚賞。

劉延林用眼角悄悄打量眼前這個垂首斂目，羞澀靦覥的少女，模樣雖不算出挑，但皮膚白皙，身段玲瓏有致，倒讓整個人增色不少。

感受到劉延林的打量目光，沈梨若的心猛然一跳，雙手抓緊了衣角，低著頭默默告訴自己不要在意，因為此生她絕不會和他扯上一點關係！

正當沈梨若坐立不安的時候，耳邊傳來沈老夫人的聲音。

「九丫頭，今日妳奔波了一天，想必也累了，就早些回去歇息。」沈老夫人朝門邊站著的留春看了看。「妳身邊就一個婢女伺候也太少了，待會兒讓妳大伯母派個聰明伶俐的婢女和幾個粗使奴才到妳院子裡。」

「都是兒媳疏忽，讓九丫頭受委屈了。」大夫人一怔，笑道：「母親放心，兒媳一定安排妥當。」

二夫人聞言也是臉色一僵，嘴唇微微動了幾下，卻沒有吐出半個字。

「謝祖母。」沈梨若站起身行禮，一臉的欣喜和感激。「謝大伯母。」

「好啦，快回去歇著吧，明兒早些過來陪我這老婆子用早膳。」沈老夫人揮了揮手。

「是。」沈梨若怔了一下，臉上閃過一陣激動，眼圈頓時發紅。

沈老夫人見到沈梨若的神情，目光越發柔和。「快回去早些歇息。」

「嗯。」沈梨若行了一禮，轉身向屋外走去。

在踏出房門的一剎那，她迅速從懷裡掏出手絹輕輕拭了拭眼角，給屋內眾人留下一個擦拭眼淚的背影。

剛跨出梅園，留春便壓抑不住心中的歡喜，跟在沈梨若身邊興奮地說道：「小姐，太好了！老夫人終於知道小姐的好了。」

「這下好了，這下好了！」留春低低唸了幾聲，忽然站定，雙手合十，抬起頭望著天。「感謝老天爺保佑，我們家小姐終於熬出頭了，感謝老天爺！」

沈梨若心中一暖，整個沈家內院或許只有留春才是一心一意為她的。她微微一笑。「看把妳高興的，別人看見，還以為你們家許四馬上就要娶妳過門了呢。」

「小姐您又取笑我。」留春紅著臉，跺了跺腳，嬌嗔道。

「好啦，我們快回吧！奔波一天，我也乏了。」沈梨若道。

「嗯，小姐早些回去歇息。」留春點點頭，頓了一下，疑惑地問：「不過那劉夫人前幾日才來為老夫人賀壽，今日怎麼又來了？」

沈梨若並沒有回答，這一切和前世一樣，劉夫人在祖母壽辰後開始頻繁造訪沈府，看來沒多久劉夫人便會作出決定。如今只希望她這幾日懦弱、靦覥的表現，能讓劉夫人放棄她而選擇其他人。

耳邊繼續傳來留春歡喜的聲音。「那個劉四公子長得真是俊啊！小姐，您可要把握機會。「小姐，老夫人好不容易對您另眼相看，您以後要繼續努力……小姐，您有沒有在聽留春說話？」

「聽見啦，聽見啦！」

回到屋裡，沈梨若支開留春，耳根子才總算清靜下來。

拿出袖中的金子，沈梨若輕輕地撫摸著。雖然去了一半，但也不少了。

這些金子，價值二百兩銀子，二百兩啊，她可以開個鋪子，或者買上幾畝地……

想著想著沈梨若的臉上露出燦爛的笑容，連帶身子也飄飄然。

隔了好一會兒，沈梨若才晃了晃腦袋，壓制住自己的幻想。

正在這時，門外傳來留春的聲音。「小姐，大夫人派來的人到了。」

到了？這麼快？

沈梨若一怔，迅速將金葉子包好藏在床底，理了理衣服才喚道：「讓他們進來吧。」

「是。」

第五章　夏雨

憶及前世，她身邊加派人手是因為即將嫁入劉家，留春又嫁了人，如今時間提前了大約半年，夏雨是否還會出現在她身邊呢？

她正沈吟著，一個十三、四歲的小丫頭，一個三十幾歲的中年婦人和兩個粗壯婆子走了進來。

那丫頭微微低著頭，腰部保持著彎度，一臉的恭敬和謙卑。雖然因時間提前半年，夏雨比起她們第一次見面時稚嫩了不少，但沈梨若還是一眼就認出她。

看來不管她如何改變，有些人有些事還是無法改變。

幾人走到她跟前跪下，一一行過禮；那中年婦人夫家姓彭，在沈家門房做事，這彭家的以前一直在後院做粗活。雖說沈梨若不得寵，但好歹也是正經主子，跟在主子身邊做事，比以前在後院可不止好上半點兒，是以望著沈梨若的臉上自然帶著無比欣喜。

而夏雨微低頭，但又能保證從沈梨若的角度能清楚看到她臉上的恭敬和謙卑。

沈梨若端起茶杯，輕輕抿了一口，隨便交代幾句打發了其他人，獨獨將夏雨留下來。

夏雨帶著絲絲的緊張和興奮偷偷地瞄了眼沈梨若，頓時迎上了那冰冷的目光，讓她心驚肉跳。

沈梨若緊握著雙手，就這樣盯著她，彷彿要將她從內到外看個清清楚楚。現在想起來，夏雨在她面前幾乎都是這樣恭敬謙卑，交代下去事情，夏雨都能很快做好，從始至終沒有絲毫怨言。

因此沈梨若看重她，將她放在自己身邊，帶著她嫁去劉家。

猶記夏雨的母親摔傷了腿，是沈梨若拿出為數不多的體己錢給她母親找大夫；她的弟弟上不起學堂，是沈梨若拿出嫁妝贊助她弟弟讀書……她是如此信賴夏雨，可最後夏雨卻親手將她推入死亡的深淵。她不明白，到死都不明白，夏雨為何要害她？

沈梨若真想一把抓住她的衣衫，揑住她的喉嚨，問她：為何要害我？可惜就算問了，也得不到任何答案。

沈梨若壓下心中洶湧的恨意，垂下雙眸，讓心神緩緩平復後，瞄了眼還跪在地上有些不知所措的夏雨問道：「妳叫什麼名字？」

「奴婢名叫夏雨。」夏雨拜倒在地。「奴婢去年底才進沈府，一直在花園裡當差。」

沈梨若沒有應聲，只是盯著手中輕輕轉動的茶杯。

隔了半晌，夏雨極為不安地扭了扭身子，微微抬起頭，在對上沈梨若射來的眼神後又迅速垂下來。

又隔了一會兒，在夏雨極度不安中，沈梨若才放下茶杯，輕輕吐了口氣道：「起來吧。」

「是。」夏雨大大吐了一口氣，緩緩地站起身。

「這是我的貼身婢女留春，以後妳就聽她的吧。」沈梨若指了指站在身邊的留春。

「是。」夏雨行了一禮，又轉過身對著留春微微福身。「留春姊。」

「都下去吧。」沈梨若揮了揮手。

「是。」二人齊聲回答，迅速退出門外。

待兩人的腳步聲漸漸消失後，沈梨若才從床底將金葉子掏了出來，並打開衣櫃最底層一個帶鎖的小箱子，將金葉子放進去。

沈梨若輕輕摸摸箱子，小心翼翼地放回原位。箱子裡面裝著的是沈梨若母親的遺物。留春作為她的貼身婢女，這間屋子裡，可以說除了這個箱子裡面的東西以外，她都一清二楚。

自從母親去世以後，沈梨若便花錢請人做了這麼一個箱子，將母親生前喜愛之物收集在一起，這是在冰冷冷的沈家中，唯一能讓她感到溫暖的東西。

一切收拾妥當，沈梨若的心情才平靜下來，有了這二百兩，她以後的生活算是有了基本的保障。

一轉眼，半個多月過去了。

在這半個多月裡，劉夫人頻繁造訪沈府，每次劉夫人一來，大夫人和二夫人均使盡渾身解數討好，沈梨落和沈梨焉也盡其所能地展現自己的端莊賢淑。

而沈梨若總是待在自己的小院裡，有時難免和劉夫人碰面也一副羞澀靦覥的模樣。

這一日，陽光正好，正是外出的好日子。

一大早，沈梨若便收拾妥當，帶著留春坐上了許四的馬車出門。

沈家家教雖然甚嚴，女兒家平時都不許出門，但每月經長輩允許後都可有一日出去散散心。

「吱嘎」一聲，馬車在北市邊停下，北市乃是陵城最大的市場，胭脂水粉、綾羅綢緞應有盡有，是姑娘們最喜歡逛的地方。

「小姐、小姐，到了，到了！」留春興奮地叫道。

「知道了，看把妳高興的。」看著一臉雀躍的留春，沈梨若笑了笑。「聽聞悅然樓對面那間鋪子的包子不錯，妳去幫我買幾個吧，我在這附近逛逛。」

「是。」留春點頭，掀開車簾，跳下馬車，雀躍的身影幾下便消失在人群裡。

留春走後，沈梨若掀開簾子，輕聲道：「許四。」

見許四轉過身，沈梨若將袖中包有金葉子的布帛悄悄放入許四手中。「這金葉子，你快些收好。」

許四目瞪口呆地捏著手中的布包，來不及詫異沈梨若為何給他這麼多錢，便聽到沈梨若低低的聲音傳來。「這裡面的金葉子大約值八十兩銀子，你拿去把菜園街中段那間鄭記書齋買下來。」

許四愣愣地望著沈梨若，好半天才回過神來，喃喃道：「小姐，萬一那書齋老闆不願意賣怎麼辦？再說菜園街的鋪子可不大好……」

「你照我說的做就是，那鄭記書齋的老闆一定會願意。」沈梨若淡淡地吩咐。「你買下鋪子後，賣些筆墨紙硯，嗯……就交給你才到陵城沒多久的三叔打理，我記得他曾經給人當過掌櫃。」

許四傻傻的望著沈梨若，他三叔回來不過三日，小姐怎知道的？而且小姐和他三叔從未見過面，怎地就知道他三叔以前給人當過掌櫃，放心將生意交給他打理？

沈梨若沒有理會呆愣的許四，逕自下了馬車。「按照我說的去做，做好後給我回個信。」說完頓了頓才道：「記住，不能和任何人提起我的名字，包括留春！」

她的聲音不大，但威嚴有力。

許四一聽，急忙應聲將金葉子貼身放好。

沈梨若緩緩地走在街上，臉上露出淡淡的笑容。菜園街的鋪子豈止不好，那裡可是北市出了名的生意慘澹之地。菜園街位於北市邊緣地帶，原本是莊稼人賣菜的集中地，因此叫做菜園街。後來市場搬遷了，平時顧客銳減，在那裡開鋪別說賺錢了，能不虧本就不錯了。

可是她記得，前世的九月——也就是這月的中旬，會有一京城富商買下菜園街中段一間茶樓，鉅資裝修，奢華程度堪稱陵城第一樓。從那以後，菜園街便成為北市最熱鬧的地方，人來人往，生意好不興隆。而這鄭記書齋正好位於茶樓斜對面，據說書齋老闆為八十兩賣出店面之事後悔不已，曾接連幾日在店鋪門口傻傻地站著嘆氣。

正在這時，留春的聲音由遠而近。「小姐、小姐，包子來了。」

沈梨若笑了笑，腳步輕快地迎了上去，店鋪的事情安排妥當，今日就好好享受一下自由的時光。

時光飛逝，轉眼就是月底，那間名為翰墨軒的店鋪已於半月前正式開張，掌櫃的正是許四的三叔，而日後被稱為陵城第一樓的白雨樓也裝潢得差不多了，相信過不了多久，菜園街便會成為北市最為繁華的地帶。

這一日午後，沈梨若正躺在院子裡的躺椅上昏昏欲睡，留春則安靜地站立在她的身邊伺候。

「小姐，四小姐來了。」夏雨走到她身邊恭敬地說道。

沈梨落，她怎麼來了？沈梨若緩緩睜開眼。

「瞧九妹這日子舒服的，真讓四姊我羨慕啊。」一道清脆明亮的聲音響起。

沈梨若站起身，順著聲音望去，只見身穿桃紅色交領上襦，白色百褶長裙的沈梨落滿臉笑容地走來。

「四姊真會說笑，我這就是在混日子唄，哪有四姊的日子多姿多彩。」沈梨若輕輕一笑。

「什麼多姿多彩啊，我就閒人一個。九妹妳這張小嘴可是越來越甜了，怪不得祖母這幾日都念叨著妳。」沈梨落笑道。

閒人？閒得可真舒服。

今天去沈老夫人那裡問安，明日去大夫人那裡撒嬌……如今又到訪她的靜園，這沈府怕是沒有比她更閒的了。

沈梨若心中暗自冷笑，表面上卻微微笑了笑。「四姊有何事？」

「沒事我就不能來叨擾妳啊？」沈梨落露出燦爛的笑容，格外光彩照人。

「姊姊真會說笑。」沈梨若走到院子中央的桌子前坐下。「有姊姊這個大美人到訪，那可是我的榮幸。」

「妳這張小嘴就知道取笑我。」沈梨落坐到她旁邊，頓了一會兒道：「是這樣的，劉伯母今日派人送來請柬，邀請我們姊妹三個明日去劉府遊玩。我一想啊，已許久沒來九妹妹這靜園看看了，就自告奮勇地報信來了。」

「劉夫人邀請我們？這是為何？」沈梨若面帶疑惑。

「好像是因為她的姪女從都城來了，叫什麼來著？穆……穆……」沈梨落用手托著香腮。

「穆婉玉！」沈梨若一愣，雙手猛地攥緊衣角，將那幾個字從牙縫中吐了出來。

「對、對！就是叫穆婉玉。」沈梨落恍然大悟地拍了拍手，笑道：「九妹足不出戶，可是消息卻格外靈通，姊姊我還怕妳不知，巴巴地跑來告訴妳，看來還是多此一舉了。」

沈梨落嘴上雖說得歡快，卻疑惑地望了眼沈梨若，心中暗忖：這九妹幾乎足不出戶，怎地知道得如此清楚？

察覺到沈梨落的眼神，沈梨若掩袖深吸口氣，擠出幾絲笑容。「前些日子在祖母那裡碰見劉夫人，聽她提起過。」

「哦，原來如此。」沈梨落點頭道。

兩人正寒暄著，留春帶著夏雨將茶水和點心端了上來。

沈梨若端起茶杯笑道：「四姊，喝茶。」

「九妹真是客氣。」沈梨落端起茶杯，輕輕抿了一口，掃了一眼點心，頓時雙眼一亮，笑了起來。「千層酥！九妹真是有心，知道四姊我最喜歡吃的就是這千層酥了。」

沈梨若一怔，千層酥？她不喜甜食，所以靜園裡幾乎沒有這點心，現在怎會有？

抬起頭掃了一眼站在旁邊的留春和夏雨，沈梨若笑了笑，湊近沈梨落小聲道：「知道大伯母平時不讓妳吃，這才特意讓妳解解饞。」

如今女子纖細為美，可沈梨落卻偏偏容易長胖，又喜吃點心。因此為了保持一副苗條身材，大夫人平時對她管教甚嚴，任何點心、蜜餞是絕對禁止的。

「九妹妳對我可真好。」沈梨落拉著沈梨若的手，笑得一臉燦爛。

沈梨若望著自己被她拉住的雙手，心中暗忖：不管在大夫人多麼嚴厲的教導下，她平時表現得如何成熟穩重，端莊賢淑，也不過是個十六歲年紀的少女。

沈梨落連著吃了好幾塊，才意猶未盡地放下手，掏出手絹擦了擦嘴角，不好意思地朝沈梨若笑了笑道：「讓九妹見笑了。」

「四姊說哪裡話，在妹妹這裡還客氣什麼。」說完，將裝有千層酥的盤子往沈梨落面前推了推。「想吃就吃吧，在這裡大伯母不會知道的。」

「不了，還是不了。」沈梨落連連擺手，眼睛卻不捨地望了那盤千層酥幾眼，隔了好一會兒才抬起頭。「關於明日送穆小姐的禮物，不知九妹可有打算？」

沈梨若想了想，搖了搖頭道：「這……四姊知道我是個沒主意的，不知四姊可有什麼好建議。」

「我這裡有一對赤金鑲翡翠墜簪子，雖說不是極好，但樣式不錯。要是九妹不嫌棄，就將它送給穆小姐吧。」沈梨落從袖中掏出個小巧的盒子，輕輕放在桌上。

這麼好？

如此殷勤，想必是受了大夫人的點撥，特來拉攏她吧。她這些日子每日晨昏定省，處處迎合沈老夫人的喜好，看來終於見到成效。

沈梨若低下頭，吞吞吐吐道：「可是妹妹我……我……沒那麼多錢。」

「九妹這說的，誰要妳錢啊！」沈梨落拉下臉，一臉生氣狀。

「可是……怎好意思讓姊姊破費。」沈梨若瞪大雙眼，雙手連擺地說道。

「只要以後四姊嘴饞的時候，來妳這裡有千層酥吃就好啦。」說完，沈梨落將盒子往她眼前推了推。

「這怎麼使得……」沈梨若一臉不好意思。

「好啦，咱們就這麼說定了！」沈梨落打斷了沈梨若的話，站起身，又戀戀不捨地看了桌上的千層酥幾眼。「這時候也不早了，我還得去母親那裡。」

「那就多謝四姊了。」

「兩姊妹還需客氣什麼！」

沈梨落走後，沈梨若靜靜地坐在床上。

她來了！

那個她曾經視為知己，待如姊妹，最後卻一手策劃置她於死地的人來了。

穆婉玉！

她依稀記得，上一世這時候劉夫人也曾因穆婉玉的到來而宴請她們三姊妹過府，可是當時她阮囊羞澀，沒有稱頭的禮物而稱病推辭了。

此次她必得前去，仔仔細細地將那人看個清清楚楚！

沈梨若正想著，一陣腳步聲傳來，接著她聽到留春的聲音。「小姐，時候不早了。」

沈梨若甩開滿腦的思緒，隔了一會兒才淡淡地說道：「進來吧。」

「小姐，要不奴婢伺候您早些歇息吧。」留春走到沈梨若跟前道。

「嗯。」沈梨若垂下雙眸，緩緩地站起身。

「小姐，依奴婢看夏雨是個做事妥當的，人也不錯。」留春熟練地脫掉沈梨若的小襖。

嗯？沈梨若沒有將夏雨放在身邊，這個把月就讓留春安排些雜事給她，沒想到她竟然能說動留春為她求情。

沈梨若抬起頭看了留春一眼，自從她來到沈府，這麼多年留春一直跟著她，不離不棄。因此對於她的忠心，她從不懷疑。看來留春是真覺得夏雨不錯。

第二日清晨，沈梨若準備妥當，便朝屋外走去，才剛跨出房門，就聽見屋角傳來低低的聲音。

「留春姊，我……我是不是有什麼地方做得不好？」先是夏雨怯怯的聲音。

「怎麼會呢？妳做得很好。」留春輕輕的安慰聲響起。

「可是……可是我總覺得小姐對我不大滿意。」夏雨的聲音越來越低，隱約還帶著哽咽。

「不會的，那是因為小姐的話本就不多。這段時間妳的表現小姐可都看在眼裡，記在心裡。」留春壓低聲音。

「真的？」夏雨驚喜地說道。

「那是當然，妳就別胡思亂想了，以後好好做事。」

「嗯，我一定會的，謝謝留春姊。」
「咳咳。」沈梨若輕輕咳嗽兩聲。
屋角的聲音戛然而止。
兩個嬌小的身影緩緩地從屋角的陰影中走了出來。
「奴婢見過小姐，小姐安好。」兩人看到沈梨若，急忙一福，齊聲道。
「嗯。」沈梨若望了留春一眼。「留春，妳去看看四小姐、六小姐可準備妥當了？」
留春快速地在沈梨若和夏雨身上來回望了幾眼，嘴唇動了動，最終還是沒說什麼，低下頭行了一禮，轉身離開了。
沈梨若緩緩地邁開腳步，一直走到距離夏雨一步之遙才停下，靜靜地看著她。
「小姐有何吩咐？」被沈梨若盯得渾身不自在，夏雨輕輕向後挪了挪，顫聲道。
「夏雨，妳可願意跟隨我四姊？」沈梨若淡淡地開口。
夏雨聞言大驚，撲通一聲跪倒在地，驚慌道：「奴婢、奴婢不願意，小姐……小姐別趕奴婢走啊。」
「妳不願意？這可奇了，昨天見妳將四姊的喜好記得那麼清楚，我還以為妳想去四姊那裡呢。」沈梨若淡淡說道。
「不願意！奴婢不願意！」夏雨膝行兩步，雙手扯著沈梨若的裙襬，抬起頭，緊張而惶恐地說道：「小姐，奴婢錯了，奴婢以後絕不敢擅作主張，求求您別趕走奴婢。以後小姐讓奴婢做什麼，奴婢才做什麼！絕不再胡亂拿主意。」

「俗話說人往高處走，我的情況妳我心裡清楚，妳想跟著四姊，我也不怪妳。」沈梨若盯著夏雨那張還帶著稚嫩的臉。「若妳點頭，我就和大伯母說一聲，今天便能把妳送過去。」

「不是的，不是的！」夏雨頓時砰砰地在地上連磕了幾個響頭。

不管九小姐在沈家的境遇如何不好，再不受寵的主子永遠都是主子，下人無論多麼討得主子喜歡也永遠是下人。她才服侍九小姐沒幾天，便被主子送回去，到了大夫人那裡她還有好日子過？

「可是我四姊那裡不好？還是妳覺得我四姊不是嫡出，因此想去跟著我六姊？」沈梨若輕輕斜著頭，疑惑地問。

「奴婢怎敢！」夏雨頓時急了，沈梨若這句話要是傳出去，她就別想待在沈府了。「幾位小姐都是主子，奴婢怎敢有任何不敬之意。」說到這兒，她抬起頭，眼神堅定地望著沈梨若。「無論四小姐、六小姐那裡有多好，奴婢只願意跟著小姐。」

「哦？為什麼？」沈梨若揚起疑惑的眼眸。

「因為……因為小姐性子好，待咱們下人極為不錯。」夏雨小聲地說：「而且四小姐身邊的錦琪姊姊，六小姐身邊的秋雲姊姊都不好相與，留春姊姊卻待我如姊妹般。」

望著那雙坦誠和真摯的雙眼，沈梨若拉了拉裙襬道：「起來吧。」

「是，多謝小姐。」夏雨重重吐了口氣，慢慢地站起身。

「退下吧。」沈梨若揮了揮手。

「是。」

望著那漸漸遠去的背影，沈梨若暗忖：如此真誠坦白的婢女，若沒有經歷那一場死亡的教訓，想必自己也會被打動吧？

今日之事也算對夏雨略作警告，想必會老實好一陣子吧。

這時，留春匆匆走來回報。「小姐，四小姐和六小姐已準備妥當，正準備出門。」

「那咱們也走吧。」沈梨若點了點頭，抬腳向外走去。

留春連忙上前幾步，跟在沈梨若的身後。

直到沈梨若和留春的身影消失在遠處，一個嬌小的身影才從屋子角落走了出來。

夏雨掏出手絹使勁地擦了擦手心的汗，雙眼緊盯著沈梨若消失的方向，心中疑惑不解：這九小姐為何和以前所聽說的完全不同？本以為是個軟弱沒主見的主子，而留春很快就要嫁人，那她自然可以成為貼身婢女，沒想到……

如今小姐如此不喜自己，難不成是因大夫人派她來的緣故？

不行，她夏雨絕不能如此當一個卑微的粗使婢女下去，她一定要想法子取得小姐的信任。夏雨捏緊了雙拳，暗自下定決心。

馬車裡，沈梨若安靜地坐在左側，旁邊是一臉欣喜，雙眼閃閃發亮的沈梨落，而沈梨焉則是若有所思地坐在對面。

沈梨若眼角輕輕地掃了眼兩個姊姊，看得出來兩人都為今天的穿著打扮費了不少心思。沈梨落身穿湖綠色綢面小襖，白色挑線裙子，讓原本就明豔照人的她，看上去多了幾分端莊；而沈梨焉穿著桃紅色對襟襖子，鵝黃色百褶羅裙，則添了幾分亮麗。

沈梨落明顯沒有平時的沈穩，不時地扯扯自己的衣衫，理理自己的頭髮。自從沈老夫人壽辰那日，她遠遠瞧見溫文爾雅的劉延林，一顆芳心便繫在了他身上。可是從那之後，沈梨落一直沒有機會和心上人正式見面。如今機會終於來了，如何讓她不歡喜雀躍。

沈梨若記得沈梨落上一世被許配給一個做藥材生意的……好像在劉夫人提親之前……

不過她前世除了早晚請安外，幾乎不和府裡其他人接觸，具體情況如何她記不大清楚，好似親事定下之前沈梨落還大病一場，說是因為感染風寒……看來不論如何，她的這段愛慕最終還是以失望告終。

第六章　劉府

「九妹，妳說這是到哪兒了？」沈梨落碰了碰沈梨若的手臂，低聲問。

「妹妹不知。」沈梨若道。

「車子都走了大半個時辰了，應該快到劉府了吧？」沈梨落喃喃道。

沈梨若笑著搖了搖頭。

沈梨落見她一問三不知，頗為無趣，便轉過頭不再說話。

又坐了一會兒，沈梨落轉過身輕輕地掀開車簾的一角，準備湊過去往外瞧瞧。

「喲，沒想到咱們四姊可真是心急啊。」沈梨焉的輕笑聲響起。「這才出門一會兒呢，就坐不住了，放心吧！我那劉四哥在家待著呢，跑不了的。」

「誰著急了！」沈梨落滿臉通紅，不知道是被臊的還是被「我那劉四哥」幾個字給氣的。

「我著急了，我著急了還不行嗎？」沈梨焉掩袖笑道：「不過話又說回來，劉四哥出身名門世家，又風度翩翩談吐不俗，也難怪……」說到這兒，沈梨焉頓了頓，似笑非笑地瞄了瞄沈梨落。「不過憑著劉家的家世，劉夫人想必會挑一個身分不差的大家閨秀做兒媳婦吧。」

沈梨焉故意加重了「身分不差」四個字。

沈梨落通紅的臉頓時變得鐵青，大夫人膝下只有沈梨苑一女，大夫人怕女兒孤單，便將出生沒多久、親娘便去世的沈梨落抱來身邊養著，好讓沈梨苑有個伴。雖然各種待遇和其他嫡出子女一樣，大夫人待她也不錯，但終究還是擺脫不了庶女這個身分。

沈梨落自大又自卑，她自忖美貌，可從小在沈梨苑這個天之驕女身邊長大，庶女身分讓她心裡有著強烈的自卑。如今沈梨焉的話正好戳中了她的心事，自然讓她極為惱怒。

「妳說是不是啊，四姊？」沈梨焉看著沈梨落的臉色，心情大好。

沈梨落緊緊攥緊衣角，閉上眼深吸了幾口氣，隔了好一會兒臉色才恢復正常。「妳說得不錯。」她擠出一個笑容。「不過我記得劉夫人曾說過，想讓劉公子挑選一個中意的。所以依我看啊，這身分不身分的只要差不多就行了，最主要還是劉公子自己的心意。」

說完，沈梨落按了按鬢角，臉上綻放出燦爛的笑容，明豔無比。

沈梨焉頓時臉色變了變，訕笑道：「呵呵，四姊說得不錯。」

兩人針鋒相對了半晌，誰也沒占到便宜，反而在心裡憋上了火。互相瞪了對方一眼，兩人都感到無趣，閉上了嘴。

沈梨若沒有在意兩人的針鋒相對，她輕輕靠在車壁上，聽著耳邊傳來馬車咯吱咯喳前進的聲音，嘴角一扯，勾出一個冷笑。

穆婉玉，沒想到我們這麼快就要見面了。

正當沈梨若三人在馬車裡大眼瞪小眼的時候，馬車停了下來。

車簾被撩開，王嬤嬤的笑臉出現在眼前。「四小姐、六小姐、九小姐，劉府到了。」

王嬤嬤在大夫人身邊服侍，平時待人頗為和氣，做事也十分俐落，所以大夫人這次特地派她跟隨沈梨若三人去劉府。

三人披上披風下了馬車，幾個婢女僕人急忙迎上來請安。

「沈家三位小姐安好，請這邊走。」一個穿著青色小襖的管事嬤嬤走上前福了福身。

三人點點頭，沈梨落和沈梨焉整理了本已十分平整的衣襟，在管事嬤嬤的帶領下，往劉府後院走去。

劉家不愧為名門世家，光是園林建築便比沈家壯觀了不少。

一路走來，亭榭樓臺，錯落有致；青松拂簷，玉欄繞砌，精妙優美；遊廊曲徑、雕窗鏤刻的亭子下，碧水淙淙，落花浮盪，煞是幽雅宜人。

沈梨若臉色平靜地走在管事嬤嬤身後，身邊的沈梨落和沈梨焉雖然帶著得體的微笑，但二人眼睛閃閃發亮，微笑中帶著難以掩蓋的欣喜。

看樣子，她們對劉府的情況非常滿意。

劉家不只邀請了沈梨若三人，當她們來到後院時，院子裡已有不少位閨秀，正三三兩兩地坐在一起閒聊笑鬧，整個後院熱鬧非凡。

領路嬤嬤停下腳步，側過身子，行了一禮。「夫人和表小姐一會兒就來了，請三位小姐先在此稍作休息。」

沈梨焉和沈梨落也沒說什麼，來的閨秀中，有不少她們相識的，便褪下披風交給兩側站立的婢女，向各自相識的熟人走去。

「有勞嬤嬤了。」沈梨若落後幾步，對著領路的嬤嬤笑著點了點頭，抬腳朝人少的角落走去。

剛走了幾步，便聽見沈梨落的聲音傳來：「九妹，這裡。」

看來想找個清靜的地方是不成了。沈梨若嘆了口氣，轉過頭向沈梨落走去。

「這是我九妹。」沈梨落拉著沈梨若坐下，指了指對面穿著粉色小襖的少女。「這是城南于家三小姐，于晚晚。」然後又指了指旁邊著淡紫色綾襖的少女。「這是五小姐，于婷婷。」

幾人互相見了禮。

于家位於城南，世代經商，家底頗豐，但在沈家這種自視甚高的書香門第眼裡，經商終究是下乘。

沒想到沈梨落竟然與她們兩人關係這麼要好，沈梨若詫異地望了沈梨落一眼。

于晚晚笑盈盈地說道：「妳有個這麼清秀雅致的妹妹，也不早點帶出來給我們瞧瞧？」

「我這妹妹什麼都好，就是人靦覥了點，平時窩在她那小院裡不出門。」沈梨落輕笑。

「成天待家裡怎麼成呢，有時間和妳姊姊來我們家走走。」于晚晚道。

道。

「對啊，我們家就我們兩姊妹，天天和我姊姊大眼瞪小眼，忒無聊。」于婷婷歡喜地說

親近的話語，溫柔的聲音倒讓沈梨若這兩姊妹添了不少好感。

大家聊得正歡，忽然一陣歡快的笑聲傳來，眾人轉過頭望去，只見劉夫人帶著一位少女盈盈走來，少女約莫十三、四歲，穿著件玫瑰紅繡白玉蘭花緞面交領上襦，白色羅裙，烏黑的頭髮綰了個圓髻，插著根赤金鑲碧蘿石簪子，顯得嬌俏可人。

望著那越來越近、越來越清晰的身影，沈梨若低下雙眸，雖然心裡已經做足了準備，但也難以壓住心中的恨意。

憤怒和氣恨猶如潮水般鋪天蓋地而來，她只覺得腦中嗡嗡作響，似乎什麼也聽不見了，她不敢抬頭看向穆婉玉，怕一抬頭便會忍不住上去撕毀穆婉玉那甜美可人的笑容。

眾女的注意力都集中在劉夫人和穆婉玉身上，倒沒人注意沈梨若的異常。待劉夫人走近，眾女紛紛站起問安。

寒暄過後，劉夫人指了指穆婉玉。「這是我姪女婉玉，和各位年紀相仿，大家多親近親近。」

穆婉玉的模樣與劉夫人有些相似，同樣眉細而顴高，但臉型偏圓，再配上少女的調皮與嬌俏，整個人顯得柔和不少。

「各位姊姊好。」穆婉玉行了一禮，甜甜笑著。

眾女紛紛還禮。

清脆嬌憨的聲音傳入沈梨若的耳中，似乎格外響亮，激起陣陣回音，震得她胸口發疼。

「這穆小姐雖說來自京城，但看起來還挺好相處的。」沈梨落碰了碰沈梨若的手臂，低聲道。

沈梨若慢慢抬起眼眸，緩緩地看向那張甜美可人的臉。

「妳發什麼愣啊！」沈梨落挑了挑眉。

「沒事，姊姊說得沒錯。」沈梨若深深吸了口氣，壓下心中那噴湧而出的恨意，微微點頭附和了一聲。

「好啦！現在有了這麼多人陪，妳就不用纏著姑母了吧。」劉夫人笑盈盈地說道，語氣中帶著寵溺。

「有姑母在，婉玉怎麼會無聊呢？」穆婉玉搖了搖劉夫人的手臂奉承。「婉玉不過是想藉口和姑母多親近親近罷了。」她的語氣嬌憨，顯得俏皮可愛。

「知道了，我們家婉玉可是姑母貼心的小棉襖。」劉夫人輕輕捏了捏穆婉玉圓潤的臉蛋，抬起頭笑道：「各位姪女，我還有事就不在這兒招待各位了，我們家婉玉不懂事，有什麼不周的還請大家多多包涵。」

眾人又客套了一會兒，劉夫人轉過頭對穆婉玉使了個眼色，見她微微點頭後，露出一個笑容轉身走了。

沈梨若一直悄悄地注視著穆婉玉，她和劉夫人的小動作自然沒逃過她的眼睛。在別人眼裡這只是一個姑母對姪女叮囑的眼神，但沈梨若知道憑穆婉玉的心智和手段，劉夫人斷然無須叮囑她好好照顧客人。

那會是何事？沈梨若暗自琢磨。

穆婉玉的視線掃過眾人最後落在沈梨落身上，笑吟吟地說道：「這位姊姊長得可真漂亮，不知是哪個府上的？」說完，走到沈梨落面前，歪著頭，雙眸帶笑。

沈梨落先是一怔，見穆婉玉誇獎自己，頓時大喜，笑道：「穆小姐謬讚了，我姓沈，在家排行第四。」

「原來是沈四姊姊，咱們年紀差不多，小姐小姐的叫著多生分啊，看著姊姊比我大一、兩歲，妹妹就喚妳一聲姊姊了。」穆婉玉笑道。

「那姊姊就卻之不恭了。」沈梨落自然十分歡喜，急忙應承。

「常聽姑母說起沈四姊姊樣貌生得極好，今日一見果然名不虛傳。」穆婉玉拉起沈梨落的雙手，甜甜地笑。「姊姊貌美如花，鼻直而挺、鼻翼豐厚，一看就是有福之人。」

沈家在陵城雖說也算不錯，可沈梨落畢竟是一個庶女，何曾受到過如此讚美，頓時激動得滿臉通紅，嘴唇動了幾下才道：「真……真的？」

「當然是真的。」穆婉玉點點頭。

沈梨落雙眼大亮，一會兒才穩定心神，感激地看著穆婉玉，行了一禮。「多謝穆妹妹讚美。」

穆婉玉急忙伸手扶起，笑道：「姊姊真是客氣，妹妹不過實話實說而已。」

當今女子以福氣為重，若一女子被斷定有福，就算樣貌差些也必定能吸引眾多好人家上門提親。沈梨若前些日子也是憑藉抽得「上上籤」讓沈老夫人認定自己「有福」，改變她在沈老夫人心中的地位。

若是其他閨秀說出這話，大家還可以當作戲言一笑置之，但穆婉玉畢竟是劉夫人的姪女，出身京城名門，她的話自然有可信度。

沈梨落雖說樣貌出色，但庶女身分讓她在沈家缺乏競爭力，在沈劉兩家議親的關頭，穆婉玉一句「有福之人」怎能讓沈梨落不欣喜若狂。

「一個庶女而已，再有福能有福到哪兒去？」突然一個低低的嘟囔聲傳來。

這話說得陰陽怪氣，沈梨若不用回頭，也知道那聲音來自沈梨焉和她的友人。

沈梨落臉色頓時一僵，嘴唇動了又動，終究還是忍住。又瞄了瞄穆婉玉，見她神色如常，才放下心來。

于晚晚見沈梨落尷尬，輕輕拍了拍她的手臂，微笑道：「穆妹妹怕是第一次來陵城吧，咱們陵城雖比不上京城繁華，可有幾處風景不錯，妹妹有空不妨去走走。」

穆婉玉一聽大感興趣。「姊姊快說來聽聽。」

「那是自然。」于晚晚笑道：「妹妹這裡坐，姊姊慢慢說給妳聽。」

「好的。」穆婉玉點頭，走到桌前坐下。

因為有穆婉玉的存在，于晚晚收起了方才的俏皮可愛，行為優雅有度，言語得體大方，倒頗有些長袖善舞的樣子。

幾人的話題很快從陵城的風景轉移到衣服、飾品、胭脂上了。

穆婉玉來自京城，對這衣服飾品方面的瞭解自然比其他人強了不少。一時間她說得興致勃勃，其他人聽得津津有味，氣氛倒也融洽。

沈梨焉心中雖不滿沈梨落入了穆婉玉的眼，但又不好表現出來，只得堆起僵硬的笑容坐了過來，不時討好附和兩句。

沈梨若則靜靜地坐在沈梨落身邊，臉上帶著淡淡的微笑，一副認真傾聽的模樣，眼角卻不時打量著穆婉玉。

憑著穆婉玉的心性和身分地位，她絕不會無緣無故這樣吹捧一個她根本不放在眼裡的沈梨落。可她如此刻意交好是為了什麼？難道是關於劉延林的親事？沈梨若暗忖。

劉夫人為了維護兒子劉延雲的利益，又要確保劉家的臉面，迎合劉二爺的心意，維持寬容大度的嫡母姿態，一個看上去光鮮亮麗，實際上則外強中乾的親家是劉夫人最需要的。而在陵城，沈家自然是首選。

沈家表面上算是陵城數一數二的世家，但沈家人多年來重士輕商，沈家幾位老爺個個只知道之乎者也，仁文禮數，對經營一竅不通。現在的沈家雖說看上去光鮮亮麗，但實際上每年都入不敷出，早已到了山窮水盡之時，記得上一世她嫁給劉延林不過兩年，沈家便徹底落魄。

想必是劉夫人想借穆婉玉的眼來觀察一下她們三姊妹的性子，以便選一個頭腦簡單、好拿捏的做兒媳婦。

感受到穆婉玉時不時飄來的打量的眼神，沈梨若不由得心中一緊。她的眼神很輕，如柳絮般拂過，若不是沈梨若對她格外熟悉，又一直暗中注意，幾乎不能發覺。

看來她這段時間膽小靦覥，難登大雅之堂的模樣，並未能讓劉夫人打消選擇她的心思……沈梨若心中開始不安起來。

正在沈思著，耳邊傳來一陣嘈雜聲，接著袖子被人猛然揪住，沈梨落壓抑著歡喜的低語聲傳來：「九妹、九妹，是劉四公子，劉四公子來了。」

沈梨若一聽，雙手握緊拳頭，雙眼卻直直地朝穆婉玉看去。

前世時，她雖聽說穆婉玉對劉延林似乎有著朦朦朧朧的愛意，她卻只當作流言一笑置之，並沒有去深究。畢竟劉延林已經妻妾滿堂，憑穆婉玉的家世沒可能自降身分嫁給劉延林。何況穆婉玉一直都表現得善良溫和，對她這個表嫂也十分尊敬友愛，但沒想到……

重生後的夜深人靜時，她曾在想，或許穆婉玉早已對劉延林情根深種，只是她未察覺，想來只有刻骨銘心的愛情才能讓穆婉玉狠下心腸置她於死地，以便取而代之。

沈梨若緊緊地盯著她。

穆婉玉緩緩地轉過頭，雙眼沒有少女春心萌動的羞澀，也沒有見到心上人的激動和欣喜，除了有禮且帶著疏離的笑容外，她的一切都那麼平靜，彷彿走來的翩翩公子只是路人。

沈梨若皺了皺眉，難不成這時候穆婉玉還未喜歡上劉延林，或是她心裡惦記的只是劉家家主正妻的位置？

嘴角輕揚的劉延林，穿著一身白色深衣，緩緩走來。身邊跟著一位公子，五官和劉延林有些相似，但臉色蒼白，身子瘦弱得如同風中殘柳，正是劉家的嫡子劉延雲。

見劉延林走來，圍在穆婉玉身邊的姑娘頓時跑了個乾乾淨淨，沈梨焉也如同見到花朵的翩翩蝴蝶，飛一般地撲了上去。

剎那間，劉延林旁邊花團錦簇，鶯鶯燕燕好不熱鬧。劉延雲連退幾步都沒能避開蜂擁而至的閨秀，還被擠了個趔趄，幸好身邊其他幾位公子及時扶住才未摔倒。

穆婉玉見狀忙走過去將劉延雲扶到椅子上坐好，對劉延林沒有絲毫迷戀。

「妳還不快去，再晚點妳的心上人就要被人團團圍住，到時候妳擠都擠不進去了。」于晚晚見沈梨落坐在椅子上扭動了半天仍未起身，笑道。

「是啊，到時候被人搶先，妳可別傷心難過。」于婷婷在一邊幫腔。

沈梨落被說得滿臉通紅，扯了扯袖子道：「胡說什麼呢？別讓人家笑話。」說完又低下頭嘟囔。「我還得陪著九妹說話。」

沈梨若一聽笑了，沒想到沈梨落倒還有羞澀可愛的一面。「四姊害羞可別找我當藉口，到時後悔了可別怪我。」

「連妳也笑話我。」沈梨落揮手在沈梨若的手臂上輕輕打了兩下，嗔道。

「好啦，別在這兒磨磨蹭蹭了，快走吧。」說完于婷婷便拉著沈梨落向劉延林走去。

于晚晚正準備跟過去時，見沈梨若坐在那兒一動不動，便停下腳步問道：「九妹妹你不去？」

沈梨若笑了笑。「我就不去湊熱鬧了。」

于晚晚聽聞後點點頭，便轉身走了。

沈梨若坐在椅子上，端起茶杯喝了一小口，一副悠然自得的模樣。

從她這裡看去，可以清楚地看到沈梨焉已經順利擠到劉延林跟前，面帶羞澀，眼眸低垂，也別有一番風情。而劉延林帶著溫和的微笑，不知說了什麼，頓時周圍嬌嗔、撒嬌聲此起彼伏。

「姊姊為何不去和四表哥打個招呼？」沈梨若正看得有趣，穆婉玉的聲音悠悠傳來。

沈梨若轉過頭，見穆婉玉不知什麼時候坐到了她身邊。她收斂心神，淡淡拋出兩個字：「太擠。」

「太擠？」穆婉玉一怔，有些詫異。

「十幾個人圍成一團，難道不擠嗎？」沈梨若揚起眉。「那群人中有貌美如花的，有家世顯赫的，有聰明伶俐的，有嬌俏可愛的，我又何必插上一腳，自討沒趣？」

談話間，沈梨若從容和淡然，一改先前的靦覥懦弱。簡單的幾句話清楚地告訴穆婉玉她知道自己的優劣，根本不會在這希望渺小的事情上花費功夫。

一個理智、精明又善於偽裝的媳婦絕對不符合劉夫人的要求。

穆婉玉將沈梨若上上下下打量了一番，眼神中帶著驚異。「沒想到九姊姊說話如此有趣。」

兩人正有一搭沒一搭地說著，突然一陣悠揚的琴聲嫋嫋傳來。

沈梨若抬眼望去，竟見到沈梨焉不知何時找來一張瑤琴彈奏。

沈二夫人對沈梨焉期望頗高，幾年前找來樂師教她瑤琴。沈梨焉雖然天分不高，但學了這麼些年，也勉強算不錯。

琴聲悠悠然然，清脆動聽，沈梨焉一頭烏黑的長髮在微風中輕輕拂動，眼睛微瞇，臉上帶著適當的笑容，在陽光下整個人顯得光彩照人。

彈的竟然是「梅花三弄」，沈梨若嘴角輕輕勾起。

一曲終了，沈梨焉站起身盈盈一福，明媚的大眼帶著迷離，朝站在旁邊的劉延林一勾，臉上飛過一抹紅暈，羞澀模樣令在場的公子們迷醉。

站在旁邊的劉延林呼吸頓時急促起來。

沈梨焉輕移到劉延林身前，低著頭，怯怯地說道：「聽聞四公子精於瑤琴，不知梨焉此曲奏得中聽否？」

周圍頓時一靜。

「看妳六姊柔柔弱弱，沒想到膽子不小。不過我這四表哥自幼喜歡瑤琴，妳六姊此舉倒也合他心意。」穆婉玉帶著笑意的聲音在沈梨若耳邊響起。

沈梨若抬起頭，看了穆婉玉一眼，笑而不答話。

穆婉玉接著說：「妳六姊瑤琴彈得不錯，沈家果然不愧為書香世家。」

自從開朝聖祖皇帝打下天下，民風逐漸慓悍，前朝風雅氣息漸漸一去不復返。閨閣中少女學習瑤琴的也不多，因此沈梨焉這一曲顯得格外出彩。

「穆小姐過獎了，六姊自幼學琴，彈得自是不錯。」沈梨若不以為然地勾起嘴角，瑤琴易學難精，就算是優秀的樂師，要將一首曲子的意境完美表達出來也不是件容易的事。更何況沈梨焉彈奏此曲的目的不過是迎合劉延林喜好，彈琴之時七分心思都擺在劉延林身上，又怎能展現出此曲的意境？

沈梨若父親一生鍾情於瑤琴，四處尋找知名的樂師學藝。沈梨若雖然樂感不錯，但小時頑劣，忍受不住練琴的枯燥，並沒有學到其中精髓，直到嫁入劉家後，因劉延林喜愛瑤琴，沈梨若才在琴藝上下足功夫，雖算不上精通，但比沈梨焉可強了不少。

「那想必九姊姊也善於此道了？」穆婉玉輕笑。

「我和六姊可不能比。」沈梨若這句話說得不鹹不淡，擺明了不想多談，穆婉玉也就沒再說話。

而另一邊，沈梨焉大出鋒頭，其他閨女心有不甘，紛紛圍上去使出百般手段，一下子便把沈梨焉擠到一邊。

劉延林看著周圍的鶯鶯燕燕，不由得抬了抬下巴。再看了看被甩得遠遠的劉延雲，直覺得意氣風發。

因彈琴之事，沈梨焉遭受排擠，又見劉延林沈浸在女人堆裡沒再看她一眼，大為氣悶，再也沒了興致，隔了一會兒便鬧著要回府，沈梨若自然無比贊成，沈梨落見兩人要回府，也不好久待，於是三人向劉夫人辭行後便坐上馬車離開劉府。

第七章　有趣

馬車裡，氣氛沈悶壓抑，沈梨若閉著眼睛都能感受到沈梨焉幽怨、惱恨的眼神。

忽然，耳邊傳來車外的陣陣議論。

「看見沒，這就是白雨樓……」

「瞧瞧這門面，我要是能進去吃上一頓就好了。」

「就你那樣，這輩子別想了……」

沈梨若心中一動，睜開眼道：「停車！」

馬車戛然而止。

「這四處吵吵嚷嚷的，停什麼停！」沈梨焉兩眼一瞪，轉頭喝道：「快走！」

沒有理會沈梨焉，沈梨若逕自撩開車簾，輕輕喚了聲：「王嬤嬤。」

「九小姐有何吩咐？」王嬤嬤笑問。

「近日我正為大伯母繡團扇，眼看要完成了，紫色繡線卻沒了。這不到了北市，便想著順道買回去。」沈梨若道。

「哼！想得倒是不錯，難不成讓咱們在這車裡等妳不成？」沈梨焉兩眼一翻，滿臉不悅。

王嬤嬤看了看沈梨焉，沈吟了一會兒才道：「九小姐，要不這樣，您將需要的繡線告知奴婢，讓奴婢去吧。」

沈梨若輕輕一笑。「這點小事何必煩勞嬤嬤。」

「看九小姐說的，這本是咱們做奴婢的本分。」王嬤嬤道。

「妳們在此囉嗦什麼，有完沒完？」沈梨焉沈著臉。「她想去便讓她去，要嘮嘮叨叨到什麼時候？」

王嬤嬤神色頓時有些僵硬，大夫人管著中饋，王嬤嬤極得其信任，這沈家上下多多少少都給她一點薄面，此時讓沈梨焉一吼，心中有些不快。

沈梨若笑了笑。「六姊說得不錯。這離家也不遠了，要是嬤嬤不放心，多派兩個人跟著我可好？」

見王嬤嬤還想說什麼，沈梨若接著說道：「不過買點繡線而已，這光天化日之下還能有什麼事不成……」

「快點、快點，絮絮叨叨地煩死了。」沈梨焉橫了眼沈梨若。

「王嬤嬤，左右不過買個東西，小事一樁，妳就早些安排吧。」沈梨落見幾人吵吵嚷嚷的也不是辦法，笑了笑。「九妹買完東西早點回家，不得到處閒逛。」

「妹妹曉得。」沈梨若輕輕一笑。

王嬤嬤看了看幾位主子，遲疑了一會兒。「那奴婢就讓沈山、芙蓉、子琪和九小姐一道，再留下一輛馬車……」

「好了、好了，說完就快走！待在這裡悶死了！」沒等王嬤嬤說完，沈梨焉便連連揮手。

沒理會一臉陰沈的沈梨焉，沈梨若向王嬤嬤道了謝，掀開簾子下了馬車。

見馬車漸漸遠去，一個穿著絳紫色小襖的丫頭走到沈梨若身邊。「九小姐，奴婢知道不少鋪子有上好的繡線，不知小姐想要何種……」

沈梨若知道，這芙蓉長年跟在大夫人身邊，做事十分穩妥。

沈梨若環顧四周，見翰墨軒離不遠，便道：「不急，除了繡線，我還想買點好墨，正好這裡有賣，我去瞧瞧。」

可剛走了幾步，沈梨若見芙蓉和子琪一步一隨地跟在自己身後，便停下腳步皺著眉。「我不過進去看看，妳們別跟了，就在這外面等著吧。」

說罷，沒再看兩人，抬腳向翰墨軒走去。

剛跨進翰墨軒，一個穿著皂色長袍、身體微胖的中年男子滿臉堆笑地迎了上來。「歡迎光臨，不知姑娘需要點什麼，咱們這裡筆墨紙硯可都是物美價廉，保證姑娘……」

「許掌櫃，初次見面，你好！」沈梨若打斷中年男子的話，笑道。

中年男子一愣，上上下下打量了沈梨若一番，眼睛裡閃過一絲精光。「在下許景康，姑娘可是沈家九小姐？」

沈梨若點頭。「許掌櫃好眼力。」

「原來是東家大駕光臨，有失遠迎，請進請進！」許景康彎下腰。

「最近生意如何？」沈梨若一邊打量著店內的陳設一邊問。

這家店原本就是個書齋，因此內部陳設沒有過多改變，店內沒有什麼奢華的裝飾，卻布置得井井有條，樸素中帶著雅致。

「自從十日前對面的白雨樓開張後，咱們這店的生意便好了不少，如今雖說盈利不多，但小的相信以後會越來越好。」

「既然許掌櫃都如此說，那我就更加信心十足。」沈梨若笑著點了點頭。

「九小姐客氣，快快請坐！」許景康引著沈梨若上座，轉頭向內間喝道：「小六！快上茶！」

「是、是！」裡面傳來一稚嫩的聲音。

許景康笑了笑。「這小六是剛請的夥計，人雖小但挺機靈的。」

「夥計這些，許掌櫃拿主意就行。」沈梨若用眼角瞄了在外等候的芙蓉和子琪，突然壓低聲音。「許掌櫃，明日我會讓許四帶一百兩銀子過來，你拿著銀子立馬去東郊的伯蘭造紙坊。」

「啊？」許景康一愣。

「我收到消息，這伯蘭造紙坊最近產了一種新紙，潔白如雪，帶著淡淡香氣。你務必在此紙還沒有在陵城售賣前，將紙坊的存貨全部買下。」

許景康先是一怔，接著眼中精光一閃。「九小姐這消息可靠？」

「保證可靠！」

「好，小的保證處理妥當。」

沈梨若見許景康回答沒有半分遲疑，不由得點了點頭，她上一世只是聽留春提起過許四這個三叔極會做生意，處事又穩妥，如今看來倒是所言非虛。

伯蘭造紙坊的這種新紙，後來被人們稱做伯蘭紙，紙張白皙，光滑細緻，還帶著淡淡花香，在陵城乃至其他地方可是名噪一時，廣受富貴人家喜愛。但由於這種紙製造困難，剛開始產量不高，加上閨閣小姐婦人爭先搶購下，竟然出現一紙難求的情況，價格水漲船高。由於造紙坊規模不大，管理不嚴密，大約半年後伯蘭紙的秘方被其他造紙坊知道，大量製造後，價格才慢慢恢復正常。

囑咐了許景康一些細節後，沈梨若才面帶笑容地離開翰墨軒。

只要許景康能在伯蘭紙沒開始售賣前，預先買下造紙坊的存貨，那她這翰墨軒必會在往後的售賣熱潮中賺取豐厚的利潤！一想到這兒，沈梨若彷彿看見一大把銀子在眼前，連走路都開始飄飄然。整個人都沈浸在美好幻想裡的她，絲毫沒發現自己的一舉一動已經全部落入到某人的眼裡。

白雨樓裝修極其奢華，雕簷映日，畫棟飛雲。而掌廚的，據說祖上一直在宮中擔任御廚，自聖祖皇帝奪得天下後，他們一家才離開宮中。有了這「御廚」坐鎮，白雨樓飯菜價格即便是天價，依然阻擋不了陵城世家子弟、官宦富商的腳步。因此白雨樓自開張以來，上門的人個個衣著光鮮，非富即貴。

可是今日這裡卻出現了一個極為不協調的身影。

白雨樓二樓，一個身穿灰色短褐的男子坐在窗邊，頭髮隨意用一條布帶束在頭頂，渾身上下透露出窮酸氣息，在這富麗堂皇的地方，顯得格格不入。

男子沒有在意周圍蔑視的眼神，雙眼專注地看著窗外。

「看什麼呢？這麼入神？」坐在他對面的男子身穿白色暗紋直裾，頭戴玉冠，一臉促狹地看著對面那張被鬍子遮去半邊的臉。

「沒什麼，見到一個有趣的人而已。」大鬍子瞄了眼樓下那抹雀躍不已的身影，眼前不由得浮現出樹林裡那張脹得通紅的笑臉，軟軟的、鼓鼓的，就像剛出爐的包子。想到這兒，他的嘴角微微上翹，長長的鳳眼裡露出絲絲笑意。

「哦？真的？」白衣男子先是一臉驚奇，接著將頭伸出窗外，邊四處張望邊叨唸著：「哪裡哪裡？讓我瞧瞧。」

「好了，別鬧了。」滿臉大鬍子的男子一把拍開白衣男子的頭。咳嗽兩聲正色道：「說吧，你怎麼來了？」

「怎麼來了？那還用說，公主大人一聲令下，小的我心中就算再不情願也只能捲鋪蓋來了。」白衣男子一臉委屈。「你不知道，本公子要離開京城時，多少名門淑女、大家閨秀心碎，排隊相送，哎……美女們依依不捨的模樣，真讓本公子心酸不已。」

沒理會白衣男子的嘮叨，大鬍子的眉頭皺起，喃喃道：「這麼快？」

「憑長公主的手段，找到你只是時間問題。」白衣男子嬉皮笑臉。

看了仍然眉頭深鎖的大鬍子，白衣男子搖了搖扇子幸災樂禍。「長公主現在沒有追來，不過是因為被些許事情纏住，等她忙完……嘖嘖，我要是你，只有兩個選擇：第一聽她話，這第二嘛，還是聽她的話！不然像你這樣跑，什麼時候是個頭啊！」

「囉嗦！我心裡有數。」大鬍子瞇起鳳眼，站起身。「我還有事，這頓你請了。」說完轉身，揚長而去。

「喂！這就走啦？你還沒告訴我……」白衣男子愣愣地看著轉眼間消失在他視線裡的灰色身影，嘴裡喃喃吐出剩下的話。「你還沒告訴我那個有趣的人是誰？」

第八章 落水

轉眼間到了十月中旬，天氣漸漸轉冷，沈梨若緊了緊身上的披風，望著前方衣衫翻飛，勾勒出姣好身段的沈梨焉和沈梨落，不由得打了一個冷戰。

這段時日，沈梨若心情本是不錯。許景康已經順利買下了伯蘭造紙坊所有存貨。憑著重生的優勢，她只要把握住時機，便能大賺一筆。如此一來，她以後就算離開沈家也能衣食無憂。

可是這種好心情沒有維持多久，便被穆婉玉送來的帖子搞得蕩然無存。

劉家這次邀請的人不多，女賓也就七、八人，于晚晚和于婷婷姊妹也在其中。

看著走在前面言笑晏晏的眾人，沈梨若心中莫名煩躁，隨便找了個理由離開。

走著走著，一小片冬青樹林出現在眼前。

「怎麼到這兒來了？」沈梨若喃喃低語。

這片樹林位於別院角落，牆外沒多遠便是劉家佃農的小村莊。林子少有人煙，就這樣孤孤單單地被人遺忘冷落，如同前世的她一樣。

沈梨若走進樹林，踏上亭子的臺階，閉上眼睛，聽著牆外孩童的歡呼聲、笑聲，隱隱約約還有大人的吆喝聲，沈梨若的嘴角輕輕彎起。

之前，她經常這樣靜靜坐在這個位置。

剛嫁入劉家那段時日，她是幸福的。和藹的婆婆，疼愛自己的丈夫，沒有妯娌的爭執，沒有小妾的爭寵，一切是多麼美好和幸福，她本以為自己能就這樣幸福地生活下去。

可是隨著劉延雲病逝，劉延林成為劉家家主，一切都變了。

貌美的小妾接連進門，相公對自己越來越疏遠，婆婆也變得喜怒無常。她漸漸被劉府眾人遺忘，除了過年祭祖等重大活動需要她出面當個擺設外……

在那無聊寂寞的日子，穆婉玉成為她最好的朋友，最後……

上一世的自己活得還真是失敗啊。

既然上蒼憐憫，讓她重來一次，那麼她一定不能重蹈覆轍，曾經的一切只是記憶中的惡夢，過眼的雲煙。這一世她將做好自己，爭一個美好愜意的嶄新生活。

時光飛逝，轉眼間已過申時。

沈梨若抬頭望著天空，站起身，盈盈地向外走去。

忽然她的腳步一頓，一個白色的身影在不遠轉彎處出現。

「見過劉四公子。」沈梨若勉強擠出一個笑容。

他不和那群閨秀卿卿我我，怎麼跑到這兒來了？

劉延林腰挺得筆直，臉上帶著淡淡的微笑，步伐穩健，溫文爾雅中帶著從容，配上俊俏的臉龐，足以讓女子心動不已。

「我記得妳。」劉延林的聲音溫和清朗。「沈家九妹妹，上次我們在府中見過。」

「我與公子只有一面之緣，擔不得妹妹這個稱呼。」沈梨若斂下眼睫，語氣中帶著不耐。

若是以前的她必會為他此話欣喜若狂，可時至今日，她的心十分平靜。

劉延林微不可見地皺了皺眉頭。「九妹妹何必客氣，我們兩家世代交好，而我與四妹妹和六妹妹……」

他話還未說完，沈梨若便冷冷截斷。「她們是她們，我是我。何況四姊與六姊現在仍待字閨中，劉公子在言語上還是注意為好。」

沈梨若不耐煩地望著劉延林，再耽擱下去，要是被人看見他們倆單獨在一起，少不得一陣煩惱。

劉延林一噎，笑容頓時僵在嘴角，好一會兒才緩過神。「九妹……九小姐教訓得是。」

「劉公子若無他事，我就先行一步了。」說完沈梨若匆匆一福身，不等劉延林回答，就這樣一甩衣袖盈盈向前走去。

一陣風拂過，沈梨若的衣角翻飛，窈窕身影顯得格外從容。

當沈梨若剛穿過抄手長廊，一個身穿淡綠色小襖的少女慌慌張張地跑了過來。「沈家九妹妹？」

沈梨若望著眼前這個有些陌生的少女，疑惑地點了點頭。

「妳跑哪兒去了，大家都在找妳，妳四姊落水啦！」說完，就拽著她袖子往湖邊走。

「什麼?!」沈梨若大驚，拉起裙襬跟著往湖邊跑去，沒一會兒便看到一大堆人圍在湖邊。

她奮力撥開人群，便見到沈梨落臉無血色，嘴唇發紫，耷拉著腦袋一動不動地躺在地上，被水浸濕的衣服和頭髮貼在身上，勾勒出姣好的身段。

她旁邊的幾個僕人正手忙腳亂地要將一個年輕男子從水中拉上來。

「四姊！」沈梨若驚叫。

「九妹妹，妳怎麼才來啊，梨落……梨落她……」于晚晚抓住沈梨若的手臂哭叫。

沈梨若甩開于晚晚的手，解開身上的披風蓋住沈梨落濕透的身軀，連聲呼喚：「四姊、四姊。」

見沈梨落毫無反應，她不由得心一沈，轉過頭對旁邊失魂落魄的婢女吼道：「還不快去請大夫！」

聽到吼聲，這婢女才回過神來，往外跑去。

「姊姊，四姊姊她會不會……」于婷婷顯然被沈梨落的模樣嚇著了，扯著于晚晚的袖子驚慌失措。

她這一說，旁邊站著幾名與沈梨落交好的閨秀也開始嚶嚶哭了起來。

沈梨若被哭得心煩意亂，喝道：「哭什麼，這人還活著呢！」

記得上一世，劉府宴會後，沈梨落可是平安回了沈府，雖感染風寒，病了幾日，但後來仍是活蹦亂跳的，所以沈梨落這次落水應該無生命之憂。

沈梨若穩住心神，又向剩下的幾名婢女吩咐道：「去拿張毯子來，再吩咐廚房熬好薑湯。」

「是！」

「這位姑娘說得不錯。」救人的男子爬上了岸，不顧身上濕漉漉的衣服，急忙走到沈梨落身邊蹲下，翻開她的眼皮查看，再探了探鼻息，抬頭望了眼沈梨若。「還有救。」

「真的？」于晚晚大喜，一臉希冀地望著男子。

男子沒有回答，伸手先翻過沈梨落的身子，單膝輕點地上。只見他雙手平壓在她胸口上，頓時一陣抽氣聲自四周響起。

于晚晚的雙眼瞪得老大，怒叫道：「你……你想幹什麼！」

而于婷婷更是提起裙襬就要衝上去。

沈梨若見狀急忙抓住她的手臂，沈聲道：「別慌！冷靜！」

當男子抬頭的一瞬間，普通的面容即映入沈梨若的眼簾。

原來是他！

前世成為她四姊夫的男子，顧紹中——出身御醫世家，從小習醫卻不願入宮為官，寧願做藥材生意的人。
既然是他，那他此時的舉動就必定不會是有意輕薄。
「冷靜？妳竟然叫我冷靜？」于婷婷雙眼圓睜，咬牙切齒地說道：「一個推親姊姊入湖不顧，一個乘機落井下石、敗壞姊姊清譽，你們沈家真是教出好女兒！」
沈梨若皺起眉頭。「妳說什麼？誰推四姊入湖？」
「還不是……」于婷婷甩開于晚晚的手。「妳拉我做什麼！我就要說，就是妳那親愛的六姊推四姊入湖的！」
頓時，一陣尖利的叫聲響起。「于婷婷，妳少在那裡胡說八道、敗壞我的名聲！妳哪隻眼睛見我推四姊入湖的？」
「名聲，妳還有名聲？四姊姊命都快沒了！我告訴妳，沈梨焉！別以為妳那點兒齷齪事沒人知道。自己恬不知恥想跟蹤劉公子就罷了，四姊姊善意阻攔，妳卻推她入湖……」于婷婷雙眼圓睜，小臉氣得通紅。
沈梨焉上次在劉家獻媚，本已得罪了不少閨秀，現在于婷婷的話一出口，周圍的人紛紛投以鄙視不屑的眼神，站在沈梨焉周圍的幾人甚至一臉嫌惡地退後幾步。
「妳胡說！」沈梨焉一張臉又青又紫，聲音雖然洪亮而堅定，但眼神卻一陣心虛，縮在袖中的雙手更微微顫抖。
她不是有意的，她真不是有意的……

劉延林離去時，她本想偷偷尾隨，找機會和他假裝偶遇，沒想到沈梨落卻跳了出來百般阻攔，說什麼這樣做不合禮教，有損名聲，冠冕堂皇地說了一大堆還不是怕她搶了先。她氣不過，就這麼輕輕推了一下，結果沈梨落腳一滑便跌進水裡。本想偷偷離開再去叫人就沒事了，沒想到被這于婷婷捅了出來，「故意陷害親姊姊還見死不救」的罪名要是坐實，那她這輩子也完了。

沈梨焉雙眸低垂，抬手用袖子擦拭眼角。「她是我姊姊，我怎會害她？」說完抬起頭望著沈梨若，可憐兮兮地說道：「九妹，別人不信我，妳難道還不相信我嗎？」

沈梨若定定地望著她，雖然她的表情說有多可憐就有多可憐，要有多委屈就有多委屈，可是她眼神中的慌亂和心虛卻沒有逃過沈梨若的眼睛。

一瞬間，她心裡升起難掩的憤怒。她知道沈梨焉不是個心地善良之人，也知道沈梨焉心胸狹窄，不然上一世也不會一逮著機會便奚落她、嘲笑她，但她沒有想到，沈梨焉竟會心狠至此。

也許是沈梨若的表情太過鎮定，也許她的眼神太過凌厲，沈梨焉委屈的小臉閃過一陣驚慌，含淚的雙眼慢慢掃過眾人，哽咽地說：「相信我，我真沒有……那可是我的姊姊！」

見她這副眼淚盈盈，眼角的淚珠兒欲落不落，彷彿受了極大委屈的模樣，眾人的眼神從不屑轉為疑惑，眼神緩緩投向于婷婷。

「妳沒有？那就是我胡說了？我于婷婷對天發誓，若有虛言……」感受到眾人望向自己眼睛中的質疑，于婷婷頓時大怒。

「婷婷！」于晚晚見狀，急忙拽住于婷婷。

「于妹妹，我信妳。」沈梨若淡淡開口。

「我敢發誓！妳敢不……嗯？」于婷婷全身一頓，緩緩地轉過頭，一動不動地望著沈梨若。「妳信我？」

「嗯。」沈梨若微微點頭。

「沈梨若，妳竟然……」沈梨焉一張臉扭曲得猶如被擰乾的破抹布，震驚、驚恐、憤怒等情緒交錯出現。

「只要六姊妳有腦子，就不會滅絕人性推自己姊姊入湖，但我也相信于妹妹不會胡亂冤枉人，是非過錯，等四姊醒了就見分曉，二位又何必在此爭論不休？」沈梨若平靜地掃過眾人，輕輕福身。「請大家安靜一下，讓這位公子可以安心施救。」

眾人一聽，紛紛露出贊同的眼神，閉上嘴靜靜地看著顧紹中半蹲在地上重複按壓沈梨落的胸口。

沈梨焉張了張嘴，來不及詫異她怎地一改常態，一陣咳嗽聲伴隨著驚喜的叫聲在耳邊響起。

「醒了，醒了。」

「四姊，妳怎麼樣？」沈梨若衝上前扶著嘔出不少污水的沈梨落，右手輕柔按摩著她的背部。

沈梨落眼睛緩緩睜開，視線經過短暫的飄忽後定在沈梨若的臉上。「九……九妹？」聲音有些嘶啞。

「四妹妹，妳……妳沒事就好了。」于晚晚哽咽著。

「四姊姊，妳醒了真是太好了，快告訴我們是不是這個沈梨焉推妳入湖的？」于婷婷眉頭一挑，眼角不屑地瞥了眼沈梨焉。

見沈梨落醒來，沈梨焉先是鬆了一口氣，緊接著一張臉唰的一下變得慘白，好半天才擺出那可憐兮兮的臉孔。「四……四姊，于家妹妹誤會我了，妳知道我沒有……」

見沈梨落的眼光掃來，沈梨焉頓時瑟縮了一下，把後面的話吞下去。

望著沈梨落投來的目光，沈梨若輕輕搖了搖頭，這件事再這樣鬧下去怕是沈家明天就會成為陵城最大的笑話。沈梨焉自然身敗名裂，而沈梨落在這麼多人的面前被顧紹中……雖說是不得已，可是沈家老夫人和那些三姑六婆可不會顧及這麼多，最後劉夫人能選擇的只有她。

沈梨若拉攏沈梨落的衣扣，緊了緊蓋在她身上的披風，沈聲說道：「現在天氣寒冷，四姊又衣衫盡濕，于姊姊，我們還是儘快扶四姊進屋吧。」

「好，九妹妹說得是。」于晚晚扯了扯還一臉不平的于婷婷，連聲應道。

正在這時，遠處傳來一陣騷動。「劉夫人來了。」

沈梨若抬起頭，只見劉夫人沈著臉快步走來，旁邊跟著面帶擔憂的穆婉玉，二人後面跟著一個鬍子花白的老先生。

「怎樣？四姪女如何了？」劉夫人邊走邊擔憂地問道。

「託伯母的福，四姊已經醒了。」沈梨焉見劉夫人前來，急忙迎上去行了一禮，擔憂的臉上帶著適當的欣喜。

「哼，假惺惺！」于婷婷低聲咕噥。

「劉夫人，多虧這位公子施加援手，我家四姊才能得以脫險。」沈梨若微微一福。「還需煩勞劉夫人安排一間廂房好讓我四姊休息，讓大夫好好診治。」

「沒事就好，沒事就好。」劉夫人見沈梨落已經醒轉，微微鬆了口氣，轉頭對身邊的婢女厲聲道：「愣著幹什麼？還不快扶沈四小姐進屋去。」

「是。」婢女急忙叫上幾個身強力壯的婆子扶住沈梨落，往不遠處的廂房走去。于晚晚擔心沈梨落的身子，急忙拉著于婷婷跟了過去。

劉夫人謝過顧紹中，又吩咐婢女帶他去換下浸濕的衣衫之後，這才轉過頭看了沈梨若一眼，自責地說道：「還好上蒼保佑，四姪女安然無恙，要不然讓我如何向沈伯母和兩位姊姊交代。」

「看伯母說的，是四姊她自己失足掉進湖裡，又怎和伯母有關？」沈梨焉湊了過來，臉上帶著諂媚。

沈梨若嘴角泛起一陣冷笑。「多謝夫人掛懷，如無他事，梨若想去瞧瞧大夫診斷如何。」

「妳看我，真是急糊塗了。」劉夫人拍了拍額頭。「如今天氣寒冷，四姪女又掉進湖裡……咱們別在這兒耽擱了，快去瞧瞧。」

沈梨落所住的廂房離湖水只有幾十步遠，面積不大，只有前後兩間屋子，本是劉家人夏季避暑之地。

沈梨若送走大夫，剛跨進房門，于晚晚便迎了上來，雙手拉住她的手臂。「九妹妹，大夫怎麼說？」

于婷婷緊接其後。「是啊，四姊姊沒事吧？」

這于家姊妹還真是心地善良，待人至誠之人。

沈梨若微微一笑。「放心吧，大夫說只要晚上不發熱就無大礙，多虧那位公子施救及時！」

「沒事就好，沒事就好。」于晚晚連連說道。

于婷婷也露出了笑容。「那位公子真厲害，在四姊姊胸口上壓了壓……」

「小妹！」于晚晚臉色一沈，低喝道。

于婷婷知道自己說錯了話，吐了吐舌頭，乖乖閉上嘴。

見氣氛有些沈悶，沈梨若微笑道：「四姊現在如何?劉夫人和其他人呢?」

「劉夫人去探望顧公子，我見其他人吵吵鬧鬧……便打發她們出去了。」于晚晚邊說邊往內屋走去。「四妹妹倒是醒著，只是臉色有些蒼白……估計是受了驚嚇。」

「哼！還不是那沈梨焉害的……」于婷婷咕噥道。

「小妹！住口！」于晚晚瞪了于婷婷一眼，抱歉地笑了笑。「我這小妹被寵壞了，還望妳別見怪。」

沈梨若笑了笑。「姊姊說哪裡話，于妹妹也是至誠至性之人。」

三人在外面客套著，沈梨落卻臉色蒼白躺在床上，緊緊抓住胸口衣襟的雙手微微顫抖著。

「四姊，妳走路怎麼這麼不小心……可擔心死妹妹了。」

「哎喲，真是的，走路也不留點神，還多虧了那位公子，要不然就要……」

「不過啊，這小命雖然撿回來了，可是剛剛被那位公子……」

「雖說是救人，可是這摸都摸了……」

「這要是其他人家也就算了，可那沈家，呵呵……」

一句句一聲聲，就像利刃狠狠地刺進她的心，毀滅了她的希望，她的夢想。

兩行清淚順著臉頰流了下來。

她知道，經過此事之後，此生再也不會和那溫文爾雅、丰神俊朗的男子有半點兒可能。

她的夢碎了。

沈梨落承認她去阻攔沈梨焉是帶有私心的，可是沒想到沈梨焉見到自己在湖中載浮載沈、掙扎求救時竟然不管不顧，轉身離去。雖然是她腳一滑才落入湖中，但沒有沈梨焉的推搡，她又怎會落到如此田地？

她沒想到這個血濃於水的親人，竟然會在她生死存亡之際置之不顧！十幾年的姊妹情，竟然如此脆弱不堪！

沈梨落攥緊了拳頭，指甲刺得掌心生疼。可恨的是，依照祖母的脾性，是絕對不會允許沈家出現這種姊妹間爭風吃醋的醜聞。為了顧全沈家名聲，她不能將沈梨焉的無情和虛偽公諸於眾，這讓她如何不恨，如何不惱？

一陣腳步聲悠悠傳來，打斷了沈梨落的深思，她急忙擦乾眼淚，閉上眼睛。

「四姊，感覺如何？」一陣柔和的聲音在耳邊響起，帶著濃濃的關心。

沈梨落緩緩睜開眼睛，轉過頭，只見沈梨若坐在床邊，旁邊站著于家兩姊妹，均一臉關切。

沈梨落輕聲說道：「無事。」

沈梨若為她整了整被角。「大夫說四姊已無大礙，但還需好好休息，劉夫人已派人通知祖母和大伯母，我們明日再回府。」

「四妹妹，妳現在最重要就是把身子養好。」于晚晚柔聲道。

「是的，我還等著四姊姊陪我玩呢。」于婷婷連連點頭。

沈梨落輕扯嘴角，露出一個難看至極的笑容，有氣無力說道：「這天色不早了，想必晚宴也快開始了，妳們快去吧，別餓著了。」

「可是，妳一個人……」于晚晚一臉的擔憂。

「我沒事，只是有些累了，想休息，妳們走吧。」沈梨落朝床內側過身子，低聲說道。

沈梨若和于家姊妹對望一眼，均看出彼此的擔憂。看來這落水的驚嚇，妹妹的無情，加上眾人的閒言碎語，讓沈梨落受到嚴重的打擊。

三人站在床邊又勸了一會兒，可沈梨落一動不動，只好吩咐婢女好生照顧，走出廂房。

第九章　大夫人

劉家的晚宴在別院的翠雲閣舉行。

當沈梨若三人到達翠雲閣時，其餘人已經到了，三三兩兩地坐在一起竊竊私語，而沈梨焉則孤孤單單地坐在角落，不時掏出手絹擦擦眼角，淚眼婆娑，讓人生憐。

沈梨若見她那滿臉委屈的模樣不由得心生厭惡。

沈梨落落水一事，誰是誰非，明眼人都清楚，更何況自家姊妹之間鬧出如此誤會，沈梨落至今都未澄清誤會，光是態度就耐人尋味了。

沈梨焉見沈梨若進來，急忙擦乾眼淚湊過來，沒想到剛跨出步子便看見于婷婷對著她伸手揮了揮拳頭，又不好發作，只得扯了扯嘴角，收回腳步重新坐了回去。

沈梨若三人沒有理會沈梨焉，隨便找了個空下的桌位坐下，很快便有丫鬟將飯菜端了上來。

飯菜十分精緻，可謂色香味俱全，沈梨若卻絲毫沒有胃口。

于氏姊妹也同樣心不在焉，三人匆匆扒了幾口，正準備起身離開時，一婢女匆匆進來告訴沈梨若：「大夫人來了。」沈梨若連忙告別于氏姊妹走了出去。

她的腳程很快，沒一會兒便走到湖邊，遠遠見到幾個婢女簇擁著劉夫人和穆婉玉從廂房內走出來，大夫人緊隨其後。

沈梨若見狀停下腳步，待劉夫人一行人走遠後才走過去。還未走近廂房，大夫人身邊的劉嬤嬤便迎了過來，道：「九小姐您終於來了，夫人已經在裡面等著了，您快進去吧。」

沈梨若點了點頭，剛跨進房門便聽見大夫人的怒吼聲從內屋傳來：「真是個無情無義的畜生……王氏教的好女兒！」

二夫人本姓王，大夫人看來已經知道沈梨落是怎麼落水的。

大夫人的聲音又響起。「那個姓顧的又是怎麼回事？」

沈梨若站在外屋並沒有聽見沈梨落的回答，只聽見斷斷續續的抽泣聲，聲音又輕又小，幾乎聽不見。

忽然，屋內「砰」的一聲，似乎是茶杯落地的聲音，中間還夾雜著大夫人低低的咒罵聲。

沈梨若在外屋站了半晌，直到屋內漸漸平息下來，才掀開簾子走了進去。「大伯母。」

大夫人的臉上陰晴不定，坐在椅子上心不在焉地「嗯」了一聲。

沈梨落臉色蒼白地靠在淡綠色迎枕上，紅腫的眼睛中噙滿了淚水，見沈梨若進來才吸了吸鼻子。「九妹妹。」

大夫人沈思了半晌，抬起頭盯著沈梨若。「真是沈梨焉那丫頭所為？」

沈梨若眼眸微垂，輕聲道：「我趕到時，四姊已被顧公子救起來，不過于家五小姐說她曾親眼見到六姊……」

她的話還未說完，大夫人重重地拍了一下桌子，咬牙切齒說道：「無情無義的東西！」

「母親，您可要為我作主啊！」沈梨落雙手掩面大哭。「六妹她……」

「小聲點！妳想讓所有人都聽見不成！」大夫人一臉陰沈地低喝。「沒用的東西。」

沈梨落一驚，被上的雙手劇烈抖動著。她不可置信地望著平時對自己雖然嚴厲，卻關懷備至的嫡母，嘴唇動了半天，卻沒說出一句話。

沈梨若見狀，心中一片冰冷。終究不是親生的，就算養在身邊再久，也不過是手中的一顆棋子而已，大夫人對沈梨落尚且如此，那她在沈家……

沈梨若緊緊攥緊了衣角。這就是所謂書香世家、名門望族的親情！為了名聲，為了利益，她們的幸福、她們的感受又有誰在乎？

不行，她一定要想辦法擺脫這種被人擺布的命運，她的命運應該由她自己來掌控。

屋子裡沈靜了半晌，大夫人的臉色終於平靜下來，對著身邊的婢女吩咐。「沐卉，幫四小姐收拾收拾，咱們回府。」

「可是四姊的身子……」沈梨若道。

「不走，還待在這裡丟人現眼不成！有力氣哭，難道還沒力氣走？」大夫人的臉頓時拉了下來。

沈梨落呆呆地坐在床上，任由沐卉擺弄著她的身子。

大夫人見狀，嘆了一口氣，語氣頓時軟了不少。「落兒，母親知道妳委屈，可這裡畢竟是劉府……妳放心，等咱們回了家，母親定為妳出氣，還妳一個公道。」

沈梨落定定望著大夫人一會兒，才低下頭道：「是，母親。」

大夫人見沈梨落已穿戴得差不多，看向沈梨若問道：「那個畜生呢？」

畜生？是沈梨焉吧。

沈梨若站起身。「我過來時，六姊還在翠雲閣。」

「翠雲閣？她還有心情吃東西！」大夫人咬了咬牙，低吼道：「沐卉，讓劉嬷嬷去找人，咱們走。」

「是。」沐卉連忙應聲退了出去。

劉府內。

劉夫人慵懶地斜躺在黃花梨躺椅上，微瞇著眼。「妳覺得沈家三姊妹如何？」

穆婉玉靠坐在躺椅旁邊的錦杌上。「不好說。」

「何意？」劉夫人張開眼睛問道。

「就如姑母所說，沈梨落和沈梨焉，一個空有美貌，心無城府；一個裝腔作勢，衝動無腦。」穆婉玉頓了頓，沈思了一會兒。「至於沈梨若……」

想起那張清秀淡雅的臉蛋，穆婉玉心中頓時湧起一陣不喜。真說起來，今日不過是第二次見面，兩人之間也不過寥寥數語而已，可不知為何她就是不喜。

「怎樣？」劉夫人再問。

穆婉玉轉過身子，望向劉夫人。「姑母曾說沈梨若此人靦覥、膽怯，外加父母雙亡，乃是最好的人選，可是今日一見……」

劉夫人揚了揚眉，感到詫異。「難道不是如此？」

「我與她雖只是寥寥數語，但她自始至終應對有度。後來沈梨落落水，我雖未親眼見到，但稍加打聽，便知這沈家九小姐不驚不躁，處事頗有條埋。」穆婉玉道。

「此話當真？」劉夫人坐起身。

「當然。」穆婉玉點了點頭。「我詢問了在場的婢女，也向其他人打聽過……」

「可是前幾次見面分明……」劉夫人低聲道：「不過細細想來，這沈家九丫頭今日表現的確與前幾次有所不同。」

「若真是如此，這沈梨若絕沒有我們所想的那樣簡單，一個有著如此心機、如此耐性之人……」穆婉玉直視劉夫人的雙眼，鄭重地說道：「姑母萬萬不可選。」

「嗯。」劉夫人點了點頭。「經過今日之事，沈梨落名聲已毀，那就只剩下沈梨焉了。」

穆婉玉思忖片刻後道：「雖然此事沈梨焉嫌疑最大，但為了維護沈家的名聲，沈家必然不會追究此事。」

劉夫人點了點頭。「不錯，依照沈家老夫人的性子，此事必然會大事化小，小事化無。」

「而這樣一個蠢鈍如豬又自認聰明的兒媳婦，豈不正是姑母心中所願？」穆婉玉湊到劉夫人身邊，嫣然一笑。

「不錯，我的婉玉果然深知姑母心思。」劉夫人伸手輕輕刮了下穆婉玉的鼻梁。「就選這沈梨焉吧。」

「不過我那四表哥就可憐了，攤上這麼一個夫人。」穆婉玉攤了攤手。

「如果他不可憐，那就是姑母我和大表哥可憐了。」劉夫人輕笑。「妳難道想看著姑母和大表哥被那賤人所生之子騎在頭上，一輩子不能翻身？」

「怎會呢，姑母才是和婉玉血脈相連的親人。」穆婉玉靠在劉夫人的肩上嬌嗔。「婉玉怎會胳膊往外拐？」

「算妳有點良心。」劉夫人輕拍了穆婉玉的腦袋。

穆婉玉小嘴一噘，就往劉夫人懷裡鑽。「姑母就知道調侃我。」

劉夫人一聽，頓時樂了。「好啦，好啦！都這麼大了還跟小孩子一樣。」

「可不是嘛，婉玉在姑母面前永遠都長不大。」

沈梨若回到沈府，剛進入垂花門，便聽見二夫人陰陽怪氣的聲音：「喲，瞧瞧這小臉兒白的，真是可憐。怎麼這麼不小心，掉進水裡了呢？」

二夫人不說話還好，這一開口簡直是火上澆油，大夫人本來就烏雲密布的臉頓時掛起了暴風雨。「妳怎麼不去問問妳的寶貝女兒是怎麼個不小心的？啊？」

沈梨焉本來心中有愧，又被于婷婷當場戳穿，一直惶惶不安。如今被大夫人大庭廣眾之下將她指了出來，頓時再也壓不住心中的恐慌，哭叫道：「母親！」雙手掩面一下子衝進二夫人懷裡。

二夫人一聽大夫人話裡話外的意思都是自家女兒的錯，心中就極為不滿，再加上沈梨焉一哭，頓時怒火中燒。「敢情這四丫頭落水，都是我們焉兒的錯了？真是笑話！血濃於水，難道我家焉兒還會推她親姊姊不成？」

大夫人一聽，陰沈的臉上露出一個森然笑容。「真是知女莫若母啊，不錯，就是這喪盡天良的東西，不顧天道人倫，竟然要害死自己的親姊姊！」

「大嫂，四丫頭遭了罪，我這做嬸嬸的也心疼，可是妳也別張著嘴胡亂冤枉人。」二夫人輕輕拍了拍懷中顫抖不已的沈梨焉。

「我冤枉人？」大夫人指了指沈梨若喝道：「那于家五小姐可是親眼看見的，九丫頭就是人證！」

頓時，二夫人的眼光如刀似劍地朝沈梨若刺去。「九丫頭，妳說！」

真是無妄之災，沈梨若暗自撇撇嘴，目光坦然。「于妹妹在劉府是曾說過，她親眼看見六姊將四姊……」

話還沒說完，大夫人尖厲的聲音便打斷了她的話。「聽見沒有！真是上樑不正下樑歪，小的無情無義，老的也不是好東西。」

二夫人氣得全身發抖，狠狠地看向沈梨若一眼之後，瞪著大夫人。「嚴書怡，我敬妳是大嫂，才處處禮讓三分，妳別這樣就以為我怕了妳，妳再胡亂壞我女兒名聲，我就……」

「妳就怎樣……」

站在一旁的張嬤嬤見兩位夫人越說越不像話，急忙派了個小丫頭去通知沈老夫人。

沈梨若沒有理會越吵越激烈、隱隱有大打出手趨勢的兩位伯母，反而悄悄退後幾步，來到全身裹得嚴嚴實實的沈梨落身邊。「姊姊不必擔心，祖母應該快到了。妳先回去休息，小心別著涼了。」

說完，就讓婢女扶著她走了。

沈梨落剛走不久，便聽見一個威嚴的聲音響起：「夠了！都給我住口！妳們這樣成何體統！」

見沈老夫人來了，眾人急忙站好見禮。

雖然天色很暗，看不清沈老夫人的表情，但沈梨若還是能感覺到她身上散發出來的怒氣。她這祖母這輩子最自豪的就是陵城所有人都知道沈家上下知書達禮，穩重得體，可如今自己的兩位兒媳婦竟然不顧身分，在滿園的婢女僕人面前對罵，只差沒大打出手。這簡直等於重重搧了她一個耳光，讓她如何能平心靜氣！

沈老夫人滿含怒氣的眸子盯著大夫人和二夫人。「妳們兩個跟我進來。」又神色複雜地看了沈梨焉一眼，道：「六丫頭也來。」

說完她揮揮手道：「其餘的人都散了！」然後一甩袖子，轉身走了。

據說，當晚梅園徹夜燈火通明，沒人知道她們四人談論了什麼，只知道第二日出來時，大夫人和二夫人臉色都極其難看，而沈梨焉是由二夫人扶著出來的，腿都打不直了。

緊接著沈老夫人通告全府，沈梨落落水純屬意外，與沈梨焉無關。全府上下不得有人私下談論此事，若有違者，嚴懲！

不過這些都和沈梨若無關了。

至於沈梨落，因深秋季節落水，再加上心神俱疲，第二日凌晨發起了熱，嚇壞了身邊的婢女，請大夫的請大夫，叫人的叫人，折騰到第二日快晌午時分才退了熱，接下來病情又一直反反覆覆，足足大半個月之後才好轉。

這一日，沈梨若剛探完沈梨落回來，夏雨便迎了上來。「小姐，這天氣越來越冷了，奴婢已備好熱茶，喝點兒暖暖身子。」

沈梨若「嗯」了一聲，走進屋子。

沈梨若的屋子因為偏遠沒有通地龍，燒了兩盆銀炭以保持屋內暖和。

屋角的三足香爐中點著香塔，是她最喜歡的依蘭香，桌上的茶杯中已裝滿茶水，正緩緩地冒著熱氣。

沈梨若剛走到桌邊坐下，一杯茶水即出現在她眼前。「小姐，請喝茶。」

沈梨若瞄了一眼微低著頭、謙卑恭敬的夏雨，接過茶杯喝了一口。茶水清香，溫度適中。

不管是上一世還是現在這個夏雨，做事從來都井井有條，讓她格外滿意，可是……

沈梨若揮了揮手。「下去吧。」

夏雨的臉上一陣失望，福了福轉身走出去。她的頭低垂，腰部微微前彎，兩隻手臂無力擺動著，怎麼看都是一副垂頭喪氣的模樣。

待她的身影遠去，留春走到面前，遲疑地說道：「小姐，夏雨她不錯。」

「我心裡有數。」沈梨若淡淡回應。

回想前世，若說沈梨若最恨的，那一定是夏雨。穆婉玉雖說也是真心相待，但相處時間並不算長。而夏雨，名義上是奴婢，但沈梨若待她如妹妹般，沒想到，最後得到的是背叛，她為此付出的代價就是她的命！所以她恨，每次見到夏雨，她的心便猶如螞蟻在囓咬著，疼得她想尖叫，想厲吼，疼得她恨不得撕碎夏雨那張恭敬謙卑的臉！

留春頓了一會兒，吞吞吐吐說道：「小姐，許四哥今日捎來口信，說奴婢的弟弟回來了，所以……奴婢想明日回家看望。」

「就是妳那在外當學徒的弟弟？」沈梨若問道。
「是的，小姐。」留春一臉希冀地望著沈梨若。「奴婢看過弟弟後，晚上便回。」
小姐對下人一向寬厚，對她更是格外信任，照顧有加，這個小小的要求一定沒有問題。
「昨日于家三小姐下了帖子，要我明日去她家一聚，妳後日再回吧。」沈梨若抬起頭。
留春低下頭，使勁兒絞著衣角，好一會兒才鼓起勇氣道：「可是……奴婢弟弟明晚便走了。」
「那等明日從于府回來再說。」沈梨若皺了皺眉頭。
「奴婢已多年不見弟弟……」
沈梨若掃了眼窗邊那若隱若現的人影，不用細看也知道是夏雨在偷聽，想乘機做她的身邊人，簡直妄想！
像留春這種婢女，從簽賣身契那一刻起便屬於沈家的財產，若沒有主子的允許是不能回家的。留春雖然有時大大咧咧，但處事極有分寸，絕不會像今日這樣，想必是夏雨在背後慫恿。看來自己一貫的溫和讓夏雨打心眼裡不知畏懼，竟然在她眼皮子底下耍花招！
沈梨若壓住想安慰留春的話音。「難道妳想讓我一個人去于府不成？」
「奴婢不敢。」留春撲通一聲跪在地上，哽咽道：「奴婢只是想著，夏雨也可以服侍……」
「夠了！妳才是我貼身婢女，不是夏雨！」沈梨若沈下臉喝道。

說完她轉過頭瞄了眼窗戶，窗外的人已消失得無影無蹤。

沈梨若輕輕笑了笑，聲音也放柔了。「好了，先下去吧，有什麼事明日再說。」

「是。」留春遲疑了一會兒，才勉強應了聲，用衣袖拭了拭淚水，退出屋子。

第十章　戲弄

第二日早上，沈梨若帶著留春出門，駕車的仍然是許四。

沈梨若看著悶悶不樂的留春，笑了笑道：「怎麼？生氣了？」

留春悶悶地說道：「奴婢不敢。」

沈梨若從袖中掏出兩片金葉子，塞到留春懷裡。「給，拿去給妳弟弟買點東西。你們姊弟難得見面，今日就不陪我去于府了，待會兒經過路口，妳就下車回家。」

「小姐！」留春雙手顫抖的拿起金葉子，猛地跪了下去，磕了幾個響頭，哽咽道：「奴婢昨日還以為小姐……」

「快起來。」沈梨若扶起留春，頓了頓道：「以後別那麼容易輕信別人了。」

留春一怔，抬起頭鄭重地說道：「奴婢知道了。」

沈梨若滿意地笑了笑。「好了，路口到了，快走吧。」

留春用衣袖擦乾眼淚，鄭重行了一禮。「小姐大恩，奴婢永遠不會忘懷。」

沈梨若點了點頭，揮揮手。「走吧。」

於是，馬車緩緩地向于府駛去。

這次于家姊妹本來邀請她和沈梨落兩人，但沈梨落的病雖然好了，精神卻一直不濟，整天坐在屋裡發呆，所以今日只有她一人前來。

談起沈梨落，三人不由得戚戚然，好在于婷婷生性活潑，三人哀嘆了一會兒便被她引開話題，氣氛倒也不錯。

吃過午飯，沈梨若謝絕了于家姊妹的挽留，起身告辭。

百無聊賴地坐在馬車裡，沈梨若輕輕拉開簾子。

忽然「景雲居」三個字映入眼簾，她記得上一世劉延林曾提過這裡的點心不錯，心中一動，便讓許四停下馬車在附近候著，自己獨自往景雲居走去。

店小二見沈梨若一個年輕少女獨自前來也沒有驚訝，滿臉堆笑地迎了上來。現今風氣開放不少，再加上陵城太守治理有方，經常有許多像沈梨若一樣的少女獨自上街。

沈梨若找了個靠窗的位子坐下，點了幾個招牌點心。

景雲居雖然不大，但布置得極為雅致，消費也頗為不菲，所以來往的大多都是富家子弟。

她隨意地掃了眼周圍，一個蓄鬍的男子落入她的眼簾。那男子穿著一件淡青色緞面長袍，腰間繫了條黑色腰帶，因是側面，所以她看不清楚他的表情。而坐在他對面的男子則身穿白色滾銀邊錦袍，白色玉冠上鑲嵌著圓形翡翠，質地細膩，色澤均勻，一看就價值不菲。

能和這樣的人相談甚歡，應該不是她所見過的那人吧？沈梨若的腦海裡浮現出那灰色短褐、一臉鬍子的身影，再瞄了瞄眼前這舉止優雅得體的男子，暗自搖了搖頭，但雙眼卻不自覺地往那團鬍子上看去。

忽然，身穿白色錦袍的男子對上了沈梨若的視線，先是一愣，接著嘴角微微翹起，眼睛斜睨，輕輕眨了一下。

沈梨若一怔，她前世今生何時遇到過如此輕浮的男子，頓時滿臉脹得通紅，雙眼圓瞪，狠狠地剮了那男子一眼。

那男子反而笑得更加開懷，唰的一聲打開手中玉製扇柄的摺扇，輕輕搖了兩下，臉上的笑容更是無比溫柔。

天寒地凍的，搧什麼扇子，也不嫌冷！沈梨若撇了撇嘴，別過頭。

「木易，怎麼了？」淡青色長袍男子問道。

「那邊有位小娘子一直盯著本公子看。」名喚木易的男子懊惱地搖搖頭。「都怪本公子長得太過英俊，所到之處都引起姑娘注目，哎！真是罪過、罪過。」

淡青色長袍男子不以為然地哼了一聲，端起酒杯啜飲。

「雖然和你夢晨兄相比，還差了那麼點兒，可是誰讓你總是不願意把美好的一面呈現出來呢？」木易攤手，一副無可奈何的模樣。

忽然他頓了一下，頭微微向前傾，嬉皮笑臉地說道：「夢晨兄，何不考慮考慮把鬍子剃掉，你要是下不了手，嘿嘿，兄弟我願意代勞。」

淡青色長袍男子身上頓時散發出一陣森寒之氣，就連沈梨若都感覺到他身上的絲絲寒意。

沈梨若疑惑地望去，只見那名叫木易的身子急忙後仰，臉上的笑容霎時變得支離破碎。

「夢晨兄，玩笑話。」他微微伏著身子，討好地說道，使勁搖了搖扇子。「別當真，別當真！」接著他哈哈乾笑兩聲，搖晃著腦袋左右看了看，隔了半晌才又笑嘻嘻地說道：「不過那小娘子還有些意思。」

「咦？仔細瞧瞧，那小娘子似乎一直盯著的是你。」木易湊到淡青色長袍男子面前，嬉皮笑臉。「這不會……就是上次你說的那個有趣的人吧？」

「哦？」淡青色長袍男子微微轉頭，雙眼如電地掠過沈梨若的臉龐，然後定住了。

「難道真是那個有趣之人？」木易細細打量了一下男子的表情，臉上堆起促狹的笑容。

「一面之緣而已。」男子輕輕扔下一句話，站起身往沈梨若走去。

他走得不快，衣袂隨著雙手輕輕擺動。雖然那一臉大鬍子實在礙眼，可他全身上下卻帶著一種優雅和從容。

不待沈梨若反應過來，男子已走到她身邊，長長的鳳眼溫柔含笑。「這位姑娘，不介意我坐下吧。」聲音低沈，一聲一聲扣人心弦，極為動聽。

沈梨若一直在深宅大院裡，何曾有過如此際遇，頓時呆愣在當場，怔怔地看著眼前那蓬鬆的鬍子。

男子輕輕一笑，鳳眼輕輕瞇起，理了理衣袍，坐在沈梨若對面。

他雙眼含笑凝視，細細地打量沈梨若一番，眼神溫柔而專注。「姑娘，別怪在下唐突，只因姑娘長得與在下所相識之人極為相似。」

沈梨若回過神來，眼神帶著疑惑。

男子鳳眼忽然變得有些迷茫，彷彿一團霧，讓人沈溺在裡面。

「妳和她，真像啊……」聲音或遠或近，飄飄忽忽。

我和他口中那人真的有那麼像嗎？沈梨若摸了摸臉。

「雖然我和她相處時間不多，但她對我極好……」聲音悠悠然。

看來他頗為看重他口中的人，倒是個重情之人。

「記得第一次和她見面，她就將自己辛苦所得的金子分了一半給我……」男子忽然露出詭異的笑容，長長的鳳眼帶著戲謔和逗弄。

分一半金子？這事怎麼聽起來這麼熟悉？沈梨若嘀咕著。

男子站起身，在沈梨若驚異的目光下，以修長白皙的手指拿起一塊點心放在嘴邊，咬了一口，笑著點頭稱許。「嗯，味道不錯。相逢即是有緣，這桌點心就算是我請姑娘的。」然後他掏出一片金葉子放在桌上，揚長而去。

坐在一旁撐著下巴、一臉看好戲模樣的木易見狀急忙跟了上去。

沈梨若盯著眼前的金葉子，頓時覺得腦中嗡的一聲，眼前浮現出那身穿灰色短褐的人鬍子一搖一晃遠去的背影，剎那間臉上又青又白。

這片金葉子無論是大小、形狀，竟與自己挖到的一模一樣！

沈梨若攥起那片金葉子，騰地一下站起，提起裙襬衝了出去。

「姑娘！您還沒給錢呢。」剛臨近門口，店小二猛地衝到她面前。

沈梨若隨手掏出一小錠銀子，推開店小二，像一團風般捲了出去，可衝出門外時，只見外面人來人往，哪還有那抹淡青色的身影。

回到靜園後，沈梨若的臉色格外陰沈，靜園的婢女僕人因不知什麼事惹得一向溫和的九小姐如此惱怒，一個個都避而遠之，就連夏雨也離得遠遠的。

關上房門，沈梨若逕自坐在床上，瞪著手中的金葉子好一會兒，她忽地掄起胳膊將其扔在地上，提起裙襬抬腳狠狠地踩，同時壓低嗓音，咬牙切齒地說道：「死鬍子、爛鬍子，搶我的金子不說，還騙我！再讓我看見你，本姑娘定要拔掉你的鬍子！」

把那金葉子當作大鬍子的臉蹂躪了好一陣子，氣喘吁吁的沈梨若才怏怏地停了下來。

又過了一會兒，她撿起飽受蹂躪的金葉子收好，理了理衣裙走了出去。

隨著深秋的來臨，天氣越發寒冷。

沈梨落自從落水之後就一直鬱鬱寡歡，再加上躺在病床上大半個月，兩頰深深凹陷了下去，臉色蒼白，哪還有當初意氣風發的美豔模樣。

想到此，沈梨若輕輕嘆了口氣，這些日子她有空便不時去陪沈梨落說說話，可是四姊的心情卻一直高興不起來。

忽然，留春推開房門，走進來福了福身。「小姐，小姐……」

「嗯？」沈梨若揚了揚眉。

「小姐……顧公子央人向大夫人提親了！」

「顧公子？」沈梨若一愣。

「是的。」留春點頭。「現在四小姐已經關了院門，連大夫人都不見……」

沈梨若沒有聽見留春的絮絮叨叨，她靠在引枕上，心中一團亂麻，顧紹忠來提親了，那劉家也快了。

沈梨若在焦躁不安中等到了十一月初五——這一天，是她上輩子最幸福開心的一天，也是痛苦生活的起點。

沈梨若安靜地坐在椅子上，雙眼望著窗外，彷彿窗外有什麼景色讓她移不開目光。她的雙拳緊握放在腿上，是否能成功擺脫前世的命運便在今天了。

劉夫人去梅園已經有一段時間了，眼看快到晌午了，去打探的留春也該回來了。

忽然一陣急促的腳步聲由遠而近。

「咿呀」一聲響起，門開了，留春走進來支支吾吾。「小姐……是六小姐。」她抿著唇，臉上的表情除了氣悶，還有些許不甘。

幾乎是留春話音落下的瞬間，一陣輕笑聲從沈梨若的唇間逸出來。

結束了，終於結束了！

上一世新婚的恩愛，婚後丈夫的薄情，被逼死的冤屈在這一世終於結束了，從此她再也不用時時擔心重蹈前世的覆轍，可以安心迎接新的生活。

她忽然感覺到自己飄飄然如在雲端，雖然今生她一直極力想辦法擺脫劉延林，可只有此時此刻聽到劉夫人沒有選擇她之後，才真正感到解脫。

留春狐疑地瞅著嘴角上揚、眼帶笑意的沈梨若，心裡直嘀咕：錯過劉公子這樣好的一個夫婿，小姐應該心有不甘才對，怎會一副輕鬆欣喜的模樣？莫不是太過失望而舉止失常了？

正尋思著，便見沈梨若盈盈站起身，腳步輕快地走向床榻。

留春急忙迎上去，扶住她的手臂擔憂問：「小姐，您這是怎麼了？」

沈梨若轉過頭，對上留春擔憂的雙眼，伸手在她臉上輕輕一捏，笑道：「今天的天氣真好啊！」

「好？」留春望了望窗外，今日雖然沒有下雨，但天氣陰沈，沒有一絲陽光，哪裡好了？

「小姐，您沒事吧？」留春皺著眉問道。

「我好好的，能有何事？」沈梨若嫣然一笑，往床上一躺。

真好啊。自重生後，一直壓在她心上沈甸甸的大石終於移開了，全身上下無比輕鬆和愜意。

「好睏。」沈梨若用手掩嘴，打了個哈欠。因擔憂此事，已有好幾日無法入眠的她覺得睏了。
「小姐，您還沒用午飯呢？」留春問道。
「不用了。」沈梨若嘟囔：「讓我睡會兒。」說完就側過身子。
留春站在旁邊見沈梨若沒有動作，便伸頭一瞅，只見她雙眼緊閉，顯然已經睡著了。
留春呆呆站了一會兒，深覺小姐越發讓人不懂了。嘆了一聲，她輕輕地為沈梨若蓋上被子，悄然無聲地退了出去。
沈梨若這一覺睡得無比安穩，直到沈老夫人身邊的李嬤嬤來通知她去梅園用晚餐才悠悠醒轉。
她到達梅園時，其他人已經到了，沈梨焉穿著桃紅色暗紋對襟小襖、白色金絲繡花長裙，神情倨傲，猶如一隻驕傲的孔雀。
而二夫人，臉色因興奮而顯得通紅，滿臉的笑意。「喲，九丫頭來了。」
沈梨若見了禮，便靜靜地落坐。
忽然，二夫人笑道：「母親，四丫頭和焉兒找到了理想的歸宿，可您也別光顧著高興，把九丫頭給忘了。」
沈梨若頓時愕然。
才剛解決沈梨落和沈梨焉的婚事，這麼快就提到她了？

「母親，我這兒倒有個人選。」二夫人笑道：「說起來母親也見過，就是我的姪兒景仁。」

沈老夫人思索了一會兒。「有點印象，記得當時那孩子七、八歲，模樣倒是不錯，人也機靈，現在算起來也有十八、九歲了吧。」

「是的，已經十九了，不是我自誇，我這姪兒雖不能說是頂好，但也能文能武，一表人才。」

二夫人瞄了眼沈梨若。「和九丫頭年紀也相當，配著正好。」

二夫人的姪兒？

沈梨若尋思了半晌，腦海中才浮現出一張臉色蒼白、面帶輕浮的臉孔。她記得二夫人這個名叫景仁的姪兒極好女色，最喜歡拈花惹草。

頓時她的心裡翻江倒海。她費勁心思，才擺脫了劉延林，又面臨被她們塞進另一個未知的火坑？望著沈老夫人和二夫人的眼神，沈梨若覺得猶如蛆附骨，今日的輕鬆與愜意剎那間蕩然無存。

她還是太過天真，以為擺脫劉延林便可以過自己想要的生活，卻沒想到掙扎了半晌，還是未能逃過她們的掌控。原來她還是未能改變人為刀俎，我為魚肉的現狀。

沈梨若咬了咬牙。真是她的好祖母、好伯母！這般處處想害她的親人，要來何用？沈府，不能待了！

沈梨若雖然心中不滿，但面上卻未露出分毫，微低著頭道：「孫女還小……」

「已經快十六了，不小了。」沈老夫人笑道。

「是啊，俗話說男大當婚，女大當嫁，我那姪兒……」

二夫人話還未說完，大夫人便打斷了她的話。「弟妹，妳誇妳那姪兒是人間無處尋，只能天上有，可我怎麼聽說他還未娶妻便收了好幾個通房丫頭，外面還有三、四個外室在虎視眈眈，就等著這嫡妻進門，好搶姨夫人的位置？」

二夫人臉色一滯。「大嫂可別道聽塗說，我的姪兒我還不瞭解嗎？」

大夫人笑了笑道：「我也就提個醒，還是打聽清楚的好。這終究是咱們九丫頭一輩子的幸福，您說是吧？母親。」

沈老夫人思索了一會兒，微微頷首。「嗯，這件事以後再說。」

二夫人張了張嘴道：「母親……」

「好了，先吃飯吧。」沈老夫人搖了搖手，示意二夫人不用再說。

沈梨若慢慢嚼著飯菜，這才感覺到握著筷子的手已經布滿冷汗，原來自己所做的一切，在沈老夫人或掌控自己命運的人面前，如同螻蟻的掙扎，轉瞬間所有努力便消失殆盡。

想要掙脫這重重枷鎖，擺脫別人的掌控，她得好好回想上一世的種種，或許能從中找到機會。

第十一章 冒險

陵城的冬天雖不下雪，但這幾日稀稀落落地下著雨，讓本來寒冷的天氣更加凍人。臘月初二，雨終於停了，久不出來的太陽也冒出了頭。

雖說劉延林和沈梨焉的親事兩家已經商定，但要等五日後，劉家正式提親，這門親事才算是真真正正地定下來。雖說沈梨焉到時候不用出面，可二夫人卻想製幾件漂亮的首飾、衣衫招待男方的女眷。

所以這一日見天色好轉，二夫人和沈梨焉帶著幾個婢女婆子出門了。

沈梨若早料到如此，便向沈老夫人說自己也願意一起前往，由於沈老夫人最近心情不錯，沒說什麼便答應了。

這一日天氣不錯，街上十分熱鬧。

「二伯母，前些日子梨若聽說珍寶閣進了不少好看的珠釵，咱們不妨去瞧瞧，也為六姊挑選幾支？」坐在馬車上，沈梨若笑道。

「要是如此，娘，我們何不去看看？」沈梨焉不屑地瞄了眼沈梨若，只當她見自己即將嫁入劉家，因此特意來討好拉攏。

自從親事定下，二夫人便整日笑臉如花，聽見寶貝女兒如此一說自然點頭稱是。

不一會兒，馬車穩穩地停在珍寶閣門口，沈梨若緊了緊身上的披風，跟隨沈梨焉母女下了馬車。

抬頭望著珍寶閣的招牌，沈梨若吐了口氣。終於在今日到了這裡。

上一世的今日她也來過，不過那次是大夫人帶著她來置辦首飾衣衫。

自從沈老夫人和大夫人、二夫人開始商討她的婚事，她便仔細琢磨著那些漸漸模糊的記憶，看有沒有辦法能讓此事出現轉機。

於是她想到了這裡。

一切和前世一樣，來來往往的人群，各式各樣的吆喝聲，就連珍寶閣附近那個賣糖人的小販也站在同樣的地方奮力叫賣著。

「小姐，二夫人和六小姐已經進去了。」留春說道。

「嗯。」沈梨若點了點頭，跨進了店門。

珍寶閣分兩層，二樓的首飾無論樣式、色澤、質地都比一樓好上不少，當然價格也頗為不菲。沈梨焉即將成為劉家的兒媳婦，自然想精心打扮一番，因此二人一進門便往二樓走去。而沈梨若沒有同去，只是站在靠近店門處，假裝挑選珠釵，眼神不時地往街上看。

忽然一個身穿鑲白邊紫色直裾、面如冠玉，大約十五、六歲的公子出現在她的視線中，沈梨若頓時大喜。

「留春。」

「是，小姐。」留春放下手中的首飾，走了過來。

「看見那個賣糖人的小販沒有？」沈梨若指著小販。

「看見了。」留春疑惑望了沈梨若一眼，應道。

「妳去幫我買十個糖人，要現做的。」沈梨若吩咐。

「十個？小姐，那是……」留春一怔，糖人可是窮人家小孩吃的東西。

「別這啊那的，快去。」沈梨若眼角掃了下那紫衣的公子，見他還站在附近一臉好奇地左右張望，急忙催促。

「是，小姐。」沈梨若雖然滿腹不解，還是輕移腳步，向小販走去。

沈梨若踏出店門，提起裙襬快步走到離那公子五步才停下。

她不時轉頭四處張望，擺出好奇和歡喜的模樣，但袖中的雙拳緊緊地攥著，一顆心怦怦直跳。

「馬驚了！讓開，快讓開！」一陣驚叫聲伴隨著急速的馬蹄聲響起。

來了！

上一世，也是在這裡，這受驚的馬兒衝過來，眼看就要把那公子踩在馬蹄下，是賣糖人的小販及時衝出來推開他，才保住了性命。後來聽說這小販獲得很多賞銀，買了些良田，娶了個美貌的妻子，不知多少人眼紅。據說，一些潑皮無賴曾打過他的主意，不過最後這小販都能安然無恙，反倒是那些潑皮全被官府抓了去，全因他所救之人乃是皇親，真正的貴人。

貴人！

他是貴人！

只要自己救了他，便可以讓沈老夫人和二夫人有所顧忌，不會再隨隨便便將她嫁出去。

馬蹄聲和尖叫聲越來越近，沈梨若已經看見馬蹄紛飛帶起的煙塵。

不會有事的，上一世在最後關頭不是有人拉住馬車了嗎？沈梨若不停地安慰自己，可雙腿卻不聽使喚，不停顫抖。

轉眼間，失控的馬車便飛馳過來，那貴公子似乎受到驚嚇，雙眼直直地望著馬車，臉上帶著驚恐，雙腿顫抖不已，可就是沒有離開半步。

衝出去，衝出去！沈梨若在心裡狂叫。眼見馬車越來越近，她咬緊牙關，一下子衝了過去。

「小姐！」耳邊只留下留春淒厲的叫聲和人們的尖叫聲。

沈梨若的速度極快，在眾人還未反應過來之際，猛地推開那仍呆呆站立的貴公子。

緊接著耳邊傳來陣陣尖叫，沈梨若甚至能感覺馬蹄的冰涼，死亡的威脅再一次襲上了她的心頭，她全身止不住地戰慄起來，雙腿一軟癱在地上。

完了、完了，那拉住馬車的還沒來，這次完了！

不知道這次上天還會不會再給她一次機會，讓她再活一次？

沈梨若閉上了眼。

預期中的疼痛沒有襲來，耳邊卻傳來一陣咆哮。「沒見過妳這麼蠢的！」

「誰？誰罵我？」沈梨若緩緩睜開眼，只見到一大團鬍子在眼前晃蕩著。

「做事不自量力，把自己命搭上的更是蠢鈍無比。」那一團鬍子因話語而劇烈地抖動。

沈梨若終於回過神來。眼前這人身著灰褐色的粗布長袍，臉上的大鬍子更是讓她印象深刻。

「是你！」沈梨若指著他叫道。

「不錯，是我！」大鬍子硬邦邦地回道，臉黑得如同鍋底。

看著眼前這張傻臉，他氣不打一處來，當他看見她飛奔出去攔住馬時，他心中竟感到害怕和驚懼。

這丫頭簡直就沒長腦子。

「你怎麼在這裡？」沈梨若詫異地問道：「那位公子呢？」

沈梨若環顧了下四周，那紫衣貴公子正四肢展開，以極其不雅的姿勢倒在地上，雖然衣服沾了不少灰塵，但看得出沒受什麼傷，沈梨若見狀暗自鬆了口氣。

「我要是沒在這裡，妳這丫頭的小命就沒了。」大鬍子伸手捏了捏沈梨若的臉蛋。「自己的小命都快沒了，還有空去關心別人。」

「你幹什麼呢！別以為救了人就可以動手動腳的！」留春排開人群，衝了過來，一把扯開大鬍子的手。

「留春。」沈梨若拍了拍留春的手。

「小姐、小姐，您沒事吧？」留春蹲在沈梨若的身邊，上上下下前前後後仔細打量了一番，語帶哽咽。

「我沒事。」沈梨若給她一個安心的眼神。

「要是我再晚半步，妳家小姐就有事了。」大鬍子衝著留春沒好氣地說，接著轉頭盯著沈梨若。「ㄚ頭，以後想救人先掂掂自己的斤兩。」

「小姐，我扶您起來，得趕快請個大夫給您好好瞧瞧。」留春用袖子在臉上胡亂抹了抹，上前攙著她的手臂。

沈梨若點頭，慢慢地站起身，但右腳腳踝傳來的一陣劇痛卻使得她差點又摔了下去。

「小姐，您……您怎麼了？」留春緊緊抓著沈梨若的手臂問。

「沒事，就腳有點兒疼……」沈梨若擠出一個笑容。

見到那張軟乎乎的小臉中隱藏的痛楚，大鬍子心中一緊，滿腔的怒氣頓時消失得無影無蹤。

「怕是扭傷腳了，讓我看看。」說完，他一撩衣襬，蹲下正準備去掀開沈梨若的衣裙檢查，又一下子頓住，緩緩地站起身看了眼一臉防備的留春和周圍層層疊疊的人群，抓了抓腦袋訕訕地說：「還是快讓大夫看看，腳踝受傷，可大可小。」

留春瞪了眼大鬍子，扶著沈梨若。「小姐，咱們快走吧。」

沈梨若並沒有動，她對上大鬍子關切的眼神，心中微暖，雖說被他戲弄了兩次，可此時此刻他眼中的關切和擔憂卻是無比真實。

她鄭重地行了一禮。「多謝。」

「不用，舉手之勞而已，只是以後別再逞強了。」大鬍子長長的鳳眼凝視著她，眼神中竟然帶著一絲溫柔。

沈梨若被看得有些不自在，忽然一陣輕輕的呻吟聲響起。「嘶……我這是怎麼了？」

她轉過頭，只見那紫衣的貴公子坐起身子，揉著眉心。

沈梨若大喜，急忙示意留春扶她走過去。「公子，你沒事吧？可覺得有何不妥？」

那貴公子先疑惑地打量了一下周圍，最後視線回到沈梨若臉上，怔了一會兒，忽然恍然大悟。「我想起來了，那馬車……」

然後，他騰地一下站了起來，對著沈梨若深深一揖。「感謝姑娘救命之恩，不知姑娘高姓大名，徐書遠必將重謝。」

徐，乃是國姓，果然是貴人。沈梨若心裡想著，臉上卻不動聲色，指著身後的大鬍子道：「公子客氣了，說起來我們應該感謝這位公……壯士，若不是他拉住馬車，你我性命堪憂。」

「多謝……」徐書遠順著沈梨若的手看了過去，忽然一個哆嗦，滿臉感激頓時換成驚慌，嘴唇動了好一會兒才擠出一個「表」字，接著又彷彿看到什麼可怕的物事般，恐慌地低下頭喃喃說道：「多謝壯……壯士救……救命之恩。」

沈梨若疑惑地轉頭看向他——灰撲撲的粗布長袍、亂糟糟的鬍子，雖然一雙眼睛生得極好，可怎麼看也和街上的平民百姓沒有任何不同。這徐書遠究竟在怕什麼？

忽地，她想起上次在景雲居見面的情景，剎那間，大鬍子衣衫襤褸、著淡青色緞面長袍的樣子，和眼前穿著的形象在她的腦海中交替出現，他整個人彷佛籠罩著一層迷霧，讓人看不透。

他究竟是誰？

感受到沈梨若的眼神，大鬍子輕輕瞄了徐書遠一眼，後者頭埋得更低了。

大鬍子轉向沈梨若。「妳腳上還有傷，別在這兒閒扯了，快去找大夫看看。」

語氣中濃濃的關切讓沈梨若微微愣神，輕輕地點頭。

大鬍子見狀滿意地頷首。「我還有事，就先走一步，告辭。」說完便大步走去，很快消失在人群中。

「姑娘，您受傷了？在下立刻去請大夫。」徐書遠小心翼翼地說道。

先前他雖然滿臉感激，但舉止有禮，帶著淡淡的疏遠，可如今滿臉關切中卻帶著絲絲的驚慌和……恭敬。

沈梨若甩了甩頭。是錯覺吧？這可是個貴人，怎麼會對她一個小女子露出恭敬的神情？

正疑惑著，只見二夫人在馬伕的幫助下，撥開了人群衝到沈梨若面前，臉上布滿寒霜。

「妳沒事瞎跑什麼，看妳這樣子成何體統？快跟我回去！」

怕她真出了什麼事，回去沒法交代吧？沈梨若暗自冷笑。

「夫人，請勿怪罪，這位姑娘是為了救我才如此。」徐書遠微微皺眉。「如今她腳受傷，在下認為還是立刻請大夫診治為好。」

「是啊，二夫人，小姐的腳……」留春扶著沈梨若，低聲說道。

「妳閉嘴！主子說話哪有妳插嘴的分。」二夫人橫了留春一眼，轉頭打量了徐書遠一番，見他衣著不俗，語氣也輕柔了不少。「一點小傷而已，勞公子掛心，回家自然會為她好好診治。」

二夫人甫說完，便拉扯著一瘸一拐的沈梨若向馬車走去。「要妳逞能！真是個不省心的。」

直至坐到馬車上，二夫人的臉色才稍稍緩和，而沈梨若早已上了馬車，一臉不快。

馬車吱吱嘎嘎地向沈府駛去。沈梨若腳本來就扭傷了，又被二夫人連拖帶拽，現在歇下來頓時覺得傷處疼得厲害。

她沒有理會二夫人的絮絮叨叨，全身無力地靠在車壁上，緩緩地閉上眼。

這次雖然有些波折，總算有驚無險達到預期目標，沈梨若嘴角揚起了滿意的笑容。

只是她不知道，在她走後，一個模樣英俊、溫文爾雅的男子從街角拐了出來，托著下巴，瞇著眼睛打量了那貴公子半晌，最後盯著她乘坐的馬車，很久很久。

第十二章　不速之客

許是今日太過驚險、太過緊張，看過大夫之後，沈梨若躺在床上一會兒便睡著了。

迷迷糊糊間，忽然聽到「咿呀」一聲，房門似乎被人推開了。

沈梨若帶著睡意地咕噥道：「留春嗎？」

屋裡一片安靜，沒有任何聲音。

沈梨若翻了個身。「留春，我渴了，給我倒杯水。」

依然沒有人回答。

沈梨若正準備再喊，一個聲音便在她的耳邊響起。「給。」

沈梨若迷迷糊糊地撐起身子，剛抬起手，茶杯便塞進了她的手裡。

聲音怎麼如此低沈，一點都不似平時的清脆悅耳。

不是留春？

沈梨若猛地睜開眼，頓時呆愣在當場，茶杯從手上滑落也沒有察覺。

就在她呆愣之中，來人跨前一步，右手閃電般一伸，穩穩抓住即將落在被子上的茶杯。

「真是個冒失的丫頭。」低沈的聲音中帶著絲絲笑意。

沈梨若瞪大著眼睛，張著嘴，不可置信地望著他。然後，她使勁眨了眨雙眼，人還在，又伸手揉了揉眼，沒有消失。

來人發出一陣輕笑。「不必驚訝，我順道路過，想到妳受了傷，就過來看看。」

「路……路過？」沈梨若張了張嘴，好半天才擠出兩個字，雙眼死死地盯著眼前那晃悠悠的鬍子，壓低聲音道：「你怎麼知道我住哪裡？」

「馬車上那麼大一個沈字，還怕人不知道妳是誰嗎？」大鬍子聳了聳肩，往床邊一坐，伸出手隔著被子覆上她的右腳腳踝。

「你想做什麼？嘶……」沈梨若一驚，想縮回右腳，不經意間碰到傷處，頓時疼得直皺眉。

「別動！」大鬍子沈聲道，一雙鳳眼專注地凝視著她的腳傷。

沈梨若張了張嘴，最後還是沒有出聲，乖乖地一動不動。

按理說，在這月黑風高的夜晚，一個男人如此突兀地出現在她的屋裡，她應當驚慌、害怕。可是當她看見那亂蓬蓬的鬍子，再想到他今日的救命之恩和關心，卻怎麼也害怕驚慌不起來。

或許是直覺吧，她知道眼前這人不會傷害她。

大鬍子輕輕地轉動了她的腳踝，突然伸出手指在她的右腳腳踝處一戳，笑問：「疼不疼？」

「疼……你做什麼？」沈梨若柳眉倒豎，惡狠狠地瞪著大鬍子吼道。

大鬍子鳳眼含笑說：「妳今日如此神勇，簡直是將生死置之度外，這點小傷……嘖嘖，女俠又何必在乎些許疼痛呢？」

「你……」沈梨若望著那笑意盈盈的眸子，頓時氣結。

這大鬍子每次出現都把她氣得不輕，好似專門為氣她而生的。

沈梨若深吸幾口氣道：「我說這位公子……」

「凌夢晨！」大鬍子打斷了她的話。今日目送她離去後，他便一直心神不寧，滿腦子都想著她皺著眉、忍著痛的小臉，究竟是何時，這個小丫頭就這樣悄悄地闖入了他的心，擾亂他的心神。

「啊？」沈梨若詫異。

「我的名字，凌夢晨。」大鬍子解釋。

「好吧，這位凌公子，你來也來了，看也看了，我這屋子太小，容不下你這尊大佛，快走快走。」沈梨若翻了個白眼，連連揮手。

今日可是留春在外守夜，要是聽到動靜闖進來，那她到時有一百張嘴也解釋不清了。

她的神情沒有逃過凌夢晨的眼睛，他雙眼含笑。「妳那婢女不錯，盡忠職守，可我嫌她太過聒噪，便讓她睡著了。」對上沈梨若射來的眼刀，他嘿嘿一笑。「放心吧，明日一早就醒了。」

說完，他從袖子裡掏出個瓶子，順手一拋，瓶子落到沈梨若的懷裡。

「這是……」沈梨若拿起瓶子，疑惑地望向凌夢晨。

「這藥專治跌打損傷，應該比那些大夫開的藥好多了，妳每日搽三次，七、八天就不會再疼了，十天就應該全好了。」凌夢晨站起身。

沈梨若捏著藥瓶，怔怔地看著他。難不成他今夜前來就是為了給她送藥？一股暖意頓時湧上了胸膛。

「怎樣？我大半夜不辭辛苦地為妳送藥，感動吧。」凌夢晨忽然彎下腰，就這樣湊了過來，一張臉幾乎貼到她的臉上，她似乎感覺到他鼻子裡呼出的熱氣，暖暖的；他的鬍子撓在她臉上，癢癢的。

燈光下，她白皙的臉唰地一下變得通紅，到了嘴邊的「謝謝」二字也嚥了下去。微弱的光亮在她的臉上罩了層淡淡的銀光，嫩嫩的，軟軟的，讓他想咬上一口。

感受到凌夢晨逼人的眼神，沈梨若猛地推開他，氣惱地低喝。「你少在那兒臭美，快走快走。」

說完她躺下身子，扯過被子蓋住通紅的臉蛋。

頓時房間裡響起男子的輕笑。

「快走！」沈梨若頭埋在被子裡，羞惱地叫。

她本想嚴厲地斥喝他走，沒想到隔了層被子，聲音變得軟軟的，在這深夜裡帶著絲絲曖昧。

「好，我走了，記得按時搽藥。」凌夢晨欣賞了她的窘態好一會兒，才咧嘴一笑，轉身推開房門離開了。

見許久沒有聲音，沈梨若才緩緩掀開被子，露出兩個眼睛環視屋內一圈，見沒有人影才坐起身子。

燈光下，臉龐的通紅火熱久久沒有褪去。

被凌夢晨一折騰，沈梨若躺在床上翻來覆去，直到寅時才迷迷糊糊睡著。

「小姐！小姐！」忽然留春的叫聲從遠而近。

緊接著聽到「咿呀」的一聲，門被人推開，接著留春的聲音在她的耳邊響起：「小姐，快起來……」

沈梨若不耐煩地翻了個身，咕噥道：「別吵……」

「小姐，快起來，徐公子派人來了……」見沈梨若依舊動也不動，留春急道：「大夫人和二夫人帶著他們都過二門了，小姐，您再不起來就來不及了。」

沈梨若迷迷糊糊地睜開眼，喃喃道：「誰來了？」

「徐公子，就是昨日您救的那位徐公子……」

「什麼？」沈梨若騰地一下坐起身子，急忙道：「快，為我穿衣。」

「是。」留春應了聲，俐落地打開衣櫥挑了件桃紅色的衣裙。「沒想到那徐公子竟然是李家老太爺的外孫，今日來的就是李家的大總管，特地來感謝小姐昨日的救命之恩。」

「李家？」沈梨若沈吟著。

李家在陵城十分低調，卻從未有人敢小覷，係因李家的老太爺本是陵城人，早年曾在京城做官，年紀大了才回到陵城落葉歸根，如今陪在他身邊的是他的幼子，其他兩個兒子據說也在京城做官，而女兒則嫁給了京城權貴。

看來這徐公子便是李老太爺的小女兒之子。

「聽許四說，李管家帶來的禮物足足有十幾擔，二夫人一聽就想讓人把禮物抬去庫房。」留春一邊俐落地為沈梨若穿衣，一邊念叨。「她倒是打的好主意，那些東西進了庫房哪還有小姐的分。不過那李管家倒也實在，堅持要把禮物送到小姐手上……」

沈梨若剛穿戴完畢，就聽見夏雨匆匆來報，大夫人、二夫人和李管家已經到靜園門口了。

沈梨若急忙站起身，讓夏雨把人迎進來。

她在留春的攙扶下剛走到院子，便見到大夫人、二夫人和一名老者走進來。

那老者雖然兩鬢斑白，但精神抖擻，他走到沈梨若身前深深彎腰行了一禮。「小人李元，奉我家老太爺和小公子之命，特來感謝小姐昨日的救命之恩。」

沈梨若急忙站起身。「李管家客氣，梨若不過是舉手之勞，何足掛齒。」

李元道：「九小姐之恩大於天，昨日若不是小姐，我家公子怕早已命喪黃泉。」

沈梨若淡淡笑了笑。「其實最後拉住馬車的是那位壯士，說到底還是那位壯士……」

沈梨若話還未說完，李元又深深一揖。「九小姐不必謙虛，那壯士和九小姐對我家公子都有救命之恩，李家實在無以為報，所以特地派在下送來區區薄禮，還望小姐笑納。」說完他一揮手，身後的僕人便陸陸續續將禮物抬進來，很快便擺滿了大半個院子。

雖然知道李家送來的禮物很多，但見到這大半院子的箱子，沈梨若也暗自吃了一驚。大夫人面露驚異之色，眼中的複雜一閃而過；而二夫人更是瞪大雙眼，露出貪婪的目光。

李元道：「聽聞小姐因救我家公子受了傷，我家公子特地備了些藥材，讓九小姐補補身子，還望九小姐早日康復。」

藥材？難不成這些箱子裡全是藥材？若是如此，她就算日日吃藥也得吃上幾年吧！那徐公子看上去挺機靈，怎地做事如此古怪？

沈梨若心裡想著，臉上卻紋風不動，轉頭對上李元眼中的感激。「梨若在此多謝李家老太爺和徐公子的一番心意，只是不知徐公子身子可好？」

李元不動聲色地打量了沈梨若，見她面對如此重禮卻沈靜鎮定，舉止有禮，沒有其他閨中女兒的焦躁膽怯，心中不免讚嘆。「多謝小姐關懷，我家公子並無大礙，只是有些小傷。本來公子想親自前來，可我家老太爺擔心公子的傷，便讓小的先來一步。他日待公子身子好了，必將當面感謝九小姐救命之恩。」

「救人一命，勝造七級浮屠，梨若順著本心而為，徐公子太過客氣。」沈梨若有禮回應。

李元又彎腰行了一禮。「九小姐果然巾幗不讓鬚眉，與其他女子不同。」

「多謝李管家誇獎。」沈梨若笑著說。

「時候不早了，在下也不便打擾，就先行告退。」李元拱了拱手。

「有勞李管家了。」沈梨若站起身相送。

李元道：「那在下告辭了。」說完向大夫人和二夫人行了一禮，帶著僕人走了。

他剛跨出大門，二夫人便向她身後的婢女使了個眼色。「快，快打開來看看，都是些什麼？」

兩個婢女接到命令急忙應了聲，看也沒看沈梨若，衝上前三兩下便打開一個箱子，頓時周圍傳來一陣抽氣聲。

沈梨若吃了一驚，急忙在留春的攙扶下走上前一看，只見箱子內的錦盒已被打開，裡面擺著兩根人蔘。

要知道七兩為蔘，八兩為寶，沈老夫人有株八兩多的人蔘，一直被她當作寶貝珍藏，可如今這兩株明顯比那大了不少，怎叫人不吃驚。而且這還只是滿院子禮物中的一樣，那其他的……

頓時大夫人的眼神既羨慕又嫉妒，頗為複雜；二夫人更是貪婪地看著這些箱子，怎麼也挪不開眼。

沈梨若見狀冷笑一聲，向身邊的留春使了個眼色。「愣著幹什麼？還不快把這些搬到庫房，就這樣亂糟糟地擺在院子裡像什麼樣。」

留春聞言，急忙扒開二夫人的兩個婢女，啪地一聲合上錦盒，向旁邊的大夫人和二夫人行了一禮。「請大夫人和二夫人移下腳步，奴婢好將這些箱子搬進庫房。」

大夫人動了動嘴唇，眼神在那兩株人蔘上轉悠了一會兒，最後還是狠狠地別過頭，移開腳步。

而二夫人卻一動不動，瞪了眼留春，轉過頭望向沈梨若皮笑肉不笑地說道：「九丫頭，這麼多藥材，妳那小庫房怎麼放得下，依我看還是放到公中的庫房吧。」

公中的庫房？誰不知道公中的庫房看守中有妳的人，去了那裡還有我的分？

沈梨若嘴角一揚，譏笑道：「多謝伯母關心，不過我這靜園雖然不大，可空房子還是不少，保證能塞下。再說了，這是梨若的私人物品，怎好意思占用公中的地方。」

她將私人物品這幾個字咬得特別重。

二夫人對上沈梨若譏誚的眼神，頓時臉色一青，張了張嘴正要說話，便聽見沈梨若道：「若是二伯母想看看還有什麼藥材，也得等下人們收拾收拾，這麼滿院子擺著亂七八糟的，實在不是個事兒啊，雖然梨若有傷在身，實在是需要這些藥材補補身子，可是二伯母若是想要，送給伯母一點也是無妨。」

接著，她抬起頭吩咐。「留春，待會兒將那人蔘切上一片給二伯母送去。」

留春先是一愣，接著大聲道：「是。」

「嗯。」沈梨若點了點頭。「可不能太少哦，別讓二伯母看笑話。」

「是，奴婢保證切上厚厚的一片給二夫人送去。」留春壓住笑意大聲回答。

周圍的僕人婢女都低著頭，強壓著笑意，身子劇烈地顫抖著。

聽著沈梨若主僕一唱一和，二夫人的臉頓時又青又白，像沾了染料的破布，精彩至極。

她抬起手指著沈梨若，嘴唇抖動了好半天才擠出一個字：「妳……」

這時只聽見「噗哧」一聲，緊接著傳來大夫人的笑聲。「呵呵，九丫頭，妳可不能厚此薄彼，也得送大伯母厚厚的一片才行啊，哈哈。」

「那是當然。」沈梨若笑道：「梨若怎敢怠慢大伯母。」

二夫人在沈家素來張狂，何曾受到如此羞辱，頓時胸口劇烈起伏著，一口氣差點沒提上來。

一旁兩個婢女見她臉色越來越白，身子有些搖搖欲墜，急忙上去扶著。「二夫人，您沒事吧？」

「我沒事！」二夫人甩開兩人，恨恨地看向沈梨若，眼神怨毒無比。

她的心中雖有滿腔怨恨屈辱，但也不敢將今日之事鬧大，畢竟窺伺姪女的私人物品之事隨便傳到哪兒去，對她都極為不利，現在又有大夫人在場，她只能硬生生壓下這口氣，瞪了大夫人和沈梨若一眼，轉身走了。

她的背影剛消失在眾人的視線中，院子裡便爆發出驚天動地的笑聲，好一會兒才平靜下來。

大夫人見二夫人吃癟，心情大為舒暢，看向沈梨若的眼神也和藹了許多。

沈梨若迎上大夫人的眼神。「這些藥材太多，梨若一人也用不完，就煩勞大伯母選一些，好為您和四姊補補身子。」

大夫人一聽頓時笑開。「九丫頭既然如此有心，那大伯母就卻之不恭了。」

兩人又說了一會兒，大夫人便提著大包小包的藥材喜孜孜地走了。

大夫人和二夫人剛走，沈家其他人跟著陸陸續續來了，最後就連沈老夫人也來了一趟。

忙了一上午，好不容易送走了眾多以探病為由，實則聽到風聲想分一杯羹的沈家人，沈梨若疲憊地揉了揉眉心，靠在薑黃色鑲金線大引枕上。

突然「咿呀」一聲，夏雨走了進來。「小姐，您今日還未上藥，讓奴婢來吧。」

沈梨若點頭。

凌夢晨昨晚帶來的藥很是不錯，昨晚搽了一次，疼痛便減輕不少。

夏雨的手如同羽毛輕輕地拂過，伴隨著藥膏帶來的清涼，十分舒服。光是這手法就比留春好上不少，看來她下了不少功夫。

夏雨果然是夏雨，若沒有前世的教訓，光憑這手法她也會給她一個機會吧。正想著，忽然一陣彷彿壓抑不住的低泣聲傳來。

沈梨若緩緩睜開眼，只見夏雨低著頭，一隻手捏著袖角輕輕地擦拭眼角，那低泣聲顯然是她發出的。

沈梨若瞄了她一眼，又輕輕閉上了眼。

低泣聲斷斷續續，忽高忽低，直讓沈梨若有些心煩意亂。她睜開眼，重重地咳了一聲。

聲音戛然而止，夏雨撲通一聲跪在地上，「砰」的磕了個響頭。「小……小姐，奴婢不是有意的。」

「何事？」沈梨若皺眉。

「奴婢……奴婢的母親前些日子摔瘸了腿，奴婢為小姐上藥就想到還躺在床上痛苦不堪的母親，所以……所以……」夏雨微低著頭，哽咽道。

此時此景是多麼的熟悉，上一世的夏雨似乎也是因為母親摔瘸了腿求到她的面前，這一世也是一樣，而可笑的是，時間足足差了半年。看來上一世的自己真是糊塗。

「那快請大夫啊。」沈梨若揚了揚眉，淡淡說道。

「奴婢……奴婢家十分貧困……實在沒錢……」夏雨抬起頭，眼睛裡布滿淚水。

見沈梨若不答，夏雨垂眸沈吟了一會兒，忽地膝行到沈梨若面前，一把拽住她的衣角。

「小姐，奴婢……奴婢……的母親一輩子操勞，現如今年紀大了還要受這苦痛。小姐……小姐您幫幫奴婢吧！」

「那妳想怎樣？」沈梨若望著淚盈眼眶的夏雨，平靜地問。

夏雨臉上一陣失望，只得抽泣道：「奴婢想……想借些銀錢。」

她見沈梨若未回答便急忙道：「三十兩，借三十兩就夠了，奴婢、奴婢一定做牛做馬報答小姐。」

三十兩，夠一個五口之家一年多的花銷了。

做牛做馬？沈梨若嘴角勾起一個冷笑，前世的時候她也說過同樣的話，結果呢？

「借？夏雨，妳的月錢多少？」沈梨若慢慢直起身子。

「二……二錢銀子。」夏雨嘴唇動了動，顫聲回答。

「二錢銀子，加上過節老夫人賞賜，一年也就近三兩銀子，就算在沈府吃穿不要錢，要還清最少也得十年時間。」沈梨若冷冷一笑。「夏雨，妳覺得行嗎？」

夏雨咬著唇，淚珠滑出眼眶，順著臉頰滑了下來。「小姐，二十兩……不不……十兩也行，您大發慈悲幫幫奴婢吧。」說罷，砰砰的在地上磕了幾個響頭。

今日李家送來那麼多藥材，她剛剛去庫房看過，什麼人蔘、鹿茸堆滿庫房，要是小姐發發善心，隨便賞下來幾根，拿去典當也綽綽有餘了。

「我的境況妳也知道，我手上也就十來兩銀子。」沈梨若沈吟一會兒道：「再說馬上就要過年了，我那點兒錢連必要的打點都不夠。」

「可是奴婢，奴婢的母親……」說到這兒，她低下頭已經泣不成聲了。

「那是妳的母親，與我何干。」沈梨若冷冷道。

與我何干！

頓時夏雨的哭泣聲沒了，她抬起頭怔怔地望著沈梨若，紅腫的雙眼滿是不可置信，嘴唇劇烈地顫抖著。

沈梨若看著她渾身無力，跪坐在地上的樣子，嘆了口氣。「哎，我實在沒有辦法。」接著她站起身子，扶起夏雨溫柔的說：「要不妳去求求大伯母，畢竟大伯母主持中饋，妳說明原因，以大伯母的菩薩心腸一定會幫妳的。」

夏雨低垂著頭，看不清表情，好半天才應了聲，垂頭喪氣地退了出去。

第十三章 提親

時間過得很快，一轉眼便到了臘月初七。劉家前來提親的日子終於到了。

上一次劉夫人前來並沒有請媒人，這婚事只能算兩家口頭上的約定，只有在今日納徵儀式完成後，劉延林和沈梨焉的親事才能算是真正定下。

一大早，沈府二老爺便早早起身，在二夫人的服侍下穿戴整齊到正廳裡候著。

劉府和沈府在陵城都算是有頭有臉的人家，因此沈家老早就請了麓山書院的山長鄒雲崧為女方媒人，鄒雲崧在陵城及周邊城市的讀書人中頗有聲望。

二老爺沈景言見時候也差不多了，正等得有些坐立不安時，僕人匆匆來報，劉家一行人已經到了門口。

二老爺一聽頓時大喜，急忙拉著鄒山長迎了出去。

剛跨出府門，便見到一身盛裝的劉延林站在門口，身後的僕人或挑或抬，一擔擔、一車車聘禮排出了長龍。

二老爺一見，頓時喜上眉梢，摸了摸鬍子。「賢姪來了，快快請進。」

劉家請的媒人乃是鄰城吳家二老太爺，吳家也算得上名門世家，與劉家有著千絲萬縷的親戚關係。吳二太爺的頭髮已經花白，但精神頭兒還算不錯，留著半尺長的鬍鬚，頗有幾分德高望重的模樣。

幾人走進正堂，雙方媒人互相問禮，接著吳二太爺代表男方向女方遞送聘禮，鄒山長代表女方接受。

二老爺瞄了眼長長的禮單，一張嘴都快笑得咧到耳後了。

劉延林走到二老爺面前，深深作了一揖。

二老爺滿臉笑容地接受了。「賢姪快快請起。」

劉延林直起身子滿臉歉意道：「伯父，姪兒的父親上個月去了京城，接到母親信後匆匆趕回，可惜還是沒來得及，請伯父不要見怪。」

「無事，無事。」二老爺連連擺手。「咱們就快是一家人了，這些小事何須客氣。」

「多謝伯父。」劉延林再作了一揖。「今日姪兒前來送聘禮之外，希望選個良辰吉日迎娶貴府的沈梨若小姐。」

二老爺滿臉笑容地點了點頭。「好、好，這日子嘛……」

忽然他抬起頭，瞪大眼盯了劉延林一會兒。「賢姪，你說錯了吧？」

「此等大事，姪兒怎會說錯，姪兒想迎娶的乃是貴府九小姐，沈梨若。」劉延林收起笑容正色道。

「你說什麼！」二老爺騰地一聲站了起來，臉上頓時一陣青一陣白。「上次你母親前來說的是小女梨焉。」

「這怎可能?」劉延林笑了笑。「我前些日子出門會友,臨行前母親特地問過我,我分明說的是沈梨若小姐。」

「此話當真?」

「當然是真,這等大事,姪兒怎敢不慎重?」

「什麼?」正和劉夫人相談甚歡的二夫人,手中茶杯哐的一聲掉在地上摔成粉碎。

錦繡瞄了瞄雙眼瞪得老大、臉上青筋迸現的二夫人,吞吞吐吐道:「二老爺身邊的傳來消息,說……說劉公子要娶的是九小姐,不是六小姐。」

「妳再說一遍!」二夫人站起身,大步逼向錦繡。

錦繡滿臉驚慌地一面後退,一面擺手。「二夫人,不是奴婢說的,是劉公子……」

「夠了!」二夫人一聲厲吼,轉頭惡狠狠地瞪向劉夫人。

劉夫人臉色青中發黑,見二夫人瞪來,連忙擠出個笑容。「姊姊莫慌,這其中肯定有誤會。」

「誤會?」二夫人咬牙切齒。「現在全陵城都知道你們家劉四公子要娶的是我女兒,如今他卻說要娶的是九丫頭,妳這是要讓我這張老臉往哪兒擱,讓我女兒以後如何見人?妳說啊!」

「不會的,不會的!」劉夫人連連安撫。「焉兒是我認定的兒媳婦,我也只認這個兒媳婦，妳若不信，我們去正堂向那不肖子問個清楚明白。」

二夫人胸口劇烈地起伏著，好一會兒才從牙縫中擠出一個字。「好！」說完，率先走出房門。

「什麼？」沈梨若騰地一下從床上蹦了起來，衝上前一把抓住留春的手臂。

「妳說什麼？」

「小姐，注意您的腳。」留春還以為她乍聽喜訊太過高興，急忙扶著沈梨若歡喜地說道：「恭喜小姐，賀喜小姐，劉公子在正堂親口告訴二老爺，他要娶的是您，不是六小姐。」

他要娶的是您！

沈梨若被這幾個字震得耳朵嗡嗡直響，腦子裡頓時亂成一團。怎麼會？怎會如此？難不成那劉延林受了什麼刺激或者腦袋被驢踢了，才會做出如此荒謬的事情？

留春看著沈梨若魂不守舍的模樣，扶著她坐到錦墩上，抿嘴一笑。「現在正堂裡正鬧得歡呢，六小姐躲在正堂側間，本想偷看未來夫婿，沒想到卻……」說到這兒，她噗哧一聲笑了出來。「沒想到得到如此震撼的消息，真想看看六小姐的臉，肯定特別精彩。」

「我就說嘛，六小姐模樣比不上四小姐，性子更是連小姐的一根指頭都比不上，劉公子怎會看上她。」留春撇了撇嘴。「劉夫人那麼疼愛劉公子，小姐您就安安心心地等著嫁入劉家吧。」

說完她便掩袖輕笑起來。

嫁入劉家？再過著上一世那種在囚籠中的生活？

不！她絕不！這一世她絕不再重蹈覆轍！

沈梨若猛地站起身，推開留春，風一樣地捲了出去。

「小姐，慢點，您的腳……」

沈梨若對留春的喚聲充耳不聞，大鬍子的藥不錯，經過幾日休養，沈梨若的腳已經好了七七八八。如今她心亂如麻，滿腦子只想趕到正堂阻止這一切，本來還有些不舒服的腳頓時也俐落不少，遠遠地把留春拋在身後。

轉眼間，沈梨若已奔到正堂門口。

沈家正堂如今窗門緊閉，周圍的婢女僕人早已退到五十步以外，沈梨若站在門口還隱隱聽到屋內的爭吵聲和沈梨焉嚶嚶的哭聲。

聽到這嘈雜聲，沈梨若忽然冷靜下來，在這沈家裡頭，不願她嫁給劉延林的可不止她一個，二夫人一家絕不會就此善罷甘休，而劉夫人既然選擇了沈梨焉，就絕不允許這個庶子當眾忤逆她。

沈梨若站了一會兒，待呼吸平穩，伸手理了理衣裙，才推開了大門。

正堂裡雖然點了不少燈，但和外面明媚的陽光相比，依然暗了不少。

見大門打開，屋內眾人全轉過頭望來。

沈梨若在那道陽光下緩緩走進正堂，一陣風吹過，裙上的蝴蝶繡花在點點金光下彷彿飛舞起來。

劉延林心中一動，雙眼一動不動地盯著沈梨若，這女子雖然樣貌一般，卻別有一番風情。

沈梨焉站在沈梨若正前方，因背著光好一會兒才看清來者是誰，一斜眼又正好看見劉延林目瞪口呆的模樣，頓時怒火中燒。

「妳這個賤人！」說完她便幾個大步衝到沈梨若面前，右手高高揚起。

沈梨若剛對上沈梨焉通紅、帶著凶光的雙眼，耳邊便感覺到一股凜冽的風。

只聽見「啪」的一聲，預期的疼痛卻沒有傳來，沈梨若緩過神，只見留春站在自己身前，微微低下頭，福了福身道：「謝六小姐罰。」

「留春……留春，快讓我看看。」沈梨若急忙扳過留春的身子，陽光下，她的左臉已經紅腫一片，上面還有幾道指甲的劃痕，隱隱有血絲泛出，足見沈梨焉下手之重。

「小姐，我沒事。」留春咬著嘴唇低低說道。

「還說沒事，快回去上藥。」沈梨若急忙道。

「喲，真是主僕情深啊。」沈梨焉陰陽怪氣地訕笑。

「沈梨焉！妳欺人太甚！」沈梨若握住留春肩膀的手顫抖著。容顏對女子而言極為重要，如今沈梨焉一掌下去便見了血，要是留下疤痕……何況這一掌是留春代她受的。

上一世也發生過這樣的情況，似乎也是沈梨焉出的手，而留春替她挨了不止一記，到最後整張臉都腫了，更因此在臉上留下幾道疤痕，雖然淡，卻終究是毀容了。

那時的她懦弱、無能，選擇忍氣吞聲，巴巴地看著留春離她越來越遠，但這一生她絕不如此，她要保護所有關心她的人，不能讓她們為她心冷，至於想害她的，她絕不會手下留情！

「我欺人太甚？妳這賤人，不知羞恥勾引未來的姊夫！」沈梨焉目眥盡裂地瞪著沈梨若。

「沈梨焉，這飯可以亂吃，話卻不可亂說，事關我們沈家的聲譽，妳說話得有證據。」沈梨若沈著臉，冷冷地看著她。沈梨焉無憑無據就在眾人面前胡亂說話，看來自己平素太過溫和，才讓她毫無所懼。

名節對於女子來說比生命更加重要，何況是在沈家這個把名聲視作第一的家族。因而她此話一出，本來還坐在一旁暗自助威的二夫人頓時臉色一僵。「焉兒！」

沈梨焉充耳不聞，吼道：「證據？這事何須證據？明眼人都知道。」

沈梨若跨前一步，擋在留春身前，厲聲道：「既然妳沒有證據，那就是誣衊。」她的聲音不大，但擲地有聲。

沈梨若話音剛落，劉延林衝了過來將沈梨焉拉退一步。「六妹妹，不關九妹妹的事，都怪我，是我傾慕她，想娶她為妻，我們並沒有做出絲毫踰矩之事。」他邊說邊望向沈梨若，含情脈脈的雙眼充滿真誠。

這種眼神沈梨若很熟悉，上一世他還未當劉家家主之前，每每在外人面前便這樣看著自己，讓她陶醉，讓她沈迷。

可是他這次遇到的是重生後的她。

沈梨焉見自己的心上人，竟然上前為沈梨若開脫，一股夾雜著失望和嫉妒的惱怒，狠狠地湧上心頭。

「妳這個有娘生、沒娘教的東西！」她不知哪來的力氣，瘋一樣地推開劉延林，揚起手就準備衝上來再打沈梨若一耳光。

父母乃是沈梨若最深愛、最敬重的人，如今沈梨焉竟然辱罵她的母親，她絕不能吞忍。

沈梨若在她推開劉延林的剎那間，上前一步，以迅雷不及掩耳之勢揚起右手，「啪」的一聲，清脆的耳光聲響起。

這一巴掌力氣頗大，五根手指印立即浮現在沈梨焉的左臉頰上。

正堂中頓時一靜，眾人都未曾想過平時靦覥溫和的沈家九小姐會出手打人。

沈梨焉從小嬌生慣養，何曾被如此打過，更何況打她的還是平時根本瞧不上眼的人。

「妳敢打我？」她尖叫著，不可置信地望著沈梨若。

「打都打了，還有什麼敢或不敢。」沈梨若甩甩手，掏出袖中的手絹輕輕擦拭著右手。

「啊──妳這個賤人！」沈梨焉瞪著沈梨若的眼中帶著無比的怨毒，雙手揮舞著就要衝上來撕打。

「焉兒！住手！」二老爺狠狠瞪了二夫人一眼，今日的一切只讓二老爺覺得顏面盡失。女兒挨打，他雖然心疼，但還有外人在場，不得不出聲制止沈梨焉的瘋狂行為。

但沈梨焉素來被寵慣了，二老爺的話根本沒用，她依然尖叫著嘶吼著。

劉延林雖然認識不少女子，但都是些深閨淑女，平時都斯斯文文，嬌柔乖巧，何曾有人像沈梨焉這樣竟然把他推了個趔趄，好不容易回過神來便見到沈梨焉手腳並用的癲狂模樣，急忙上前阻攔。

他這一阻攔更如火上澆油，沈梨焉非但沒有停下，反而四肢齊動，更加瘋狂。劉延林不得不死抓住她的雙手，還因此挨了幾腳，疼得直咧嘴。

「妳這個賤人！妳這個不要臉的！」沈梨焉雙手被制住，又因力氣不夠甩不開劉延林，只得不停地怒罵消氣。

被人這樣罵，就算是泥人也會被罵出幾分火氣，何況是沈梨若。

再一次，她揚起右手，反手在沈梨焉的右臉上狠狠搧了一耳光。

頓時清靜了。

沈梨焉被打得向左一歪，若不是劉延林拉住，準會摔得翻跟頭。

她閉上了嘴巴，停下了揮舞的雙手，右手緩緩撫上腫脹的右臉，不可置信地看著沈梨若。她打她！她竟然又打她！

望著眼前臉色沈靜、亭亭站立的沈梨若，她頓時覺得眼前這人再也看不清了。

正堂裡的其他人也怔怔地望著沈梨若，第一次可以說是因憤怒的衝動之舉，那這第二次……

好一會兒，二夫人才反應過來，衝到沈梨焉面前，仔仔細細端詳了她的臉。「焉兒、焉兒，妳怎麼樣？」

「二伯母，今日之事梨若雖然有些衝動，但終究還是六姊不問青紅皂白就隨意誣衊、辱罵我。」沈梨若平靜地迎上二夫人狠厲的目光。「二伯母以後還應好生管教才是。」

劉延林聞言也點了點頭，揉揉被沈梨焉踢疼的腿，投向沈梨焉的眼神隱隱中帶著不屑與厭惡。

沈梨焉感覺到劉延林的眼神，再想到今日的屈辱，頓時覺得一股腥甜湧了上來。

她捂住嘴，狠狠將那口血吞了下去，雙眼夾雜著無邊的怨毒望著沈梨若，全身不住顫抖。

二夫人的手指顫抖，指著沈梨若，臉上青白交錯。「妳……妳……」

她還未說完，便聽見一聲大喝。「怎麼回事？」

沈老夫人來了。

沈老夫人在大夫人和沈梨落的簇擁下走進正堂，臉色一如既往的平靜，若不是她緊握的雙手在隱隱顫抖，沒人知道她心中正颳著狂風暴雨。

「祖母……」沈梨焉掩面哭叫著，正要衝上前訴苦時，就對上沈老夫人凜冽的眼神，只得訕訕地閉上了嘴。

沈老夫人神色自若地走上主位，目光掃過一臉慚愧的二老爺沈景言、滿臉憤恨怨毒的沈梨焉和二夫人，再至臉色平靜的沈梨若，最後落到臉色鐵青的劉夫人身上，輕笑道：「漣漪，真對不住，讓妳見笑了，是我管教不嚴之過。」

「伯母無須自責，此事全因犬子而起，歸根結柢還是姪女的錯。」劉夫人臉帶慚愧。

「令公子的事我已知曉，但焉兒也太過……」

沈老夫人話還未說完，只聽見咚的一聲，劉延林猛地跪在地上。「老夫人，此事全怪在下未將事情交代清楚，讓母親誤會。請老夫人別責怪六妹妹和九妹妹。」

接著他頓了一下道：「但在下是真心愛慕九妹妹……」

只聽見「砰」的一聲，劉夫人重重地拍在桌上，厲聲道：「你這逆子，伯母在此，你還在這兒胡言亂語！」

劉延林並未理會暴怒的劉夫人。「老夫人，在下說的都是實話。」

劉延林沒有理會周圍幾道如刀似箭的眼神，他轉頭望向沈梨若，臉上帶著無比的真摯與赤誠。

而沈梨焉聽到這句話沒有發怒，反而咯咯地笑了起來。「我才是你未來的妻子，你愛她？哈哈，她哪裡比我好？有我美嗎？」

說到這兒，她撫了撫頭髮，一臉嬌媚，但配上她散亂的髮髻、凌亂的衣衫，卻有種說不出的詭異。

一感受到劉延林眼中的厭惡，沈梨焉頓時怨恨地望向沈梨若，瘋狂叫道：「都是因為妳這個不知廉恥的賤人……」

沈梨若臉上平靜無波，眼中卻閃過一絲憐憫，沈梨焉雖然有些可恨，但也是最可憐的受害者。

「妳在可憐我？妳竟然可憐我？妳這個賤人！」察覺到沈梨若眼中的憐憫，沈梨焉雙眼透露著瘋狂。

劉延林也暗暗叫苦，事情到這個地步也是他沒有想到的。

本來無論娶沈家的哪位小姐他都沒有意見，畢竟娶一個女人就能讓嫡母放下戒心，他何樂而不為呢？但幾日前街上的偶遇卻讓他改變了主意，當然這絕不是因為沈梨若的英勇和與眾不同。

當他看見她救下的那位公子時，他便告訴自己一定要娶她。

別人也許不知道那位公子是誰，但他卻是知道的。幾年前他隨父親進京都拜見大伯，曾經與那位公子有過一面之緣。

他姓徐，乃是當今皇上的堂叔——定親王次子的長子，雖說不是長房嫡孫，可那又如何？不管怎樣，他都是皇上的姪子，真真正正的皇室子弟，地位崇高，尊貴無比。只要他娶了徐公子的救命恩人，自然可以乘機攀上定親王這棵大樹。到時候，那個假仁假義的嫡母和病歪歪的大哥又有何懼？

本想著只要在提親之時，當眾指出他要娶的是沈梨若而不是沈梨焉，沈劉兩家為了保住臉面，就算再不願也只得大事化小，小事化無，順了他的心意。而沈梨焉就算心中再如何怨恨又能如何？一個柔柔弱弱的小女子而已，難道還能翻天不成？

至於沈梨若，根本沒在他的考慮之內。在他看來，這樣一個姿色平凡的女子知道即將做他的妻子，還不得興奮異常？

可是沒想到沈梨焉卻突如其來的出現，緊接著沈梨若的到來，一切都讓他措手不及。

沈家一向以禮治家，沈家女子素來以溫柔賢淑聞名於陵城，沒想到沈梨焉竟是如此模樣。

雖然心中隱隱有些後悔，但事已至此，他也只能硬著頭皮做下去。

「夠了！」聽見沈梨焉一口一個賤人，沈老夫人臉色鐵青，再也沒有半點風度。「把她給我拉出去。」

望著頭髮散亂，衣衫不整、臉上帶著絲絲癲狂的沈梨焉，沈老夫人只覺得一口濁氣湧了上來，呼吸困難，不由得捂嘴劇烈地咳嗽了幾聲。

大夫人見狀急忙道：「母親，您無事吧？」

沈老夫人搖了搖手，深深吸了幾口氣。沈梨焉雖然素來驕縱，但還算聽話懂事，沒想到今日卻如此不知輕重，看來平時太慣著她了。

沈老夫人知道今日沈梨焉受了委屈，但只要沈劉兩家好好坐下來商量，未必沒有轉圜的餘地，可她倒好，私自躲在屏風後不說，還大吵大鬧，張口閉口皆辱罵自己的姊妹，這不是明擺著告訴劉家她德行差、性子惡劣？

如果沈梨若是賤人，那她沈梨焉又是什麼？沈家又是什麼？

真是愚不可及！

要知道今日除了劉家人以外，還有鄒山長和吳二太爺兩位德高望重的人物，只要他們隨便出去說一、兩句，沈家辛辛苦苦建立的名聲就會毀在這個孽女身上，老夫人一想到這兒頓時怒火中燒。

「母親……」二夫人躊躇了一會兒，張了張嘴。

「拉下去！」沈老夫人打斷二夫人的話，撇過頭怒喝。

「可是……」

二夫人還欲求情，這時二老爺沈聲道：「還杵在那兒幹什麼？帶焉兒回屋！」說完，就扯著二夫人和沈梨焉往屋外走去。

第十四章　回絕

大夫人從進入廳堂起，就低眉順眼地站在沈老夫人身後，沒有落井下石，沒有幸災樂禍，只是嘴邊淡淡的笑意洩漏了她的心思。

而沈梨落微微低著頭，一動不動，平靜得就像是一個局外人。

劉延林見沈梨焉走出正堂後，便在地上磕了一個頭，滿臉真誠。「老夫人，在下是真心愛慕九妹妹，請老夫人成全。」

「你擅自悔婚不說，還妄想棄姊娶妹，你這個逆子！」劉夫人騰地站起身，胸口劇烈起伏著。

「母親，孩兒走之前曾明確地告訴您我的心意，可是母親……」劉延林轉過身子，語氣中帶著無邊埋怨。

「你……你何曾告訴過我？」劉夫人氣得全身發抖。

「母親，孩兒是真心的，請母親成全。」劉延林轉向劉夫人磕了個頭。他的態度真誠，聲音中帶著濃濃懇求，足以讓任何女子感激涕零。

沈老夫人沈吟了半晌，看著站在一旁一句話也沒說的沈梨若。「梨若，妳覺得如何？」

沈梨若上前幾步，行了一禮。「祖母，孫女不願！」

她的聲音不大，卻沈著有力。

頓時堂中一靜。

她抬起頭，環視四周，對上的是一雙雙詫異的眼睛。

「為什麼？」隔了半晌，有人問道。

問她的既非沈老夫人，也不是劉夫人，而是臉色有些複雜的沈梨落。

沈梨若嘴角上揚，露出一個笑容，頓時陰暗的正堂彷彿照進了陽光。

沈梨若對上沈老夫人的眼神。「我不願為一個只見過幾次面的人，傷害姊妹之間的感情。」

說話時，她自始至終看都沒看劉延林一眼。

雖然到現在，她不知劉延林為何硬要娶她為妻，但憑藉前世對他的瞭解，劉延林絕不會因為一段虛無縹緲的感情而忤逆劉夫人。

至於他愛慕她？哼！騙鬼去吧。

沈老夫人聞言臉色緩和了不少，重重地點了點頭，右手在椅臂上一拍。「好！」

劉延林臉色又青又白，彷彿放錯了染缸的織布，熱鬧得不行。

他站起身子，望向沈梨若的眼神中沒有憤怒、沒有羞愧，有的只是真誠和專注，彷彿眼前的女子就是他心愛之人，他可以無條件包容，但放在腿邊、浮現青筋的手卻顯示他心中的憤怒。

他怔怔看著她。「梨若，相信我，我對妳是真心的。」

沈梨若一臉平靜。「是嗎？可是不管你是否真心，我都討厭你這種自私自利的男人。」

頓時，劉延林完美的表情出現了一道裂縫。

沈梨若接著道：「更何況是一個陷我於不仁不義境地的男人，你說是吧，未來六姊夫。」

劉延林臉上的真誠頓時支離破碎，額頭上青筋暴起，溫文爾雅的氣質蕩然無存。

繞過劉延林，沈梨若走到老夫人面前，咚的一聲跪倒在地。「祖母，若您要將孫女許配給劉公子，孫女就長跪不起。」

沈老夫人露出了今天的第一個笑容。「快快起來。」

說完她頓了頓，眼神格外溫柔。「放心吧！這件事祖母一定會慎重考慮。」

她的話剛說完，劉夫人走了過來，神色堅定地說道：「伯母放心，我沈家既然選定了六姑娘為兒媳婦，就不會有任何改變。」

沈老夫人先是一愣，接著眼中帶著笑意，看了看仍呆立在一邊的劉延林，佯裝一臉為難。「可是……」

劉夫人眼神掠過狠厲。「何況婚姻大事本就是父母之命，請伯母安心。」

沈老夫人點頭。「妳也別太責怪延林，那孩子也是心太實。」

「伯母放心，漣漪自有分寸。」劉夫人福了福身，走到劉延林面前狠狠道：「還不快走？丟人現眼！」

言訖，劉夫人率先跨出大門，而在跨出門的一剎那，她轉過頭看了一眼沈梨若，心中一陣慶幸：還好沒有選她，這樣一個精明、冷靜的媳婦她可要不起。

劉夫人和劉延林一走，沈老夫人本來還正常的臉色頓時陰沈無比，握著椅臂的雙手微微顫抖著。大夫人和沈梨落站在沈老夫人的身後，兩人低垂著頭，一動不動，誰也沒有在這個時候開口觸她的逆鱗。

整個正堂靜得連一根針掉在地上都聽得見。

沈梨若腳原先還有些不適，經過剛才與沈梨焉的衝突，這又站了一會兒，頓時覺得右腳腳踝痠痠脹脹的，格外不舒服，便輕輕挪了幾步，走到沈老夫人面前福了福身。「祖母，孫女腳踝還有些疼痛，若無其他吩咐，便先回靜園了。」

沈老夫人抬起眼看著沈梨若，眼神十分複雜。

同樣的模樣，同樣的人，卻和往常截然不同，沈著、冷靜，沒有一絲怯意和靦覥。她細細地看著，彷彿第一次認識這個孫女。

沈梨若眼眸低垂，臉色平靜地站著，恍若剛剛所發生的一切和她毫無關係。

隔了好一會兒，沈老夫人輕揉眉心，揮了揮手道：「回去吧。」

「是。」沈梨若行了禮，在留春的攙扶下轉身走出大門。

望著沈梨若漸漸遠去的背影，沈老夫人輕輕嘆了口氣。這個孫女她越來越看不透了。

才剛走出正堂不遠，留春便道：「小姐，劉公子風流倜儻，乃人中龍鳳，您就這樣拒絕，太可惜了。」

說到這兒，她見沈梨若微垂著眼眸，沒有應聲，便頓了一下道：「不過，小姐您剛剛太厲害了，啪啪兩巴掌打得六小姐……哎喲……」

沈梨若轉過頭望著疼得齜牙咧嘴的留春，輕輕說道：「疼嗎？」

「不、不！」留春連連搖頭。「奴婢皮糙肉厚的，不怕！」

沈梨若笑了笑。「都破皮了還不疼，快回去找大夫來看看。」

「沒事，這點兒小傷不礙事的。」留春嬉皮笑臉地笑著。「倒是小姐，那樣重重的兩巴掌，嘖嘖，手肯定打疼了。」

「少在這兒貧嘴，要是被沈梨焉聽見，看她不收拾妳。」沈梨若笑道。

「哎喲，小姐可要救救奴婢啊……」留春雙手合十，一副可憐樣。

「好了，別鬧了。」沈梨若望著留春正色道：「留春，謝謝妳。」

她的話音剛落，留春的眼圈泛紅，望著沈梨若好一會兒才哽咽道：「小姐……您這麼說可是折煞奴婢，這些都是奴婢應該做的。」

沈梨若拭去留春眼角的淚水。「什麼折煞不折煞的，我既然說了，妳就當得起。」

見留春張嘴還要說話，沈梨若拍了拍她的肩膀。「妳我之間何必這麼多客套，快走吧。」說完，逕自率先走去。

留春怔怔地望著沈梨若的背影，嘴唇劇烈抖動著，好一會兒才重重地點了點頭，大聲應了聲跟上去。

提親的鬧劇過後，沈老夫人回到梅園便感覺胸悶氣喘，竟然一病不起。

沒有了沈老夫人的壓制，那日正堂的衝突便像長了翅膀一樣，傳遍沈家每個角落，而僕人婢女們對沈梨若的態度頓時產生了天翻地覆的變化。

平時看上去溫和軟弱的九小姐竟然大發神威把六小姐打了一頓，憑六小姐張揚驕縱的性子都吃了虧，更何況是他們這些下人，因此一個個都收起了平時的囂張輕慢，變得畢恭畢敬起來。

留春的臉經過兩日的治療已消了腫，除了幾道淡淡的劃痕外，幾乎沒有任何痕跡，大夫說只要再過段時日，就會完全康復。知道之後，沈梨若鬆了口氣。若是留春的臉因此落下疤痕，她這一輩子也不會心安。

待在靜園後院之中的沈梨若，面沈似水。

自從劉延林提親之日後，沈家又恢復了平靜，可沈梨若知道她的危機遠遠沒有解除。

那日，劉夫人雖然曾向沈老夫人保證過，劉延林和沈梨焉的婚事不會改變，但在劉家也不是什麼事都由劉夫人說了算。

只有對劉家十分瞭解的人才知曉，劉家二老爺——也就是劉延林的爹，對其子是萬分寵愛，卻礙於劉夫人和劉延雲之故，劉二老爺遲遲沒有正式確立劉延林繼承人的身分，但從小到大，劉延林一身所學，無論是詩詞歌賦，還是為人處事，都由劉二老爺親自教導，父子倆的感情深厚無比。

從另一方面講，若不是劉二老爺的寵愛，劉夫人又何必費盡心思一面做出母慈子孝的模樣，一面又在心裡防著、恨著。

沈梨若可以斷定，只要劉二老爺回來，劉延林和沈梨焉的親事會有極大的可能以失敗告終，而她就會重新踏上前世的老路。

想到這裡，沈梨若垂下雙眸，緊了緊身上的披風，慢慢地在院子裡踱著。

也不知過了多久，沈梨若聽到身後傳來一陣腳步聲。

緊接著留春的聲音傳來。「小姐，李家來人了，說是明日設宴，特來邀請小姐。」

「嗯。」沈梨若點了點頭。

第二日一大早，沐卉便捧著幾件衣服來到沈梨若面前。

沈梨若細細一看，一條藕荷色娟紗繡花百合裙，一件桃紅色對襟撒花小襖，再加上一件素錦緞披風，衣衫雖然不是特別華麗，但做工精緻。

看來李家前日的禮物真讓沈家眾人印象深刻，竟然對這個宴會如此重視。足足折騰了大半個時辰，沈梨若才穿戴完畢。

桃紅色的襖子和藕荷色百合裙，讓沈梨若秀麗的五官增添了幾分秀雅，烏黑的髮髻上插著金鑲珠鏤空簪子，配上紫金石水滴耳墜，整個人頓時比平時亮麗不少。

因留春臉上的傷還未痊癒，不方便外出，披上披風的沈梨若便帶著夏雨出了門。

二人剛走過垂花門，沈梨焉的身影從旁邊的假山後現了出來。

站在沈梨焉身邊的貼身婢女呸了一聲。「什麼救命大恩，不過是隨手推了一下而已，那李府卻像寶一樣把她捧了起來。一個下九流鏢師所生的下等人而已，哪能和小姐您相提並論，李府的人簡直是瞎了眼，這種人都請去。」

婢女幾句話讓沈梨焉鐵青的臉色有些好轉，她恨恨地瞪了眼沈梨若遠去的背影。「沈梨若，妳搞砸了我的婚事，咱們走著瞧。」

沈梨若剛走到沈府大門，大夫人身邊的王嬤嬤便迎了上來。「九小姐，大夫人派奴婢今日伺候您去李府，您有事只管吩咐。」

「有勞王嬤嬤。」沈梨若點了點頭，率先登上了馬車。

李家所在的隆福胡同本是一片窪地，據說李家老太爺年幼時曾在這附近務農，後來到京城做了官，告老還鄉後便買下了這一片窪地，拆除了原來的小屋，蓋了如今的李府。後面的十幾年又陸續有人在附近蓋了不少宅子，漸漸就形成如今的隆福胡同。

算起來李府離劉府並不遠，中間就隔了三條街，步行半個時辰便到了。

今日劉延林也應該在被邀請之列吧？一想到這兒，沈梨若心裡就有些煩悶。

她這兩日一直在回想他們見面時的每一個情景、說的每一句話，可任憑她想破腦袋，也沒想明白劉延林怎麼就突然間盯上她。

夏雨規規矩矩地坐在馬車裡的矮凳上，眼角先是瞄了瞄沈梨若，見她皺著眉，便低下頭。

她知道九小姐一直不喜歡她，無論她如何討好、如何揣測，都無法瞭解這位小姐心中究竟想的是什麼。

自從那日借錢未果之後，她每次見到九小姐似笑非笑的眼眸，心裡就隱隱有些發怵，如今見她蹙著眉，更是忐忑不安，生怕哪裡出了差錯讓小姐更為厭棄。

兩人各自想著各自的心事，馬車內靜悄悄的，氣氛有些壓抑。

忽然間，馬車停了下來，接著車簾被撩開，王嬤嬤和氣的笑臉出現在沈梨若的眼前。

「九小姐，李府到了。」

沈梨若在王嬤嬤的攙扶下了馬車。

剛站定，李管家便滿面笑容地迎了上來。「九小姐，您來了，我家公子已等候多時了。」

沈梨若客氣地笑了笑。

「九小姐，這邊請。」李管家側過身子，恭敬說道。

「有勞。」沈梨若不緊不慢地跟著李管家的腳步向前走去。

剛跨過大門，便見到徐書遠在幾人的簇擁下走了過來。

「九姑娘大恩，實在無以為報，請受書遠一拜。」徐書遠走到沈梨若面前深深彎腰一鞠躬。

沈梨若急忙側開身子避過，她救徐書遠本就有私心，自然不好一次又一次接受他的謝禮。

兩人客套了幾句，徐書遠道：「書遠本應親自上門感謝，奈何那日意外之後，外祖母便把我拘在家裡。」說到這兒，他皺著眉頭，一臉苦惱地瞄了眼身後的人。「這幾個人也無時無刻不跟在我身後，哎……實在是苦不堪言。」

沈梨若見他苦著一張臉，聲音帶著無邊的幽怨，搖頭嘆氣萬分苦惱，頓時覺得有些好笑。

「九姑娘，妳的腳……」

見徐書遠一臉擔憂，沈梨若忙笑了笑。「不礙事，已經好了，有勞公子掛懷。」

「沒事就好，沒事就好。」徐書遠嘿嘿笑著。

第十五章　李府詩會

這徐公子雖說是貴人，倒沒有想像中趾高氣揚的模樣。而他身後的幾個大漢，雖然著僕人裝束，卻身材健壯，孔武有力，一看便不是普通下人。

就在沈梨若打量他們時，其中一名大漢上前一步向沈梨若抱拳。「小姐仗義出手，救下我家公子，在下和幾位弟兄在此多謝了，若他日有需要我們幾個幫忙的地方，請儘管告知，我們幾個絕不推辭。」

說完他轉向徐書遠道：「公子，出門前，王……老爺和夫人曾千叮萬囑要我們幾個顧您周全，可您卻三番兩次擺脫我們偷溜出去，若非如此，又怎會發生上次之事？」大漢不卑不亢，洪亮的聲音中帶著指責。

徐書遠被大漢一說，頓時有些不自在，訕訕說道：「什麼偷溜，我不過想一個人去逛逛而已。」

這大漢當著她這個外人的面指責主人，毫不留情，而作為主人的徐書遠，非但不生氣反而有些不自在，看來這幾名大漢絕不普通。

徐書遠呵呵笑了幾聲。「看我這人，平白讓九姑娘在此聽我叨唸，真是失禮。」說完他側過身子。「九姑娘，這邊請。」

沈梨若笑頷首，在徐書遠的帶領下往前走去。

李家老太爺在京城為官多年，沒像沈家那樣崇尚前朝之禮，宴會並沒有將男賓和女賓分在兩個屋子裡。眾人都在偏廳裡，男賓坐在左側，女賓坐在右側，幾架屏風立在女賓的前頭擋住男賓的視線。

屋外雖陽光不錯，但偏廳內也點了不少燈盞。搖擺的燭光和陽光相互交織在一起，空氣中散發出淡淡的薰香。

徐書遠一出現在門口，廳內的眾人便安靜下來。

徐書遠樣貌本就俊美，身材頎長，腰細肩寬，如今穿著一件白色鑲金邊的袍服，舉手投足之間隱隱散發出尊貴氣息，和在李老夫人面前乖巧懂事的模樣倒是截然不同。

似乎已經習慣成為眾人關注的焦點，徐書遠微微拱了拱手。「讓眾位久等，真是對不住。」

眾人聽後頓時連稱無妨，好奇的眼神卻紛紛往門口望來。

徐書遠表面上雖是李老太爺的外孫，但作為官宦子弟的李家二位公子，在徐書遠面前卻沒有絲毫傲氣，反而處處恭敬。能被李家邀請的，都是陵城各大家族的知名人物，從小耳濡目染下各有一副察言觀色本事，自然看得出徐書遠身分不一般。就在眾人好奇是誰能和徐書遠一起來時，沈梨若的身影出現在偏廳門口。

感受到眾人打量的眼神，沈梨若沒有任何異常，亭亭地站在徐書遠身側，彷彿風中蓮花般自在優雅。

「九妹妹？」忽然一個帶著疑惑的清脆女聲響起。

這聲音有些耳熟，隱約是于晚晚，可惜隔著屏風，沈梨若只能看見模糊的身影。

「沒想到有九姑娘熟識之人，那九姑娘快入席吧，在下先行一步。」說完，徐書遠向旁邊的婢女使了個眼色，便往男賓們走去。

掃了一眼男賓客，沈梨若發現劉延林也在列，俊秀的臉因背著光而顯得十分陰沈。

「九小姐，這邊請。」耳邊傳來婢女恭敬的聲音。

沈梨若點頭，跟在婢女身後，向屏風後走去。

她的位子在第一排第二位，左右的兩位姑娘均不認識，而于晚晚則坐在她的側後方。

沈梨若淡淡地朝周圍的姑娘們微笑，便坐下來。

矮几上擺著精緻的茶點，前面是一架架連在一起的屏風，薄薄的白紗阻擋住男賓們灼灼的目光，也讓女賓們的窈窕身影在朦朧中更加動人。

劉延林的雙眼一直緊緊跟隨著沈梨若的身影，目光有些憤怒、有些不解和隱隱不甘，隔著屏風，沈梨若隱隱約約的身影，和剛才門口那一剎那的風姿在他眼前搖晃著。沒想到幾日不見，她竟然比以前亮麗了不少。

「劉兄，你一直盯著的是哪家閨秀啊？竟然和徐公子一起？」劉延林旁邊的清秀少年湊了過來。

他的話題明顯吸引了附近幾位公子的注意，其中一位看上去年紀稍長的青年道：「讓劉兄留戀不已的，莫非就是那沈家九姑娘？」

他的話一落，頓時周圍眾人露出恍然大悟的神情，陵城本就不大，劉家那日大張旗鼓地去提親，棄姊求妹，最後卻被拒的事情早已傳遍了大街小巷。

「面對劉兄的求親能面不改色、憤然拒絕，本以為是個眼高於頂的絕代佳人，沒想到卻是個樣貌普通的小丫頭。劉兄，看來你的魅力失色不少啊。」一個少年面帶譏誚。

「依我看不是劉兄魅力失色，八成是那丫頭心裡有人了吧。」

「沈家素來家教甚嚴，一個深宅裡的丫頭，心中能有誰？難不成是沈家的僕人？」

「一個僕人能比得上我們劉兄風流倜儻？」

在眾人你一言我一語中，劉延林的臉色由緋紅變得鐵青，打開扇子使勁地搖了好幾下，才道：「幾位說笑了，都怪在下沒有事先和母親好好溝通，一時心急才鬧出如此笑話，慚愧啊慚愧。」

「一個小丫頭而已，劉兄又何必如此自責，咱們陵城有誰能比得上劉兄的風姿人品。」一個與劉延林交好的少年說道。

「那是原來，現在有徐公子可就不好說了……」

眾人正說得熱鬧，一個清朗的聲音響起。「各位都是才華洋溢之人，今日大家有緣聚在一起，何不吟詩幾首，讓眾人鑑賞鑑賞？」

說話的人身穿藍色鑲黑邊長袍，眉眼間和徐書遠有幾分相似，正是李家大公子李家政。

「大哥說得極是，咱們就這樣聊著豈不無趣？」李家政旁邊的少年站了起來附和，是李家四公子李家宏。

主人家都發了話，眾人也紛紛點頭。

「那就請大公子出個題目吧。」男賓中一名少年站起身道。

「今日這宴會沒有師長，又不是考校各位功課，何必如此嚴謹。」李家政笑道：「就不用訂什麼主題了，各位想到什麼就吟什麼吧？」

「大公子說得極是。」

「既然大家都同意大哥的話，那就從我開始吧。」徐書遠站起身，沈吟一會兒道：「寒色天將暮，紅梅曳裳舞，登高遙望北，柳絮落紛飛。」

「好詩！」

「用柳絮比喻京城的飛雪，徐公子果然才思過人。」

眾人拍馬吹噓了好一會兒，一名少年才站起身輕搖絹扇道：「那接下來就由我獻醜了……」

有人開頭，眾人也不再扭捏，紛紛參與。堂中有些人神采飛揚，有些人冥思苦想。不少女賓也躍躍欲試，想一展才華。

沈梨若垂著眼眸靜靜坐在屏風後，雖說沈家乃書香世家，但她從小不喜讀書，幼時父母親視她如珍寶，並不逼迫她。回到沈家後，在沈家眾人有意無意的忽視下，也沒有請先生教導。因此沈梨若的文采平平，吟詩作對更是不行。前世嫁給劉延林後，倒曾努力研讀詩集，奈何天資有限，她一直無法窺其門徑。

正想著，忽然她身後的少女湊了過來。「妳是沈家九姑娘吧？還記得我嗎？我們上次在劉府見過。」

沈梨若轉過身，仔細打量了一下這位少女，隱隱有些面熟，但突然間卻想不起來。

見沈梨若困惑的表情，那少女嘴角一翹，譏誚道：「九姑娘貴人多忘事，自然記不起我們這些無足輕重之人了。」

這話說得實在不動聽，沈梨若不由得皺了皺眉。

「何淼姊姊，妳我又不是翩翩公子，九姑娘心中怎會記得？」何淼身邊的圓臉少女輕蔑地看了沈梨若一眼。

若說何淼的話說得不動聽，那這圓臉少女的話簡直是中傷了。

沈梨若的臉色頓時沈了下來。「這位姑娘，妳這話是什麼意思？」

「什麼意思，就字面上的意思唄。」圓臉少女翻了個白眼，喃喃道：「這都不懂。」

頓時周圍響起一陣輕笑。

「我與姑娘並無恩怨，姑娘妳何必處處針鋒相對。」沈梨若見她毫不知收斂，也不再客氣。「沒想到姑娘穿著不俗，卻也是那長舌之人。」

圓臉少女拉下了臉。「喲，看來我說中九姑娘心中所想的，所以有些惱了。一個連未來姊夫都敢沒臉沒皮去勾引的人，難道還怕我們隨便說說？」

沈梨若聽了不怒反笑，她想起來了，這兩人是在劉家一直與沈梨焉一起的。

看來今日是來為沈梨焉抱不平了。

「妳笑什麼？」或許是沈梨若這時候笑得太突然，又或者是她笑得太淡然，圓臉少女的臉色頓時難看起來。

「我在笑，這世上總有那麼一些人喜歡人云亦云，說話做事從不經腦袋，偏偏還自以為聰明，哎……真是……」說到這兒，沈梨若搖頭，一副惋惜的模樣。

「噗哧。」一陣輕笑聲響起，正是于晚晚。

「妳……」圓臉少女剛要怒罵，坐在沈梨若右邊的黃衫少女轉過頭喝道：「楊婉！住嘴！九姑娘可是我李家的貴客。」

「表姊……」名叫楊婉的少女撇了撇嘴。「妳看她那狐媚樣，都快把妳的徐表哥搶去了，妳還幫她說話。」

「閉嘴！」黃衫少女頓時臉色脹得通紅，瞪了眼楊婉。「九姑娘是表哥的貴客，就是我李家的貴客，妳不得無禮。」

楊婉見李婉容動了氣，只得訕訕應了聲，閉上嘴不再說話。

李婉容轉過身子一臉歉意看著沈梨若。「九姑娘，實在不好意思，我這表妹從小嬌慣，有什麼得罪之處多多包涵。」

沈梨若淡淡笑了笑，說了句「無妨」，便轉頭向對面望去。

這次輪到的是李家四公子李家宏，他笑臉盈盈道：「紅梅搖曳浮夢華，白雲飄渺似羅紗，微風拂面聞妙語，不見伊人只見花。」

「沒想到咱們四公子還是個風流才子。」

「四公子此詩情景兼備，實在難得，只是不知四公子口中的伊人為誰？」

「哈哈，堂中這麼多閨秀，說不定遠在天邊，近在眼前……」

「四公子何不說出來聽聽……」

李家在京城居住十幾年，習氣與沈、劉兩家自然大相逕庭。如今風氣已開放不少，這些男賓的話語雖然有失妥當，但也無人見怪。

忽然，堂中響起一陣哄笑，只見一白衣少年站在堂中，面帶輕笑，紙扇輕搖。

這種姿態若是出現在相貌英俊、身材頎長的少年身上，自然賞心悅目，可如今這少年身材肥胖，眼小如豆，臉大如盤，又擺出一副自命風流的模樣，顯得格外可笑。

「尹兄，難不成你也詩興大發了？」一名少年怪裡怪氣說道。

「不錯，見大家興致高張，在下也一時技癢，獻獻醜。」肥胖少年搖了搖腦袋。

「哈哈，尹兄快快道來。」

沈梨若周圍眾女議論紛紛。

「尹天行？他能作出什麼好詩？」

「俗話說士別三日，當刮目相看。說不定他會一鳴驚人呢。」

「一鳴驚人？我看啊，一鳴嚇人還差不多。」

沈梨若聽到身邊的竊竊私語，輕輕笑了笑。她知道這少年，乃是尹家獨子尹天行。尹父雖家財萬貫，但大字不識幾個，偏又不想被人說他胸無點墨，於是在屋裡四處掛滿詩畫，各種風格胡亂放在一起，反倒顯得俗氣。而尹父對這個獨生子期望頗高，從小便請了不少先生，但尹天行天資愚鈍，又老是自作聰明，學問不行，還老是張冠李戴，惹出不少笑話。

「尹兄，你倒是快作詩啊，難不成你的靈感又回去了？」一名少年帶著笑意問道。

「急什麼？」尹天行皺著眉，一臉不悅。「你們吵來吵去我還怎麼作詩？」

「不敢、不敢，尹兄，請！」

尹天行搖頭晃腦了一會兒道：「好，聽著！堂中滿眼是桃花，倩影渺渺盡芳華，才子風流本無罪，何必單戀家中花？」

話音剛落，堂中先是一靜，忽然不知誰帶了頭，頓時響起一陣爆笑，中間還夾雜著酒杯茶具碰撞和拍桌子的聲音。

而尹天行挺著胸部，仰著頭，手中的紙扇更是搖得瀟灑，一副終於揚眉吐氣的模樣。

「狗嘴裡吐不出象牙！」于晚晚猛地拍了一下桌子，惱怒說道。

沈梨若轉過身，見到于晚晚面沈如水，隔著屏風瞪著尹天行。

「表姊夫不愧是風流才子，文采出眾，表姊聽到此詩，想必也會對你大加讚賞吧。」于晚晚的聲音剛落，尹天行的笑容頓時凝結在臉上。

他到達李家較晚，又有屏風隔著，所以並不知于晚晚也在場。要早知如此，就是再給他十個膽子，也不敢說出「何必單戀家中花」這句啊。

眾人皆知，他尹天行在家天不怕地不怕，就怕房中那枝花。他那娘子看上去身材纖瘦，但力氣頗大，又脾氣暴躁，若是這詩傳到她的耳朵裡……

想到這兒，尹天行不由自主地揉了揉身上的肥肉，背上冷汗直流。事到如今，他也顧不得保持什麼瀟灑風度，皺著眉苦著臉，在眾人的笑聲中硬生生將一張圓臉擠成一個包子。

「怎麼辦？怎麼辦？」尹天行左右踱著步子，恨不得打自己兩個嘴巴。

「我作什麼不好，作這種詩，哎，這詩要是不是我作的該多好。」尹天行喃喃道，忽然他抬起頭，雙手一拍大聲道：「對啊，于家表妹，妳別誤會，這詩不是我作的，不是我作的。」

接著他猛地向右跨了一步，一把抓住身邊劉延林。「是……是劉兄作的，對！就是劉兄作的。」

堂中猛地一靜，緊接著又爆發出比先前更激烈的爆笑聲。

「哈哈，劉兄尚未娶妻，又怎會有家中花一說呢？」一名少年雙手拍桌笑道。

「就是啊，哈哈，尹兄，你找藉口也得找個靠譜一點的。」

「笑什麼笑，大家都知道我文采素來不好，又怎會作出這種……這種好詩呢？」尹天行脹紅了臉，聲音越來越低。他轉過頭眼巴巴地望著劉延林。「劉兄……你說是吧？」

被這樣一個胖胖的少年，眼巴巴、可憐兮兮地望著實在不好受，劉延林不由得打了個哆嗦，好半天才收起驚訝的神情，苦笑著站起身。「這個……嗯……遊戲之作，遊戲之作而已……」

尹天行聽後大大鬆了一口氣，感激地看了劉延林一眼道：「我就說嘛……于家表妹，妳可聽清楚了，這真不是我作的。」

「哼！」于晚晚重重哼了一聲，咕噥道：「騙誰啊。」

「劉兄既然開口，那咱們大家就當這首詩為劉兄所作……」李家宏好不容易才止住臉上的笑容。

「什麼就當，那就是！」尹天行急道。

「好啦，好啦。」李家政見尹天行急得滿臉通紅，又要說個沒完，連忙出言打斷尹大行的話。

他頓了一下，望向劉延林。「可是劉兄，這首詩別說什麼意境，這意思……咳咳，劉兄難不成今晚就想用這首詩把我們打發了吧？」

「怎敢，怎敢。」劉延林拱了拱手。

劉延林沈吟了一會兒，忽地抬起頭，就這樣雙眼毫無遮掩地望向沈梨若。

眾人見他半晌沒有下文，只是眼光爍爍地望著對面，也就紛紛順著他的目光向沈梨若望去。

他想幹什麼？沈梨若心裡不由得咯噔一下。就連前世在劉夫人面前，他也未曾用這樣……這樣專注灼熱的眼神望著自己。

這幾日他如此做，究竟是為了什麼？

沈梨若摸了摸臉蛋，可不相信自己能讓他一見傾心。

就在這時，劉延林溫和清朗的嗓音響起。「沈苑菊寒秋雨重，梨海翻白濤無蹤。若等冬去春又來，醉臥花下如雪中。」

話音剛落，正堂中便響起一陣喧鬧、鼓譟聲。

劉延林的這首詩，論意境和韻律都極為普通，沒有什麼出彩之處，但卻是首藏頭詩，取前三句的第一字連起來便是「沈梨若」！

頓時，各種玩味、妒恨和羨慕的眼神齊齊向她射來。

「沒想到劉四公子竟然對她如此深情。」

「聽聞劉四公子本是要和她六姊訂親的。」

「哼！連未來姊夫都要勾引，果然是個狐媚的。」

「就是！不知使了什麼手段，將四公子迷成這樣……」

女賓中有不少人心裡愛慕著劉延林，如今見他對沈梨若如此，自然又嫉又恨，紛紛低聲罵著。

沈梨若低著頭，身子微微顫抖著，青絲垂在臉頰兩側。微風拂過，淡淡的身影伴隨著燭光的搖曳映在縹緲白紗上，格外嬌俏動人。

「哈哈，這九姑娘怕是害臊了，低著頭都不敢出聲了。」

「我看是高興得說不出話來了吧。」

「九姑娘，妳乾脆馬上應允了，讓大公子將咱們這宴會馬上改成喜宴，咱們做證人，你們立刻成親就行了，哈哈！」

「不錯、不錯，這俗話說，擇日不如撞日嘛！」

白紗後，沈梨若的身子顫抖得更厲害了。

「閉嘴。」見眾人越說越不像話，徐書遠望向沈梨若顫抖的身影，皺著眉頭喝道：「再怎麼說九姑娘也是個姑娘家，你們怎地說出如此淫言穢語。」

聲音不大，卻帶著無比的威嚴，眾人頓時一凜。

在眾人的靜默中，李家政輕輕咳嗽了一聲道：「大家還是閒話少說，今天咱們只吟詩、喝酒，大家繼續、繼續啊。」

「李兄說得雖是不錯，可是劉兄如此深情，九姑娘也得對上一首聊表心意才行啊。」

「不錯，不錯。」

「九姑娘，素聞沈家個個文采風流，妳就快讓我們開開眼界吧。」楊婉陰陽怪氣的聲音響起。

「對啊，沈九姑娘，快作、快作。」何淼催促道。

憑她的文采，附和幾句附庸風雅還行，真讓她作詩只會當眾出醜。

這楊婉、何淼和沈梨焉如此要好，又怎會不知道她文采極差？看來她們今日是鐵了心，要讓她出醜了。

「九妹妹？」于晚晚和她較熟識，自然知道她的文采如何，不免有些擔憂。

沈梨若吸了口氣，轉頭回遞她一個安心的眼神，在眾女嫉妒的眼神中亭亭站起身。

劉延林做這麼多事，無非是向眾人，或許說是向他父親傳遞一個訊息——他非她不娶。

只要她今日不當眾拒絕，或者拒絕的理由不夠充分，那最終的結局很有可能就是她被沈家雙手送入劉家。

可他從未想過，若她如此嫁入劉家，劉大夫人會如何待她，而她在沈家又如何自處？他從未想過，因從頭到尾他想的都是他自己。

不論他的愛意真心與否，不管他究竟打的什麼主意，她這輩子都不願，也不會和他再有半分糾葛。

沈梨若嘴角輕揚，勾起一個冷笑。

劉延林，若是我在此說早已心有所屬，你會如何？

她微微一福身，道：「梨若自小不喜讀書，又怎敢在眾人前班門弄斧……」

她話還未說完，楊婉尖利的聲音便響起。「沈二爺是麓山書院的講師，德高望重，可謂家學淵源，九姑娘何必自謙？」

沈梨若沒有理會她的冷嘲熱諷，平靜說道：「今日承蒙大家看得起，不如我在此，為大家唱一曲，助助興。」

「唱歌？不錯，不錯。」

「好！」

男賓們一聽，頓時拍手叫好。

沈梨若站直了身子，雙唇微啟。一串宛轉悠揚的歌聲，伴隨在徐徐的風中，飄蕩開來。歌聲飄飄浮浮，時而悠長，時而短促，輕飄飄地掠過眾人心田。

今夕何夕兮，漫步於林，今日何日兮，得與君相見。
秋風蝺蝺兮，我心悠悠，心幾煩而不絕兮，與君共遊，
山有木兮木有枝，心悅君兮君不知。
今夕何夕兮，漫步於林。今日何日兮，盼與君再見。
雨雪瀌瀌兮，我心揪揪，心幾愁而不絕兮，未能見君，
山有木兮木有枝，心悅君兮君不知。

沈梨若雖然文采不行，卻有一副好歌喉，聲音婉轉動聽。唱著唱著，正堂中的嘈雜聲也漸漸消失，眾人的目光慢慢都集中到沈梨若身上。

沈梨若唱的這首歌改編自〈越人歌〉，本是一打槳的越女因愛慕楚王之弟鄂君子皙所唱的歌，歌裡表達她對鄂君子皙真摯的愛戀之情。

沈梨若的聲音越來越輕，猶如少女思念意中人時的喃喃囈語，帶著心中的思念，期待著與心上人相遇。

待要結束時，婉轉音調中雖然帶著絲絲幽怨，卻不哀傷，有的只有對心上之人深深的牽掛和愛戀。

一曲歌完，周圍俱靜。

「獻醜了。」沈梨若盈盈一福身。

劉延林瞪大了雙眼，不可置信地瞪著白紗後隱隱的身影。

沈家家教甚嚴，他不敢相信眼前這嫋嫋婷婷之人竟然敢在如此多人面前唱這種情歌。短暫的驚訝後，他的心中湧起一陣難言的憤怒和屈辱。

美妙的歌聲彷彿一個接著一個的巴掌，狠狠地搧在他的臉上。

心悅君兮君不知！

這豈不是明明白白告訴眾人，她早已心有所屬。

劉延林緊緊攥緊手中扇子，雙手青筋暴起，若不是多年的隱忍和城府，他一定會暴怒拂袖而去。

可是，他不能。

他不但不能暴怒，反而還要落落大方地接受沈梨若這種近乎羞辱的拒絕，只有這樣，他才能被眾人恥笑的同時，樹立起癡心不悔，胸懷坦蕩的君子形象。

劉延林努力地壓抑住心中的熊熊怒火，在臉上堆起傷心欲絕的表情，用難以置信且痛心的眼神緊緊盯著沈梨若。

沈梨若周圍的女子，包括于晚晚，都不可置信地瞪大眼睛望著她。

瞪著，瞪著，也不知是誰帶頭，一陣陣嬉笑聲響起。

「她拒絕了？她竟然這樣拒絕了？那可是劉四公子，真是不自量力。」

「山有木兮木有枝，心悅君兮君不知……嘖嘖，不知羞恥……」

「也不知那人是誰？竟然比劉四公子更讓她傾心。」

「管他是誰，沈家素來家教甚嚴，她如此作為，回去可就慘了。」

「依我看最慘的還是劉四公子，一片癡心付之東流，嘖嘖……」

在連綿不絕的嗤笑聲和喧鬧聲中，劉延林再也不能維持傷心欲絕的表情，臉上青白交錯。

忽地，徐書遠站起身沈聲道：「有什麼好笑的，劉兄賦詩一首是因為他心中愛慕，而九姑娘歌一曲同樣也是因為心有所愛，既然心悅他人為何不能說出？依我看兩位都是敢愛敢恨之人，不知有何地方讓人恥笑。」

他話音一落，眾人慢慢閉上嘴。

徐書遠接著道：「當朝護國公主也曾向先皇明言，她此生只願嫁駙馬一人。而依我看九姑娘就頗有護國公主之風，真不知大家覺得是何處如此好笑？」

他的聲音並不大，但語氣凝重認真，沈穩有力。

護國公主可是家喻戶曉的人物——她本是聖祖皇帝的小女兒，也就是當今皇上的姑姑。先皇還在世時，就對這位比自己孩子還年幼的小妹十分寵愛。而這位公主從小喜歡舞刀弄劍，成年後當著滿朝文武的面明言，她只願嫁給一個江湖浪子。先皇雖然惱怒，但挨不住小妹的百般哀求，最後也只能點頭答應。

後來先皇駕崩，二皇子叛亂，幸得護國公主與駙馬挺身相救，當今皇上才能安然無恙地繼承皇位，因此護國公主和駙馬之事也成為當朝的一段佳話。

如今徐書遠把這位護國公主給抬了出來，眾人也只能閉上嘴不說話。

「九姑娘乃是我徐書遠的至交好友，你們譏諷嘲笑她就等於是在譏諷嘲笑我。」徐書遠站起身。「在下還有要事，先失陪了。」

說完他向身邊的婢女低語幾句，長袖一甩，轉身走了。

直到他的背影消失在眾人視線中，眾人才緩過神來。

第十六章 風起

李家政站起身客套了幾句，眾人才又開始喝酒閒聊起來，只不過堂中的氣氛卻遠沒有開始時那樣和諧愉快。

這時，婢女來到沈梨若身邊恭敬說道：「九姑娘，表少爺說這裡都是一些俗人，無趣得緊，您若想回去，便讓奴婢送您出府。」

事已至此，沈梨若也沒心情待在此處，輕輕點了點頭道：「有勞。」

當她站起身，視線掃過李婉容，對上那微帶敵意的眼神時，沈梨若輕輕嘆了口氣，看來這李家姑娘是誤會了。輕輕移動腳步，她來到李婉容身側，俯下身子低語：「李姑娘，徐公子今日出言相助皆因心有感激，並無其他，請不要誤會。」

李婉容先是猛地一怔，緊接著臉上閃過一陣愧疚和羞澀，然後在沈梨若真誠的眼神中低下了頭，一抹紅暈染上她白玉般的頸脖，不知是因羞澀還是愧疚。

沈梨若輕輕笑了笑，轉頭向于晚晚點頭致意，在婢女的帶領下緩緩走出正堂。

在她盈盈的步伐中，身後飄散的黑髮隨風飛舞著，猶如風中搖曳的蓮花，從容而優雅。

沈梨若一踏出李家大門，便對上了夏雨恭敬中帶著絲絲探究和不解的眼神。

她緩步走到馬車邊，道：「還不走？」

他們在正堂舉行宴會時，夏雨和其他閨秀的婢女一起待在正堂旁邊的側間裡，其間發生的一切她自然知曉。

夏雨回過神來，急忙福了福身，端來小几子，放到沈梨若腳前。

沈梨若伸出手，在夏雨的攙扶下上了馬車。

夏雨坐在角落裡，瞅了瞅一臉平靜、從容優雅的沈梨若，輕輕撇了撇嘴。

據她這段時間的觀察，本以為這九小姐是個聰明有見識的，沒想到這麼短視。

夏雨生在窮苦人家，從未踏出過陵城，劉家這樣的高門大戶在她的心目中已經是遙不可及，又怎能想像這世上還有許多比劉家更加尊貴的世家，因此在夏雨心裡，像沈梨若這樣的才貌，能得到劉延林的傾慕已是幾百年修來的福氣，卻沒想到，她非但拒絕劉家的提親，今日更是當眾唱歌表示她對那徐公子的思慕。

雖然那個徐公子看上去也是個有身分地位的，可是論風度長相又怎比得上劉公子？女人家嫁人就如同第二次生命的開始，而九小姐拒絕了劉四公子顯然是錯誤的決定。

感受到夏雨不時飄來的眼神，沈梨若揚了揚嘴角，相信不只是夏雨，她今日之舉很多人都無法理解吧。想到那些閨秀的議論和李婉容帶著敵意的眼神，沈梨若啞然失笑，看來這些人以為她傾心之人是徐書遠了。

天知道，她哪有什麼意中之人，那首歌也不過一時改來反駁劉延林。

徐書遠那種貴人她可高攀不起，她這輩子只希望找個平平凡凡、忠厚純良之人，過著普通簡單、無拘無束的生活。但對於拘束在沈家高牆內的她來說，這個願望看似簡單，實現起來卻是困難重重。她平時接觸的不是唯唯諾諾的婢女婆子，就是矯揉造作的閨秀公子，普通純良之人又要去哪裡尋呢？

忽然間，一張長滿大鬍子的臉闖進她的腦海，沈梨若一怔，連連搖了搖頭，好一會兒才將那把大鬍子搖出思緒。

怎麼會想起他？沈梨若嘀咕著，臉卻開始微微發燙……

第二日，沈梨若用過早飯不久，便聽到一陣唧唧喳喳的嬌笑聲由遠而近。

沒一會兒，沈梨焉的高叫聲便傳來。「九妹，何姊姊還有其他幾位姊妹來了，妳快快出來和我們一起遊玩！」

一個少女的喊聲傳來。「這日上三竿的，九姑娘應該起來了吧？這麼久沒動靜，難不成不想招呼我們？」

緊接著另一少女笑道：「九姑娘還未作聲，估計是見徐公子未前來，芳心難免牽掛，沒心思招呼我們？」

話音剛落，幾個少女的嬌笑聲便響起。

「哼！」留春聽到這裡，臉帶怒容道：「一大清早的，便到別人屋前胡說，真是討厭。」說到這兒，她有些擔憂地看了看沈梨若。

因留春昨日沒去李府，自然對宴會之事不清楚。
沈梨若給了留春一個安心的眼神。沒想到這些人這樣心急，這麼快就來了。她臉色平靜地站起身。「客人來了，我出去迎迎，妳把屋子收拾收拾。」
「是。」
聽到徐徐而來的腳步聲，眾女停住嬉笑，轉過頭望向來者。
沈梨若彷彿沒有注意到眾女含著譏笑的神情，平靜地走到她們身前。「幾位真早。」
沈梨焉站在眾女前面，見沈梨若走來，怪裡怪氣道：「還早呢？這天都大亮了。」說完她頓了頓，嘻嘻笑著。「平日見九妹文文弱弱，沒想到敢作敢為，怪不得讓人另眼相看。」
沈梨若明澈的雙眼對上沈梨焉幸災樂禍又嫉妒的眼神，淡淡說道：「多謝六姊誇獎。」
這時，何淼小跑幾步到沈梨若身邊。「妳們不知道，昨日九妹妹那首歌不僅婉轉動聽，更寄託滿腔情懷，真是讓人難以忘懷啊。直到九妹妹離席好久，眾人都在感嘆九妹妹的美妙歌聲和風姿。」
「此話當真？可惜了我昨日沒去……九妹妹，妳不妨再唱唱，讓我們也開開眼界。」一名少女急忙道。
沈梨若沈著回應。「昨日夜裡著了涼，嗓子不舒服，怕是要讓幾位掃興了。」
「著了涼？」另一名少女噗哧一下，笑了出聲。「怕是九妹妹昨日相思難耐，輾轉反側，不小心……」

「不知那徐公子是何許人物，竟然讓九妹妹對劉公子這樣風姿過人之人都不屑一顧。」

「是啊，九妹妹快給我們描述描述？」

「想知道徐公子長什麼樣還不容易，讓九姑娘發帖子去請來不就行了？」

「對啊、對啊，姊姊就是聰明。」

面對眾女的取笑，沈梨若沒有反駁也沒有理會，只是表情平靜、雲淡風輕地站著，彷彿這一切都與她無關。

這種事在陵城也算極為少見了，如今正主就在眼前，讓這群平時無所事事的閨中少女們怎能不議論紛紛。

沈梨焉望了眼沈梨若，恨不得衝上去一巴掌打掉她臉上的從容和平靜。無論美貌還是才學，她自認為樣樣比她強，可是偏偏她心中所繫之人卻鍾情於她，一想到昨日劉延林為她作詩，沈梨焉心中的嫉妒就似乎要衝出胸膛。

忽然何淼的聲音響起。「今日可是我第一次來沈家作客，六妹妹和九妹妹可得帶咱們四處逛逛。」

沈梨焉心中一動，今日三哥好似有不少朋友前來，屆時必能在眾人面前好生羞辱沈梨若一番，以解她心頭之恨。想到這兒，她臉上擠出幾絲笑容。「那是自然！」說罷，便招呼眾人拉扯著沈梨若往後花園走去。

沈梨若低眉斂目地走在中間，聽著眾人取笑的話語，臉色十分平靜。經過眼前這群娘子軍的大肆渲染之後，昨日之事怕是已傳遍沈府了吧？不過從她唱出那首〈越人歌〉，便料到會面臨如此情景。

這時，一名少女湊到沈梨若跟前道：「九姑娘如此神情落寞，難不成還在思念妳的意中人？」

言訖，眾女紛紛轉頭，何淼掩袖笑道：「昨日宴會完後，便有不少公子說要來拜訪沈府，託九姑娘的福，這沈府怕是要熱鬧非常了。」

她話音一落，頓時嬉笑聲不絕於耳。

現在正值冬季，滿園除了西南角的梅花開得正豔以外，其餘都是光禿禿的一片，實在沒什麼風景，不過好在今日天氣不錯，陽光正暖，眾人披著披風倒也不冷。

忽然身後一陣渾厚的笑聲傳來，眾女一怔，急忙理了理衣冠，盈盈地轉過身。

遠遠地，一群少年的身影出現在眾人眼裡，走在最前者正是笑容滿面的沈三公子，沈凌宇。

見少年們走近，少女們紛紛收起先前的恥笑，含羞帶怯地行了禮。

少年們的視線掃過眾女，最後落到沈梨若身上。

站在沈凌宇身邊的少年，碰了碰他的手臂問道：「這最前的，莫不是沈家九姑娘？」

聞言，沈梨焉嬌笑道：「這便是我那九妹。」

頓時，十幾道目光齊刷刷地落在沈梨若身上，上上下下打量著。

一名少年摸了摸下巴，嘿嘿地怪笑一聲。「看不出來啊看不出來……瘦瘦小小的，沒想到膽子如此之大，竟然敢當著眾人向他人表白！」

他話音剛落，各種怪笑聲頓時響起。

沈凌宇一下子黑了臉。「此言何意？我九妹素來文弱靦覥，各位可別聽信他人胡言，在此信口開河。」

「沈兄昨日沒去李家宴會，自然不知。」沈凌宇身邊的少年道：「嘖嘖，你這九妹行為舉止真是大膽，讓人嘆為觀止。」

這時又一名少年怪叫道：「你們可別嘲笑她，徐公子昨日可是說了，這沈九姑娘可是有著當朝護國公主的風姿。」

「對、對，你們嘲笑她就是嘲笑護國公主，對公主不敬。」

眾少年雖然義正詞嚴，但語調怪裡怪氣，還夾雜著少年們的怪笑聲和少女們的嘲笑聲，使沈凌宇的臉色更加陰沈。

「我以為眾位今日前來是看望我沈凌宇，沒想到卻是借機嘲笑譏諷我家妹妹。」沈凌宇喝道：「就算九妹行為不妥，那也是我沈家之事，輪不到他人在此譏諷嘲笑，胡言亂語。」

說到這兒，他掃了一眼神色有些僵硬的眾女，瞪了沈梨焉一眼。「沈凌宇今日有事，不能款待各位，各位請回。」說完，看也不看眾人，一甩袖子轉頭就走了。

沈凌宇待人素來和氣，沈梨焉從未見過這個三哥紅過臉，可今日當著眾人面被他這麼一瞪，惱怒之餘，心中難免有些心虛，躊躇了一會兒後，連忙招呼著眾女走了。

望著沈凌宇遠去的背影，沈梨若心中微暖，沒想到這個並不親厚的三哥竟然會在眾人面前為她說話。

沈凌宇和眾女一走，少年們臉上也有些掛不住，紛紛告辭。

轉眼間，整個花園就只剩下沈梨若一人。

一陣風吹過，沈梨若緊了緊披風，慢慢向靜園走去。這些時候，沈老夫人狂風暴雨般的怒火怕是已經燒起來了吧？

沈梨若沒走多遠，一名丫鬟急匆匆地跑了過來報：「九小姐，老夫人……老夫人讓您速去梅園。」

來了！

沈梨若深深吸了口氣，提步往梅園走去。

站在門邊的丫鬟遠遠看見沈梨若的身影，便早早打了簾子。

沈老夫人坐在羅漢床上，臉色鐵青，而夏雨正跪在地上，一見沈梨若進來，頓時驚慌地低下頭。

掃了一眼夏雨之後，沈梨若盈盈地行了一禮，臉色平靜。「祖母安好。」

「妳做的好事！」一見沈梨若一副平靜自若的模樣，沈老夫人心中怒火更甚。

「祖母如此發怒，可是因昨日之事？」

沈老夫人重重哼了一聲。「明知故問！說，那人是誰？」

「啊？」沈梨若微微張開嘴，一臉驚訝地望著沈老夫人，隔了好一會兒，一陣清脆的輕笑聲響起。

「做出如此不知廉恥之事，妳還有臉在此發笑？」沈老夫人的右手往旁邊矮几上重重一拍，震得上面的香盒啪啪作響。

「難不成祖母也聽信了那些謠言？」沈梨若輕笑。見沈老夫人臉色越來越黑，她才掩袖憋住笑容。「祖母莫要生氣，只是孫女沒料到祖母也會聽信那些無稽之言。」

沈老夫人皺了皺眉頭。「妳的意思是那些流言都是假的了？」

「不錯！」沈梨若道。

沈老夫人猛地站起身，怒斥：「這丫鬟已將昨日之事交代得清清楚楚！妳還想狡辯！」

沈梨若迎上沈老夫人的眼睛。「祖母，昨日之舉全是逼不得已。孫女自幼承蒙您教誨，又怎敢做出那羞恥之事？」說到這兒，聲音已開始哽咽。

「逼不得已？」沈老夫人皺了皺眉頭，坐回羅漢床上。「妳倒是說說如何個逼不得已？」

沈梨若道：「敢問祖母，可希望劉四公子和六姊的婚事早日定下？」

沈老夫人先是一愣，接著沈吟了一會兒，點了點頭道：「自是如此。」

劉家前來提親一事早已搞得沈老夫人臉面無光，她自然希望此事能早日塵埃落定。沈梨焉從小討她歡心，雖然她最近接連幾次行為不妥，但有著這麼多年的祖孫情分，她自然希望劉家這門好親事能落到沈梨焉頭上。

「再問祖母，經上次之事後，劉公子對孫女糾纏不休，孫女應當如何？」

「若是如此，妳避開便是。」

「若是避無可避呢？」

「這……」

「昨日劉公子在大庭廣眾之下賦了一首藏頭詩……讓孫女頓時方寸大亂。」沈梨若頓了一下道：「為了不讓六姊的婚事再起波折，孫女便靈機一動，唱了那曲〈越人歌〉，孫女知道此舉有所不妥，但當時實在想不到其他辦法。」

接著她將昨日之事解釋了一遍：事情全因劉延林胡攪蠻纏，其餘眾人胡言亂語，損害沈家聲譽。而她為了讓劉延林死心，逼不得已才出此下策，而那曲子實是改編自父親為她母親所作的。

沈老夫人聽到沈梨若提到英年早逝的兒子，再看了看她滿臉的委屈，神色才緩和了不少。

「孫女本想今日告知祖母，沒想到六姊帶著何家姊姊等人，一早便將孫女拉了去，所以……」說到這兒，她頓了一下道：「還請祖母見諒。」

沈老夫人揉了揉糾結的眉頭，好半天才道：「不過就算如此，也不該拿自己名聲開玩笑。」

「孫女謹遵教誨。」沈梨若福了福身。「孫女以後不會再如此輕率了。」

「嗯，以後注意謹言慎行便是。」沈老夫人道。

「是！」沈梨若眼光瞄過跪在旁邊、明顯鬆了口氣的夏雨，眼中冷光一閃。

「不過祖母，孫女有一事不明。」

「何事？」沈老夫人疑惑地問。

沈梨若指著夏雨，無視她露出的錯愕眼神，道：「夏雨昨日和孫女一道去李府，宴會之時她就在隔壁耳房，按理說，會中所發生之事她都一清二楚，可是令孫女不解的是，她既然解釋了前因後果，祖母又怎會有先前的誤會？」

她的話音剛落，夏雨頓時砰砰地在地上磕了幾個響頭。「老夫人、老夫人，就算給奴婢十個膽子，奴婢也不敢欺瞞您啊！」

「哦？照妳的意思，就是我編造謊言欺瞞祖母了。」說完，她望向沈老夫人，一張小臉因氣憤而憋得通紅。

「小姐、小姐，奴婢萬萬不敢有質疑小姐之意！」夏雨驚慌失措。

沈梨若哽咽道：「祖母，孫女所言句句屬實，若您不信，可派人去向任何人詢問！」接著，她狠狠地瞪著夏雨。「這賤婢胡言亂語挑撥您和孫女的祖孫之情，請祖母嚴懲！」

夏雨一聽，急忙在地上胡亂磕著頭。「老夫人、老夫人，奴婢……奴婢一向循規蹈矩，怎會做出此等欺騙主子之事！」說到這兒，見沈老夫人沒有開口，夏雨連滾帶爬地來到沈梨若腳邊，扯住沈梨若的裙襬叫道：「小姐、小姐，您莫要誤會，奴婢對您忠心耿耿，怎敢……不！不……」說到這兒，她「啪啪」地搧了自己幾個耳光。「都怪我這張嘴，都怪我這張嘴！胡亂說話，小姐、小姐，您就原諒原諒奴婢吧！」

夏雨這幾個耳光搧得極重，原本清秀白嫩的臉蛋頓時腫得老高，還隱隱見到血絲，再加上青紅的額頭和驚慌失措的眼神，十分可憐。

可是一想到前世她的所作所為，沈梨若沒法產生憐憫之情。

她知道夏雨確實不會有半分隱瞞，夏雨雖聰明伶俐，可她出身貧苦，又怎會懂得劉延林所賦之詩中的涵義？昨日她在耳房中，所有事情都只聽了個大概，對細節不過一知半解，又怎能將事情解釋清楚？再者昨日之事只要隨便派人打聽便能一清二楚，依照夏雨的聰明，絕不會做出欺瞞的蠢事。

沈老夫人的目光在沈梨若身上審視了好一會兒，才道：「好了，我看她也沒什麼壞心思，有什麼過錯，回去好好調教調教就是。」

「是！」沈梨若垂眸道，本想著今日借此機會將夏雨攆出去，看來還是不行。

「謝謝老夫人，謝謝小姐。」夏雨急忙朝著沈老夫人和沈梨若磕了幾個頭。

「好了，先回去吧。」沈老夫人擺了擺手。「最近流言多，妳少出門，免得惹人非議。」

「是，孫女告退。」沈梨若應了聲，行了一禮就轉身退出房間。

而夏雨胡亂地擦了擦淚水，小心翼翼跟在沈梨若身後退了出去。

等到二人腳步聲漸漸遠去，站在一旁的李嬤嬤才拿起一白底繡綠竹引枕塞到沈老夫人身後，服侍她躺好。

「妳說，這九丫頭說話能信幾分？」沈老夫人倚在引枕上皺著眉。

李嬤嬤頓了會兒道：「九小姐甚少出門，來來回回也就在府裡，要說她私下和男人有私情，奴婢覺得不大可信。」

「是啊！」沈老夫人嘆了口氣。「不過，這幾個月她的性子變了不少，現在我倒有些看不透了……」

一個做工精緻的青瓷茶杯摔在秋雲的腳邊，滾燙的茶水濺在她腳上，讓她疼得一陣哆嗦。

「什麼？」沈梨焉兩眼圓睜，柳眉倒豎。「妳再說一遍！」

強忍住腳上的疼痛，秋雲低著頭，小聲道：「聽侗琳說，老夫人把九小姐叫進屋子談了一會兒，九小姐便回去了。」

隨著「啪」的一聲，另一個茶杯也壽終正寢，沈梨焉臉上陰晴不定。「枉費我一知道此事便立馬帶著何淼她們四處嚷嚷，原以為祖母必會嚴懲她，卻沒想到竟然什麼事都沒有。」

「小姐，不過……」秋雲低著頭，小心翼翼地說道。

「不過什麼！吞吞吐吐的，連個話兒都說不利索！」沈梨焉橫了秋雲一眼。

秋雲打一個哆嗦，道：「老夫人雖沒有懲罰九小姐，不過她身邊的夏雨出梅園時，卻是臉部紅腫，看著倒是……」

「一個賤婢而已，罰就罰了，這都要向我報告，妳最近是不是日子過得太舒坦，腦子不夠用了？」說完，沈梨焉伸手便在秋雲手臂上重重一擰。

「奴婢知錯，奴婢知錯。」秋雲強忍住淚水，哽咽道。

「好了！跟一個丫鬟置什麼氣。」坐在窗邊的二夫人端起茶杯輕輕抿了一口，向秋雲擺了擺手。「先下去吧。」

「是，謝謝二夫人，謝謝六小姐。」秋雲行了禮，飛快退了出去。

沈梨焉走到二夫人身邊。「母親，這群賤婢天天就想著偷懶，不好好教訓教訓怎麼行？」

二夫人拍了拍身邊的椅子。「好了，母親知道妳心情不好，可妳在這兒撒氣能有何用？」

沈梨焉一屁股坐在椅子上，咬牙切齒地說道：「本想著依照祖母的脾氣，這次不將她發配到莊子上也要嚴懲，卻未曾想到就這樣不了了之。」

「那死丫頭最近倒是變了不少，沒少哄得妳祖母歡心。」二夫人沈吟。「不過沒想到的是，劉家四公子竟然……」

「母親……」沈梨焉撲到二夫人懷裡哽咽道：「您說女兒有哪一點比不上那死丫頭，為何劉四哥偏偏就……」

二夫人拉起沈梨焉，掏出手絹為她擦拭了淚水。「胡說什麼，焉兒貌美心善，怎是那惡毒的醜丫頭能比的，想必是那丫頭暗地裡施展了什麼手段，才讓劉家姪兒做出如此不理智之事。」

「嗯，嗯。」沈梨焉吸了吸鼻子應了聲。「母親，雖說劉伯母已承諾不會改變初衷，可這麼些天過去了，女兒怕……」

「焉兒切勿擔憂，再過幾日便過年了，劉家要提親也得過了元宵再說吧。」二夫人摸了摸沈梨焉的頭髮。

「可是母親，為免節外生枝，咱們還是得想法子打發她出去才是，我如今一見到她就恨不得撕破她那張臉。」沈梨焉雙眼布滿恨意。

「能趕出去自是不錯。」二夫人沈吟了一會兒。「可那死丫頭大部分時間都縮在屋裡，能犯什麼錯？昨日之事，妳祖母都沒將她趕出去，咱們又能找到什麼理由？」

「哼！那是因為此事不夠嚴重。」沈梨焉瞇起眼睛。「她不犯錯，咱們就給她製造錯誤！」

「焉兒，妳的意思是？」二夫人問道。

「母親，只有那死丫頭被趕出去，女兒才能高枕無憂。只要女兒嫁到劉家，咱們這一房自然而然會壓過大房，母親您也不必再處處受大伯母的壓制！」

「焉兒放心，母親必不會讓妳錯失這良好姻緣。」二夫人沈吟了一會兒，雙眼湛出寒光。

「還是母親對女兒好。」沈梨焉靠在二夫人的肩膀上。

「傻孩子。」

沈梨若，妳敢壞我好事，我必讓妳身敗名裂！到時候可別怪我不顧念姊妹之情。沈梨焉雙眼透露著冰冷，憤恨的臉顯得猙獰。

是夜。

矮几上的燭檯仍然亮著，沈梨若躺在床上毫無睡意，今日這事是有驚無險地過去了，但她怎麼也高興不起來。沈老夫人今日沒有趕走夏雨，便證明即使她表面上相信了自己的說辭，但心中還有疑慮。回想起沈老夫人探究的目光，沈梨若心中便開始不安起來。

正想著，忽然覺得眼前一暗，沈梨若大驚，抓緊胸前的被子就準備叫人。

「別出聲！」一個低沈的聲音響起，隱隱有些熟悉。

雖然來人背著光，但沈梨若仍能看出眼前那一大把鬍子。

「你來幹什麼？」沈梨若坐起身子翻了個白眼，沒好氣道。

這人怎麼老喜歡半夜闖進來。

凌夢晨一屁股坐在床邊椅子上，搖曳的燭光斜照在臉上，使那張滿是鬍子的臉倒顯得好看不少。

沈梨若被他瞅得一臉不自在，壓低聲音道：「看什麼看！」

凌夢晨沒有理會沈梨若聲音中的惱怒，輕輕搖晃著腦袋道：「今夕何夕兮，漫步於林，今日何日兮，得與君相見……」他的聲音低沈，帶著獨特的韻律和節奏，一聲一聲扣人心弦。

「山有木兮木有枝，心悅君兮君不知……」

「閉嘴！」沈梨若低喝道。

他、他怎會知道！

「嘖嘖，得美人傾慕，真是讓人羡慕啊！只是這與人林中相遇……」凌夢晨摸了摸下巴，喃喃道：「我怎地覺得如此熟悉？」

說罷，他迎上沈梨若錯愕的雙眼，一雙長長的鳳眼在燭光下晶亮有神。

沈梨若一張臉頓時脹得通紅，她當時改編這首〈越人歌〉不過是一時之舉，裡面的詞句並未多加考慮，如今被他一問頓時不知如何解釋。

忽地，凌夢晨伸出右手捏著她的下巴輕輕抬起，鳳眼裡滿是笑意。「妳歌中指的人該不會是我吧？」

沈梨若紅著臉張著嘴，目瞪口呆地看著這個一副猜中而洋洋得意的人，好半天才反應過來，一把打掉捏住自己下巴的手，喝道：「胡說！你休要……」剛說到這兒，便驚覺聲音太大，急忙將「亂猜」兩字憋了回去。

凌夢晨見她滿臉通紅的模樣，心中頓時被一種難以言喻的感覺填滿，只覺得沈梨若現在的模樣怎麼看都讓他難以移開目光。

「妳這丫頭膽子果然不小，這事兒要是在其他地方倒也罷了，在你們家……」說到這兒，他頓了一下。「不過見妳現在這副悠然自得的模樣，料想應該無事。」

難不成他今日前來，是因擔心她受到責罰？沈梨若心中不由得一暖，雖然和他見面次數不多，且每次相遇她都氣得不輕，可他的關心倒比有些與她朝夕相對之人更加真心實意。

想到這兒，沈梨若臉色的表情頓時柔和了不少。

隔了一會兒，沈梨若正欲開口說話，只見凌夢晨猛地坐直身子，做了個噤聲的動作，伸手指了指屋門。

沈梨若心中頓時一緊，算算日子，今日應該輪到夏雨守夜，可是她臉上的傷也不輕，難不成都沒有休息？想到這裡，她隱約聽到門邊傳來輕輕的衣裙磨擦聲。

她定了定神，忽然掩住嘴咳嗽了幾聲，頓時門外傳來夏雨小心翼翼的聲音：「小姐，您可有何不適？」

「沒有。」沈梨若淡淡說道：「妳下去吧。」

「是。」夏雨應了聲，接著一陣輕輕的腳步聲慢慢遠去。

沈梨若看了一眼仍然坐在椅上的凌夢晨，只見他倚在椅背上，一副悠然自得的模樣，似乎完全沒有在夜深人靜時闖入少女閨房的意識。

沈梨若扯了扯衣袖道：「我無事，時候不早了，你先走吧。」

燭光中，她原本清秀的五官因染上一層光輝而顯得靈動起來，就連那雙黑亮的眸子也蕩漾著不一樣的光華。恍惚間，他的手慢慢抬起，在她錯愕的眼神中撫上因燭光映照而倍加飽滿潤澤的雙唇。

察覺到嘴唇上那略帶粗糙的觸感，沈梨若只覺得腦中一片空白。

他！他在幹什麼！

她就這樣傻傻地、錯愕地望著他。

猛然間，凌夢晨收回手臂，壓下心中那份離開她雙唇的失落，慌忙從袖中掏出一個紙團，塞進沈梨若手中。「有事就到這兒來找我。」說罷，邁開幾個大步，人便消失在夜色裡。

燭光下，只剩下沈梨若捏著紙團，呆呆地坐在床上，任由一股紅暈爬滿她清秀白皙的小臉。

第十七章 禍起

二十三、祭灶官；二十四、掃房子；二十五、磨豆腐；二十六、去割肉；二十七、殺隻雞；二十八、蒸棗花；二十九、去打酒；年三十、捏餃兒……

雖說沈府不會像普通人家一樣準備這些，但這過年的喜慶，也把近日來有些壓抑的氣氛沖淡不少。

臘月二十七，一大早沈梨落便打發眾人將沈梨若拉去，直到晌午過了也沒有回來。留春正好偷下閒，和其餘幾個小丫頭在屋子裡圍在火爐旁剪窗花。

突然門被人推開，一人捲著寒風走了進來。

「哎呀，凍死了。」一小丫頭嘟囔著抬頭，看清了來人道：「我道是誰呢，原來是夏雨姊啊！」

這不過才過了幾日，夏雨的臉雖然消了腫，但額頭仍然有些青紫，臉頰上的指痕還依然清晰可見。夏雨平日裡自視甚高，除了留春之外和小丫鬟們基本沒什麼交集，所以這幾個小丫頭不怎麼待見她。

「夏雨，快進來，外面怪凍的。」留春招了招手。「咱們正在剪窗花，妳也一起啊。」

「不了，我這手藝可不敢和各位姊姊妹妹相比。」夏雨一反近幾日的沈默寡言，抿嘴輕笑。

雖然她的聲音柔和動聽，不過配上臉頰的指痕，這笑容反倒顯得有些猙獰。

「說哪兒話，大家不過是湊個熱鬧。」留春見她似乎恢復了以前的模樣，不再低沈沮喪，心中有些歡喜。

「今兒個就算了，下次吧。」夏雨搖了搖頭，望向留春。「老夫人身邊的李嬤嬤來了，說是過年了，要為咱們小姐添置點東西，留春姊妳快去看看吧。」

「哦？那咱們快走。」說罷，便帶著幾個小丫頭跟著夏雨走了出去。

幾人剛趕到主廂房不遠處，便見李嬤嬤正打著傘、帶著一群丫頭站在院子裡，急忙快步迎上去。

「李嬤嬤。」二人上前見了禮。

「喲，來了啊。」李嬤嬤陰陽怪氣地說道：「幾日不見，留春姑娘這架子倒是越發大了。」

「嬤嬤莫怪。」留春急忙陪了笑臉。「今日小姐去了四小姐那裡，奴婢幾人有點空閒，便想剪點窗花。」

「我說這為何整個院子就一、兩個丫頭，原來是趁主子不在，偷懶去了。」李嬤嬤兩眼一翻。

留春愣了一下，瞅了一眼雙眼上翻的李嬤嬤連忙笑道：「看嬤嬤說的，這不快過年了嘛，剪點窗花也添點喜氣。」

說罷，從袖中掏出一荷包塞到李嬤嬤懷裡。「今日煩勞嬤嬤了，這荷包就當作一點心意。繡得不好，還望嬤嬤莫要嫌棄。」

李嬤嬤手指隔著荷包摸了摸裡面東西的大小，隔了一會兒才咧嘴一笑。「咱們這些做奴婢的不過是為主子辦事，什麼煩勞不煩勞的。」邊說邊將荷包塞進懷裡。

留春一陣心疼，她素來節儉，這荷包和銀子本是為過年準備的，沒想到平白給了李嬤嬤。留春嘆了口氣，因九小姐寬厚，在靜園沒有其他主子那麼多規矩，因此久而久之心中有所懈怠，今日之事，本是她錯在先，被李嬤嬤逮了個正著，也只得破費了。

「嬤嬤客氣。」心裡雖如此想著，留春臉上卻祭出笑容。

這時夏雨上前一步滿臉堆笑。「瞧這天寒地凍的，還下著雨，嬤嬤快些進屋，快過年了，可別著涼。」

「喲，這丫頭自己還傷著呢，卻知道心疼別人了。」李嬤嬤說罷，抬腳往屋內走去。

「謝嬤嬤掛懷，奴婢皮糙肉厚的不礙事。」夏雨見狀，急忙上前挑了簾子。

一行人走進屋內，李嬤嬤便道：「這快過年了，老夫人為各位小姐少爺添置了一些東西。」

「煩勞嬤嬤了，待小姐回來，奴婢們一定如實報告。」留春福了福身，招呼小丫頭們接下東西。

「至於這盆蘭花……是二夫人送的。」李嬤嬤指向丫鬟抱著的盤子大小的花盆。「這盆花是二夫人的姪子前些日子送來的，共有五盆，二夫人說九小姐屋裡花草太少，便讓奴婢搬了這盆過來。別看它小，可金貴著。這幾個丫頭毛手毛腳的，別磕著碰著了，還是讓錦繡拿進去吧。」

打劉家提親後，六小姐和咱們小姐水火不容，今兒個倒好，二夫人竟然遣人送了蘭花來，這太陽可是要打西邊出來了。留春心裡暗忖，臉上仍掛著笑容。「那就煩勞錦繡妹妹了。」

說罷，便派了個小丫頭帶錦繡去了起居室。

「夏雨，妳也跟著進去幫忙，可別擺錯了地方。」李嬤嬤忽然開口。

「是。」夏雨福了福身，跟著走了進去。

幾人進去不久，忽然「啪」的一聲響起，留春一驚，正準備發問，便聽見李嬤嬤喝道：「發生了什麼事？全都是些不省心的。」

說罷，便滿臉怒容地衝了過去，留春見狀忙跟了上去。起居室內雖說沒什麼金貴東西，可這馬上就要過年了，摔壞了東西總不是件吉利的事。

剛走進起居室，便見夏雨低著頭蹲在地上，雖看不清楚表情，卻沒有任何摔壞東西該有的緊張和擔憂，反倒十分平靜。一個黑木雕著並蒂蓮的盒子半開著，摔在地上，裡面信件模樣的紙灑了一地。

留春疑惑地皺了皺眉，她跟著沈梨若多年，這靜園的每一樣東西她都十分清楚，可這盒子她卻從未見過。

她正疑惑著，只見錦繡拾起幾封信走到李嬤嬤那裡，在耳邊嘀咕著，雖然她一直微微低垂著眼眸，但她眼角那抹陰謀得逞般的笑意卻沒逃過留春的眼睛，那些信究竟是什麼？

「李嬤嬤，這是……」留春正準備發問，一個陰陽怪氣的聲音打斷了她的話。

「果然是人不可貌相啊，平日裡見九小姐規規矩矩的，沒想到……嘖嘖。」李嬤嬤抬起頭，斜眼看了留春一眼便吩咐錦繡。「去，一張不漏地給我收拾好。」

「是，李嬤嬤。」錦繡應了聲，望向留春的眼中滿是幸災樂禍。

「嬤嬤，那是……」留春心中不安，連忙走到李嬤嬤身邊，伸手便欲去扯那信。

「幹麼？」李嬤嬤拿著信的手一揚，兩眼一瞪。「想湮滅證據啊！」

「這……奴婢不過想看看是何物？」留春見狀，心中不由一慌。

「想看？」李嬤嬤揚了揚手中的信，嘴巴一咧。「去老夫人那兒看去。」接著她看向錦繡。「記得再帶上幾張九小姐平時的書畫，都給我收拾仔細了，走！」說完，轉身向外走去，越過留春身前時，她斜斜地瞥了留春一眼。「告訴妳們家小姐，準備好見老夫人吧。」

「李嬤嬤！」留春正想跟上去，手腕便被人拽住。「夏雨，妳……」

「留春姊，那些信……」夏雨嘆了口氣。「這事，我看還是快通知小姐吧。」

「嗯。妳安排她們收拾好屋子，我立刻去通知小姐。」見夏雨的模樣，留春心中更為著急，說完便往沈梨落的怡蘭居跑去，始終沒有瞧見夏雨嘴角的冷笑。

雖然天空中稀稀落落地下著小雨，卻沒有影響過年的喜慶，人人臉上都帶著笑容，就連這陣子心情不佳的沈老夫人，臉色也柔和了不少。可是有一人卻絲毫沒有過年的欣喜……

「四姊，妳再這樣走來走去，我的頭都要暈了。」沈梨若揉了揉額頭道。

今日一早，她剛用過早膳，便被沈梨落拉來，見她滿臉緊張的模樣還以為出了什麼大事，沒想到卻是因為她覺得喜被繡得不夠精緻。

沈梨若瞅了瞅依舊皺著眉頭、焦躁不安的沈梨落，搖了搖頭。

兩個月來，隨著顧家前來納采、問名、納吉、納徵、請期，沈梨落便從原本的不願躊躇轉為滿心期待，如今眼看著大禮已經辦妥，就等明年正月二十五的最後一禮完成，她便可以開開心心做她的顧家婦。沒想到這時間漸漸流逝，沈梨落竟然開始焦躁不安起來，從氈褥的料子、幔帳的顏色、喜被的繡樣……她都能一一挑出毛病來，然後開始扳著指頭算日子，不停地叨唸要如何改、如何重新做才能在正月二十五之前完成最精緻美麗的繡品。

天可憐見，沈梨若瞅著眼前這些精緻的繡品，左看右看都覺得完美無缺。在沈家所有女眷中，沈梨落的女紅算是最好的，更不用說現在這些喜被、幔帳、枕襯……都是她每一針、每一線，鐫刻著真心、飽含著對未來生活的美好期盼下而完成的。

一雙雙交頸的鴛鴦栩栩如生，比翼雙飛的祥禽活靈活現，姿態各異的並蒂蓮維妙維肖，哪能有什麼不足？

偏偏沈梨落卻不覺得，每天就瞅著這些繡品，一會兒這裡繡線顏色不對，一會兒那裡針腳不平整……還非得扯著她的胳膊，讓她出主意，讓沈梨若哭笑不得。

「九妹，妳說我要是把這裡的紫色換成五彩的如何？」沈梨落忽地停下腳步拉住沈梨若的胳膊，將繡有鴛鴦戲水的枕襯湊到她面前。

「這……」

還沒等沈梨若回答，沈梨落沈吟了一會兒又叨唸。「不行，五彩繡線看上去太過豔麗了，和其他顏色相衝，不行不行……」接著又開始在屋內來回晃悠。

「哎！」沈梨若摸著有些發疼的腦袋，重重嘆了口氣。

正在這時，錦琪的聲音在門外響起。「四小姐，九小姐，留春來了。」

「哦？快讓她進來。」沈梨若欣喜地抬起頭，終於可以脫離苦海了。

話音剛落，門便被推開，留春捲著寒風衝了進來。

沈梨若不由得皺著眉，看著頭髮已被雨水打濕的留春疑惑道：「何事如此慌張……」

話還未說完，便見留春滿臉驚慌地打斷她的話。「小姐！不好了！」

梅園內，錦繡和夏雨低著頭，一動不動地跪在地上，二夫人和沈梨焉雖然一臉沈重，卻難掩眉眼間的笑意。

沈老夫人臉色鐵青地坐在靠椅上，雙眼死盯著手中的信，額頭上的青筋清晰可見。

張嬤嬤擔憂地看了一眼雙手劇烈抖動的沈老夫人，輕聲道：「老夫人，莫生氣，九小姐素來規矩，這中間說不定有什麼誤會……」

「誤會？」張嬤嬤話未說完，刺耳的聲音便打斷了她的話。「這可是李嬤嬤從她屋裡搜出來的，還能有什麼誤會？」

「二夫人說得是，這可是奴婢親眼所見，是錦繡從九小姐房中拿出來的。老夫人，絕對錯不了。」李嬤嬤臉色不豫地瞄了張嬤嬤一眼。

同是沈老夫人身邊的嬤嬤，這麼多年，張嬤嬤事事壓她一頭，李嬤嬤本想趁這次機會立功，沒想到張嬤嬤又欲跳出來說三道四，因而心中極為不快。

「老夫人……」張嬤嬤橫了李嬤嬤一眼。「九小姐馬上就要來了，這事兒先問個清楚。」

張嬤嬤年輕時便跟在沈老夫人身邊，雖說是主僕，但感情極為深厚。這幾個月來，沈老夫人因幾位小姐之事傷透了心，身體每況愈下。眼看這要過年了，沈老夫人的心情好了些，李嬤嬤卻不理她的勸告，硬要將這件事情捅出來，張嬤嬤自然對她沒有好臉色看。再說沈家幾位小姐她都是從小看到大的，每人的脾性都一清二楚，這九小姐雖說最近變了不少，但她甚少出門，平時也頗為規矩，怎可能寫出這種情書。

這時，只聽見門外丫頭輕輕喚聲。「老夫人，四小姐和九小姐來了。」

接著一陣窸窸窣窣的衣裙摩擦聲，門簾一掀，沈梨若和沈梨落的身影出現在大家的眼前。

「看妳做的好事！」見到沈梨若出現，沈老夫人再也壓抑不住心中的暴怒，手一甩，手中的信便劈頭蓋臉地向沈梨若臉上砸了過來。

由於二人距離較遠，沈老夫人手勁又不足，這信「砸」到沈梨若面前也失去了力道，輕飄飄地飛揚著。

沈梨若聽了留春的報告，也是百思不得其解。她敢對天發誓，那黑木盒子絕對不是她的，可如今不僅出現在她的起居室中，還被人打翻了……只要不是傻子，都能感受到這裡面的貓膩，何況還是死過一回的她。

「祖母……」沈梨落正準備幫她說話，便被沈老夫人一陣暴喝給打斷。

「妳給我閉嘴，都快嫁人了還不在屋裡好好繡妳的陪嫁，一天到晚就和這不知羞恥之人混在一起！」

沈梨落被沈老夫人吼得一個哆嗦，愣了半晌也沒反應過來究竟出了什麼事。

沈梨若遞給沈梨落一個安心的眼神，撿起幾封信細細看了起來。來梅園的路上，她一直在思索那些所謂的「信」上面究竟寫了什麼，讓李嬤嬤如此著急將它呈交給沈老夫人，如今見著了，她那顆七上八下的心反倒平靜了下來。

這些信全是沈梨若寫給一名叫「雲峰」的男子，裡面除了對男子種種欽慕之外，還有對二人相處情景的懷念，其中的詞句可以用大膽放浪來形容。

沈梨若心中冷冷一笑，在沈家能模仿她的字跡，又能將這些「證據」不留痕跡地從她屋裡找出來，除了沈梨焉之外，還能有誰？

送花？這種白癡的藉口也只有她那二伯母想得出來。

上一世劉家妾侍之間爭風吃醋之事，她雖然不屑於參與，卻並不表示她笨她傻。相反地，作為一個沒有夫君寵愛的旁觀者，她更能清楚看到那些妾室們之間的明爭暗鬥，其手段、心機遠遠不是沈家人能想像的。不過那時的她因對劉延林一次次失望，傷透了心，便想著避開那群鶯鶯燕燕，安安穩穩地過日子，往往避而遠之，選擇和穆婉玉這個「朋友」一起。

前世的慘痛經歷雖然沒有讓她的頭腦更加聰明，卻給了她一顆如明鏡般的心和不願受人擺布的意志。她不會再渾渾噩噩、不聽不想不看地逃避，她要睜開眼，抬起頭，面對一切！

「不錯，寫得真像！」沈梨若摸了摸下巴。「特別是這個願字，看這落筆、這字鋒，簡直就和我寫的一模一樣！」

她話音剛落，四周一靜。就連跪在地上的錦繡和夏雨都抬起頭，一臉疑惑地望著沈梨若。

這九小姐該不會是驚嚇過度，腦袋出毛病了吧？此時，她不是應該痛哭流涕，哭喊著否認嗎？怎地一臉平靜地評論起來，彷彿這事情和她毫無關係一樣。

「在天願作比翼鳥，在地願為連理枝；天長地久有時盡，此恨綿綿無絕期……」沈梨若搖晃著腦袋。「詩不錯，可惜是抄的。」

接著，她頓了一會兒，在眾人目瞪口呆中道：「不過想想我只是個武師的女兒，從小應該只會舞刀弄劍，又怎會吟詩作對呢？不錯，抄得有理。」

「妳在這兒胡說八道些什麼！」沈梨焉猛地一個大步跨了出來，指著沈梨若叫道。

「六姊，莫要生氣嘛。」沈梨若一臉無辜。「我不過讚揚了一下寫這些信的人而已。」

「在妳房裡搜出來的，寫這些信的，除了妳這不知羞恥之人以外，還能有誰？」沈梨焉轉過頭望向沈老夫人。「祖母莫要聽她胡言亂語，雖說焉兒也不願意相信九妹做出如此不知廉恥之事，但是……和九妹平時的筆跡相比，這些信件確實出自九妹之手。」

「想不到六姊竟然看得這麼仔細。」沈梨若淡淡開口。

沈梨焉愣了一下。「這……那是因為妳沒來之前，祖母已經比對過了。」

「哦……」沈梨若拉長了語調，重重點了點頭。「原來如此。」

「九妹……」在旁邊聽了這麼一會兒，沈梨落也大概猜到發生了什麼事，不由得伸手扯了扯沈梨若的袖子擔憂道。

「放心，沒事。」沈梨若拍了拍沈梨落的手，安撫地笑了。

二夫人見幾人東拉西扯個沒完，站出來一臉恨鐵不成鋼地望著沈梨若。「九丫頭，妳讓二伯母說妳什麼好……」說到這兒，她重重嘆了口氣。「妳心裡若是有了意中人，寫些情詩也就罷了！咱們一家人私下想法子解決也就算了，妳怎地如此糊塗！唉……」

「我怎麼糊塗了？」沈梨若眨了眨黑亮的眼睛，一副天真模樣。心中卻在冷笑，看來沈梨焉可是掏空了心思，除了情詩以外，難不成還揑造了些男女苟合之事？

「妳……」本以為沈梨若會驚慌失措，沒想到卻是這副模樣，二夫人頓時一噎，張了張嘴好半天沒說出話來。

「二伯母，您倒是說啊……」沈梨若的聲音清脆，帶著少女向長輩撒嬌的甜膩，本是十分動聽，可此時二夫人聽著反倒起了一身雞皮疙瘩，心裡發慌。

「好了，妳們鬧夠了沒有！」沈老夫人猛地一怕椅子旁邊的矮几，喝道。

頓時眾人紛紛閉上嘴。

隔了這麼一會兒，沈老夫人冷靜了不少，她掃了眼眾人，最後沈著臉望向沈梨若。「九丫頭，妳說說這些信是怎麼回事？」

「在她……」沈梨焉正準備開口，被沈老夫人一瞪，只得不甘地低下頭咕噥。「在她屋裡搜出來的，除了她不知羞恥還能有誰？」

「回祖母，這信編得不錯，可惜不是我寫的！」沈梨若迎上沈老夫人的眼，眼睛黑亮有神。

沈老夫人平靜地說道：「哦？可是這字跡又如何解釋？」

沈梨若淡淡開口。「祖母，要知道這字跡是可以模仿的……」

「聽妳這意思，有人陷害妳了？」沈老夫人咳了一聲。

她話音剛落，錦繡便跪爬上幾步，嚷道：「老夫人、老夫人，那盒子千真萬確是奴婢不小心撞翻的……就算給奴婢天大的膽子，奴婢也不敢做出誣衊主子之事啊！」

錦繡雖然滿臉淒色，但聲音中氣十足，一字一句咬得十分清楚。

這時，夏雨也磕了一個頭。「老夫人，奴婢當時就在場，雖然小姐待奴婢極好，可奴婢也不願昧著良心說謊。」

李嬤嬤也走了出來。「老夫人，奴婢可以作證，她們說的句句屬實。」

二夫人冷笑出聲。「我說九丫頭，妳要辯駁也得找個有譜的藉口啊，這人證物證俱在的，再說那書信裡除了情詩，還說了些……你們之間的事情，這日期、地點可都寫得清清楚楚……哎喲！提起來都羞人！妳說妳這還未出嫁的閨女竟做出此等事，唉！」

「不會的，不會的！」沈梨落幾個大步走到沈老夫人面前。「不會的，祖母，九妹她不會這麼做的！」

「妳站一邊去。」沈老夫人瞅也沒瞅她一眼。

「祖母！」沈梨落還欲再說，便被張嬤嬤一拉，只得滿臉擔憂地在沈老夫人和沈梨若之間望了望，閉上嘴站到旁邊。

「祖母，這事情還未清楚，二伯母便張口閉口認定是我所為，是不是太草率了？」沈梨若轉過身子逼近二夫人。「在姪女記憶中，這十幾年來二伯母似乎從未送過禮物給姪女，而今日二伯母一遣人送花，就發現書信了，這是不是太巧了呢？」

「妳……妳胡說八道，我好心好意……」二夫人鐵青著臉吼道。

可惜她話還未說完，沈梨若便朗聲道：「二伯母，姪女有無胡說，天知地知！而且二伯母對書信的內容如此清楚，又如何解釋？」

沈梨落連連點頭。「不錯，九妹說得是！」

二夫人臉上頓時紅白交錯，結結巴巴道：「我……我……是李嬤嬤，我來梅園時，正巧碰到李嬤嬤，這些全是李嬤嬤告訴我的。」

李嬤嬤先是一愣，瞄了一眼二夫人，才訕訕說道：「正巧看到，正巧看到。」

第十八章　破局

沈梨若沒有理會李嬤嬤和二夫人，直望向沈老夫人。「祖母，孫女有幾個地方不解，想問問當時在場之人。」

沈老夫人打量了一下沈梨若，忽地往椅子上一靠，揮了揮手道：「妳問吧。」

「謝祖母。」沈梨若徐徐走到錦繡和夏雨面前，面帶微笑，腳步從容，好像在庭院散步般。

「錦繡是吧，把經過說來聽聽。」

「今日奴婢奉了李嬤嬤之命……」

「說重點！」錦繡剛說了一句，沈梨若便打斷她的話。

「是，奴婢捧著蘭花進入九小姐的起居室，一時疏忽大意，將盒子碰了下來。」

「怎麼碰的？盒子放在何處，全部都給我說清楚。」

「是。」錦繡頓了頓，仔細想了想。「奴婢進入起居室後，本想將蘭花先暫時放置在書案旁邊，卻一時大意，手臂撞到了放在……呃……矮几上的盒子，奴婢見那盒子做工精美，本以為裡面裝有格外金貴的東西，正擔心不已……卻不承想盒子摔到地上，裡面摔出來的竟然是些書信。」

「妳怎麼就能斷定那些是書信呢？」

錦繡回答。「見書信灑了出來，奴婢連忙去收拾，便看見了。」

「好。」沈梨若點頭，伸手指了指夏雨。「到妳了，說吧。」

「奴婢剛幫著放好了冬衣，便聽見砰的一聲，頓時嚇得不輕，咱們這些做奴婢的，都是福薄命賤之人，若是摔壞了什麼東西，再將自己賣個十次八次都賠不起。」她停了一會兒。「奴婢急忙趕去，只見錦繡腳邊是一個摔得半開的黑木盒子，裡面的紙灑了一地。奴婢見不是貴重物品，頓時安心不少，但這東西摔了，總不能就這樣放著，便蹲下身子準備將那些紙收拾好，卻發現竟然是九小姐寫給男子的書信。」

夏雨明顯吸取了錦繡先前的教訓，事情經過描述得十分清楚，而且說得十分流利，最末還抬起頭望著沈老夫人。「老夫人，奴婢相信九小姐只是一時糊塗，受人蠱惑才會做出這等糊塗事，請老夫人不要過於怪罪小姐。」她的聲音誠懇，帶著惋惜、懊悔。如此膽大心細，說話極具條理，無論表情、動作都極到位，若不是今日被誣陷的是自己，沈梨若都不由得拍手叫好。

不過……沈梨若輕輕一笑，想這樣就陷害她，沒那麼容易。

「九妹！事到如今妳還有何話說？自己不知廉恥偷漢子還想冤枉我母親……」沈梨焉嘴角輕揚，跳出來吼得十分賣力。

「焉兒！」二夫人看了眼臉色明顯一僵的沈老夫人，輕喝道。

「叫我作甚，我說的都是事實！」沈梨焉不滿道。

眾人均知道沈老夫人死要面子的脾性，雖然書信內容大家都心知肚明，卻未明確指出來，如今被沈梨焉說出「偷漢子」三個字，沈老夫人的臉頓時有些掛不住。

「六姊何必著急，這事情究竟如何，妳馬上就知道了。」沈梨若輕輕一笑道：「錦繡，識字嗎？」

錦繡窒了窒。「奴婢不識……不！奴婢識字，識字！」

「既然如此，將裡面的內容唸給我聽聽！」沈梨若將手中的「情書」往錦繡懷裡一扔。

「奴婢……奴婢……」錦繡臉色大變，急忙道：「奴婢說錯了，奴婢只識得幾個字而已。」

「那將妳會寫的字全都寫出來。」沈梨若臉色一沈。

「這……這……」錦繡張了張嘴，半天沒說出一句話。她出身貧寒，飯都吃不飽了，又怎可能識字。

「張嬤嬤，煩勞給她筆墨紙硯。」見張嬤嬤點頭，沈梨若轉過頭望向旁邊臉色蒼白的夏雨。「既然她唸不出來，那妳幫她唸吧。」

說完，便抄起錦繡懷裡的「情書」扔到夏雨臉上。

她對夏雨是極為瞭解的；識字？哼，上一世她的名字還是自己教的。

夏雨顫抖著雙手，拿起「情書」，雙眼死死盯著上面的字，冷汗順著臉頰一滴一滴地流了下來。

「難不成妳們倆都不識字？」沈梨若輕輕一笑。「這就奇怪了，不識字之人又怎能看一眼就知道這些信是我沈梨若寫給男人的信呢？」沈梨若聲音不大，但是擲地有聲。

頓時二人身子猛地一抖，臉上滿是驚慌之色。

沈梨若站直身子，視線掃過臉色微變的二夫人和沈梨焉，忽地右手一揚指向錦繡和夏雨，喝道：「那只有一個解釋！妳們說謊！」

二人先是一愣，接著忙淒叫。「奴婢沒有……」

未待她二人說完，沈梨若一聲大喝。「妳們還想狡辯！」說完，她轉身拾起地上的書信翻看起來。

二夫人和沈梨焉站在一旁面面相覷，均看見對方臉上的驚慌。事到如今，事情發展已經脫離了她們的掌控。這條毒計她們母女可是費了不少心思，本以為必能順利讓沈梨若陷入萬劫不復之地，沒想到沈梨若三言兩語便問出破綻，想到這兒，兩人不由得恨恨瞪了眼夏雨和錦繡，真是兩個沒用的東西，這點小事都辦不好。

錦繡和夏雨更是驚慌失措，雖在這深冬季節，二人卻是冷汗淋漓。但比起錦繡的六神無主，夏雨心裡卻平靜許多，因她知道自從接受二夫人安排的那一刻起，她就是一只棋子，做棋子就要有做棋子的覺悟，棋手讓妳去哪兒妳就得去哪兒！只是沒想到九小姐如此厲害……她咬著牙抬起頭，望著沈梨若，她就不信九小姐還能讓這些白紙黑字也說出話來。

沈梨若臉上露出淡淡的笑容，彷彿一切都在她的掌握之中，她可是用全部家當開了一家翰墨軒，專賣筆墨紙硯，既然全部身家都壓了下去，又怎麼可能對這些一點兒瞭解都沒有？天網恢恢，疏而不漏，沈梨焉什麼毒計不選，偏在這筆墨紙硯上作文章。

一疊書信，沈梨若翻了幾封便輕笑。「這等破綻百出的東西，也敢拿出來丟人現眼！」

接著她拿起一封信。「字跡雖然臨摹得不錯，可是這紙用的卻是伯蘭紙，價格昂貴。」說到這兒，她似笑非笑地瞥了二夫人和沈梨焉一眼。「如此貴重的紙張，我可買不起……而且據我所知，伯蘭紙乃是今年十月下旬才在陵城開始售賣，可信上的日期卻是八月初五！」

二夫人頓時瞪大眼睛，顫聲道：「這又怎樣？就算這紙是十月下旬才在陵城售賣，妳就不能從其他地方買？」

這還是那唯唯諾諾、膽小靦覥的沈梨若嗎？看她侃侃而談，哪有半點兒原來模樣，而且她一名深閨女子，怎地懂這麼多？

沈梨若拿起信，視線緩緩掃過眾人。「這紙是東郊的伯蘭造紙坊造的，因產量不大，所以至今也只是在陵城周邊售賣，若不信，可以派人去東郊向伯蘭紙坊老闆問個清清楚楚！另外……還有這墨跡，黑中泛紫，墨潤有光，一看便知是價格不菲的桐油煙墨。而我一直以來用的是松煙墨，松煙墨色澤偏藍，不宜作畫，勝在價格便宜，正好適合我這種素來阮囊羞澀之人。」

沈梨焉的腦子裡一團胡亂，冷汗都滴了下來，這些書信乃是她和母親花費重金請一位擅長書法之人臨摹的，本想此計策已是完美無缺，必能順利拔除這顆眼中釘，卻沒想沈梨若竟然能在短短時間內發現這麼多破綻。

而錦繡和夏雨早已臉色慘白地癱在地上，眼中一片絕望。

沈梨焉強壓下心中的害怕。「無論妳如何狡辯，這盒子卻實實在在從妳屋子裡找出來的，李嬤嬤和錦繡進妳屋子的時候可是有十幾個人看著，手中的東西都是有數的……」

她話還未說完，沈梨若便打斷她的話。「六姊，妳忘了，這夏雨可是我屋裡的丫鬟，每日從我房間進進出出不知多少次，放個盒子又有何難？」說罷，她望向沈老夫人。「祖母，必是這兩名賤婢收了他人的好處，才敢做出這等謀害主子之事。」說到這兒，她轉頭皮笑肉不笑地看了眼臉色蒼白的二夫人和沈梨焉。「只是不知何人心腸如此歹毒，竟然費盡心思設下此等圈套，欲置孫女於萬劫不復之地。」

二夫人被沈梨若這一眼看得心怦怦直跳，好一會兒才穩住心神。「九……九丫頭，莫要在此危言聳聽，咱們沈家都是妳血脈相連的親人，又有誰會陷害妳？」

沈梨焉也急忙道：「這個叫夏雨的是妳園裡的人吧？看看這臉上，還帶著傷呢！我看八成是這丫頭對妳的處罰心懷怨恨，才想了這麼個法子吧。」

「六姊真會說笑！」沈梨若冷冷一笑。「盒子是上好的黑木，紙是最昂貴的伯蘭紙，墨是昂貴的桐油煙墨，這些東西這兩賤婢就是再賣個一次身都買不起，這還不算找人臨摹字跡的錢……」

想棄卒保帥？那也得問問她答應不！

沈老夫人陰沈著臉，視線掃過眾人，最後停在二夫人和沈梨焉身上，直看得二人膽戰心驚。二夫人的腳一軟，差點兒摔倒在地，還好沈梨焉最後關頭一把拉住她，兩人才免去摔成一團，丟人現眼。

隔了好一會兒，沈老夫人才收回視線，轉頭向張嬤嬤使了個眼色。

張嬤嬤愣了愣，然後輕輕點了點頭，大聲喝道：「這兩個不知死活的賤婢，竟然敢如此陷害主子，這等不仁不義之徒，若不嚴懲……」

「張嬤嬤，明顯是有人指使這兩丫頭。」站在張嬤嬤身邊的沈梨落打斷她的話。她話還未說完，便聽見沈老夫人忽然劇烈咳嗽起來，急忙上前輕拍她的背心。「祖母，沒事吧？」

「沒事。」沈老夫人隔一會兒才顫悠悠說道：「梨落，給我拿杯水。」邊說便看了張嬤嬤一眼。

張嬤嬤微不可見地點了點頭，轉身喝道：「還愣著幹什麼，還不快把這兩個賤婢拉出去關進柴房，待過完年便打發了。」

沈老夫人和張嬤嬤的小動作沒有逃過沈梨若的眼睛，沈梨若心中冷笑，看來她那好名聲的祖母決定大事化小了。

事到如今，以沈老夫人的精明，怎可能不知這個圈套憑夏雨和錦繡兩個婢女絕對無法設下，背後定有人指使，而指使者十有八、九是二夫人和沈梨焉。可若是再審問下去，夏雨和錦繡必會將一切都交代清楚，那麼沈家便會爆出不顧親情、骨肉相殘的醜聞，淪為陵城所有人茶餘飯後的話題，幾十年的良好名聲毀於一旦——這是死要面子的祖母絕不能忍受的。

「饒命啊，老夫人，奴婢冤枉啊……」錦繡一面磕頭一面慘叫。

而夏雨沒有磕頭，沒有求饒，只是低著頭全身隱隱顫抖著，忽然，她猛地抬起頭盯著二夫人和沈梨焉。

「妳這賤婢，看我作甚？做出此等天理不容之事，沈家豈能容妳？」二夫人右手死死拽住同樣驚慌失措的沈梨焉大吼。

她的聲音雖然大，卻難掩驚慌和害怕。

夏雨緩緩轉過頭望向沈老夫人。「老夫人，奴婢只是下人，也只是奉命而為，二夫人……」

她剛說到這兒，便被一聲怒吼打斷。「還不快拉下去！」

只見沈老夫人臉頰隱隱抽動著，額頭上的青筋清晰可見。

話音剛落，幾個婆子便如狼似虎般衝了過來，幾下便將夏雨和錦繡壓在地上。「老夫人，奴婢、奴婢是受人指使的……」錦繡邊掙扎邊叫道。

「二夫人，您答應……」夏雨轉過頭，盯著臉色蒼白、全身顫抖的二夫人和沈梨焉，一臉咬牙切齒。

話還未說完，兩團破布便塞進兩人的嘴裡。

「唔……唔……」夏雨劇烈地掙扎著，嘴裡發出如野獸般的嘶吼，雙眼瞪向二夫人，臉色猙獰。

沈家一直標榜禮義仁愛，所以不會輕易打殺婢女，何況即將過年，沾染血光是極為不吉利的。一句打發了，張嬷嬷說得十分輕鬆，但夏雨知道在沈家的婢女，犯了錯最悲慘的不是杖責，而是這一句「打發了」，因為被沈家「打發了」的婢女，無一例外都被人牙子買入勾欄之地，過著千人騎萬人枕的生活，簡直是生不如死。

沈梨若環著胸，靜靜看著這一幕鬧劇。這夏雨果然聰明，見二夫人和沈梨焉想棄卒保帥，便立刻調轉槍頭向沈老夫人坦白。但可惜她只是個婢女，並不知道這個平時看上去慈眉善目的沈老夫人是如何在乎所謂的名聲，此舉反而加速了沈老夫人處置她的心思。

「帶下去！」隨著張嬷嬷一聲令下，幾個婆子拽著拚命掙扎的兩人出了房門。

沈老夫人吐了一口氣，正準備說話時，就見俐琳掀開簾子，神色匆匆地走了進來。

俐琳臉色沈重，一反常態沒有向眾位主子行禮，就這麼直直走到沈老夫人身邊，低下頭在她耳邊輕輕低語了幾句，沈老夫人本來就陰沈著的一張臉剎那間黑如鍋底，又猛地湧起一片潮紅，喉嚨裡發出幾聲怪響，好半天才順過氣來。她雙眼帶著無比憤恨地瞪著二夫人和沈梨焉，喝道：「是誰！是誰把這件事傳出去的？說！」

沈梨焉被沈老夫人這麼一瞪，心中發虛，頓時一個瑟縮，連後退幾步。慌忙間，卻未想起二夫人一直緊緊拽住她的手臂靠在她身上，因而這一退，二夫人一個趔趄，兩人差點兒跌倒在地。

沈梨若看了看沈老夫人和沈梨焉的反應，心中想著：難不成沈梨焉在沈老夫人還未有任何決策之前，便將這事傳了出去？看來沈梨焉不僅想讓她在沈家再無立足之地，還想讓她身敗名裂。想到這兒，沈梨若眼中一片冰冷。

「說！這事是誰傳出去的？說！」沈老夫人全身劇烈地顫抖著，雙眼就要噴出火來。

「母……母親，您望著我們作甚？」知女莫若母，二夫人見沈梨焉的模樣，便知道此事定是她所為，急忙壯起膽子問道。

「在這沈家，除了妳們還有誰？」「砰」的一聲，沈老夫人一掌重重拍在椅臂上。

「母……母親……怎會是我們……」二夫人的聲音猛地變小，低著頭喃喃道。

「別以為我老了，就敢在我眼皮子底下耍花招、糊弄我！事情真相將那兩丫頭叫回來一問便知，妳還敢狡辯！」沈老夫人幾個大步走到二夫人和沈梨焉面前，嚇得兩人心驚肉跳，直往後退。

「我還沒老糊塗，剛才沒拆穿妳，那是想著家和萬事興，給妳留幾分面子，沒想到……沒想到妳竟然派人將事情傳得街知巷聞，若不是我一大早差倜琳出去買東西，我還被妳蒙在鼓裡！」沈老夫人重重吐了口氣，狠狠地瞪著二夫人。「定是妳這惡毒婦人，陷害九丫頭不止，還想毀掉我沈家！」

說到這兒，她一把扯過瑟縮在二夫人身邊的沈梨焉。「焉兒最近行為不妥定是妳在慫恿！妳心如毒蠍，怎配當我孫女的母親！」
「祖母，母親……」沈梨焉一愣。
「從今以後，她不是妳的母親。」沈老夫人一聲大吼。
二夫人伸手一把扯住沈老夫人的袖子。「母親，兒媳……」
「不用再說了！我沒妳這麼個心腸歹毒的媳婦！」沈老夫人手一甩，頓時推了二夫人一個趔趄，摔倒在地。「從此以後妳就到佛堂思過！至於焉兒，從今日起，交予我管教。」
二夫人先是一愣，接著瞪大眼，嘴唇劇烈抖動，忽然嘴裡發出一陣淒嚎。「不！母親，不！焉兒可是兒媳的命根啊！」她邊叫邊求救地望向沈梨焉。「焉兒……」
卻不承想沈梨焉猛地一退，嘴唇張了張，沒有說出半個字。
二夫人頓時腳一軟，癱倒在地。
沈老夫人俯視著二夫人，一臉嫌惡。「妳放心，為了焉兒的終身大事，我不會讓景言休了妳，但是沈家二夫人從此以後感染惡疾，永遠隔離在佛堂，不得再跨出佛堂半步。」
說到此，她一甩袖。「來人，送二夫人去佛堂！」
「是！」
幾個婆子走到二夫人身邊，為首的微微福了福身，臉上幸災樂禍。「二夫人，走吧？」
二夫人慢慢抬起頭，此刻的她淚流滿面，淚水將精緻的妝容弄得慘不忍睹，髮髻散亂，臉上一片絕望，哪還有平時的端莊模樣。

「焉兒……」二夫人伸出手，輕輕地喚著，聲音雖然淒涼卻包含著濃濃的不捨。
沈梨焉望著二夫人半晌，臉色陰晴不定，最終她狠狠別過頭，淚水滑出眼眶。
二夫人的雙眼漸漸一片死灰，在婆子的催促中她緩緩站起身走了出去。
沈梨焉失魂落魄地站在沈老夫人身邊，由於從小陪伴在沈老夫人身邊，自然瞭解她的性子。為了保住名聲，沈老夫人就算將沈梨若發配到莊子上，也只會對外稱患病休養。患病？休養？哪能這麼便宜地放過她，所以一知道李嬤嬤將書信交給沈老夫人，她便叫秋雲立刻將消息轉告給幾個已找好的痞子，讓他們務必將此事在最短的時間內傳出去，如此一來，沈梨若這個賤人必將身敗名裂，臭名遠揚！可是沒想到事情竟然急轉直下，最後非但沒將那賤人定罪，還把母親搭了進去。想到此，她轉過頭狠狠地望著沈梨若，眼神怨毒。
沈老夫人猛地癱倒在椅子上，彷彿剛剛已經被抽走了全部的力氣，好一會兒才擺了擺手。「回去，都回去吧。」
她頓了頓，望了沈梨若一眼。「九丫頭，此事祖母定還妳一個公道。」
「謝祖母！」沈梨若福了福，轉身退了出去。
直到所有人的腳步聲漸漸遠去，沈老夫人才喃喃說道：「雪虹，妳說我是不是做錯了？」
「老夫人，您為何如此說？」張嬤嬤輕輕說道，雪虹是她的閨名。「這麼多年，您勞心勞力還不是為了這個家。」

「哼！家！還有人念著這個家嗎？」沈老夫人冷哼一聲。「老大和老二整日只知道風花雪月，不懂營生，連家裡都快空了還不知道。老么雖從小乖巧懂事，卻偏偏……」說到這兒，她嘆了一口氣。「五哥兒雖然性子不錯，但不喜讀書，整日就知道和他那些朋友品茗作畫。二哥兒還算不錯，前年中了進士，如今在翰林院謀了個筆帖式的差事，卻心高氣傲，總想一步登天……這些年我偏愛六丫頭，本想著好好調教，將來選戶好人家也好幫襯幫襯二哥兒，咱們沈家也好有個盼頭，沒想到她做事越發沒有規矩，先是將四丫頭推下湖，如今又想害九丫頭……」

「六小姐年紀還小，心中哪有那麼多彎彎繞繞，應該是二夫人她……」見沈老夫人一臉怒容，張嬤嬤忙道。

「老二家的？就憑她那榆木腦袋也能搞出這麼多事端？」張嬤嬤話還未說完，沈老夫人便冷笑著打斷了她的話。「別看今日那兩個丫頭都只提到了老二家的，可是在這件事裡她頂多就是個跑腿的角色！」

「我本想著大事化小，小事化了，再私底下敲打敲打也就行了。沒想到她倒好，竟然將這事捅了出去，她這可是要將九丫頭推入絕境！置我沈家幾十年的名聲於不顧啊！」沈老夫人臉上青白交錯。「自己的嫡親姊妹都下得了手，自己的母親都捨得放棄，如此狠毒的心腸……我以後也不敢指望她。若不是劉家已經許諾劉四公子的婚事，我今日必將她趕出沈家！」說到此，沈老夫人吐了口氣。「妳最近給我派人好好盯緊她了，在她出嫁前我不想再看見任何亂七八糟的事出現。」

「是。」張嬤嬤應道。

「至於九丫頭，本以為是個懦弱膽小之人，上不得檯面成不了氣候……卻未曾想到我也有看走眼的一天。」沈老夫人低下頭重重嘆了口氣。「她費盡心思隱藏了那麼久，若不是今日六丫頭將她逼入絕境，怕我永遠也不會知道她還有這一面。如此心機和耐性，今後也別想指望了。哎！看來我真的老了。」

「九小姐是變了不少，但無論如何也是您的親孫女，這打折了骨頭還連著筋呢。」

沈老夫人拍了拍張嬤嬤的手。「我準備過完年後，將九丫頭送去桂慶的莊上，妳覺得如何？」

張嬤嬤沈吟了一會兒。「如今事情定鬧得陵城皆知，雖然我們知道九小姐是被冤枉的，但無論如何解釋，外面的人也會以為老夫人您包庇自家姑娘……若這時送九小姐去莊子避避風頭也不失為一個好辦法，可是這對九小姐……」

「我知道這樣做委屈她了，但為保全家族名聲，她小小的犧牲又算得了什麼？再說這事情傳了出去，除了我們，又有誰會相信她是清白無辜的，與其在這裡受著別人的閒言閒語，還不如去莊上避避，等事情淡了，再回來就是。」沈老夫人揉了揉眉頭。「桂慶在錦州的管轄內，有大丫頭在那裡，九丫頭就是再不滿，也折騰不出什麼亂子。」

「可是李老夫人那裡……」

沈老夫人沈吟了一會兒，厲聲道：「無論如何九丫頭都是我的孫女，難不成我自己的孫女犯了錯，我要處罰還得問過旁人不成？」

張嬤嬤臉上閃過一絲不忍，但又立即露出了恭敬的笑容。「老夫人說得是，九小姐會理解您的苦心的。」

轉眼間便到了年三十，在這個家家戶戶都聚在一起、迎接新年到來的日子，沈府卻籠罩在一片壓抑的氣氛中，雖然庭院中處處掛著燈籠，張燈結綵，但還是掃不去眾人臉上的鬱色。幾日前，兩個丫鬟被關進柴房，二夫人則以感染惡疾為由而囚禁於佛堂，沈老夫人這幾日因胸悶氣喘都躺在床上，連著請了好幾個大夫也未見起色，而九小姐未出閣便勾搭男人的流言更是在陵城上下傳得沸沸揚揚……一連串的變故讓沈家各主子的臉色都十分陰沈，丫鬟僕人們更是處處小心翼翼，避免一不小心就觸了霉頭。

由於主子們病的病，關的關，沈家這個年節過得格外簡單。沒有歡聲笑語，沒有絲竹樂曲，沒有來來往往的賓客……就連以往奢華的年夜飯也準備得簡簡單單的。除了院子裡紅紅的燈籠外，再也沒有一點過年的跡象。

沈老夫人已經放了話，正月十五元宵節之前，沈家謝絕賓客，兩位老爺也沒有出門走訪親友，眾人都安安靜靜待在府內，除了年三十晚上聚在一起吃個團圓飯以外，再也沒了其他安排，連除夕的守歲也草草了事。

第十九章　出府

「小姐……」看著坐在窗前、拿著本《山海志》看得津津有味的沈梨若，留春小聲喚道。

沈梨若抬起頭看了眼一臉懊惱、擔憂且自責的留春，笑了笑。「何事？」

「小姐！」留春見一臉無所謂的沈梨若，臉上的自責更甚。「昨日我見到了許四哥，她告訴我現在整個陵城都在說小姐……說小姐……」

「我行得端、坐得正，何必管別人說什麼？」沈梨若笑了笑。「再說，祖母已說會還我一個公道。」

「可是這都幾日了，老夫人那邊還沒什麼舉措……」留春上前一步，走到沈梨若跟前。「小姐，要不去問問老夫人？老夫人見多識廣，必能想個萬全之策為小姐洗刷不白之冤。」

沈梨若淡淡說道：「放心，這也關係到沈家的名聲，祖母心中必有定策。」

萬全之策？沈梨若心中冷笑。在她的記憶中沈老夫人身體極為健康，上一世，若不是三年後不小心摔了一跤，落下病根，也不會早早去世。一個身體健康之人又怎會連著幾日纏綿病榻，定是怕過年見客時，被人提起她的事臉上掛不住吧。

至於沈老夫人說還她公道一事，她嘴上雖然說得肯定，但心裡卻是不信的。從古至今，這種男女之間的情情愛愛都是人們茶餘飯後閒聊的話題，更何況如今這事出在一直以來重視禮教的沈家。她就算沒有上街，也可以想像此事在陵城的轟動程度。在這種情況下，無論沈家做任何解釋，都不會有人相信，反而會給人欲蓋彌彰的感覺。而且沈老夫人心裡永遠只有沈家的名聲和沈家幾位少爺的前途，孫女在她眼中不過是拉攏其他家族的工具而已。她會為了一個工具去費盡心思，勞力傷神嗎？顯然不會！所以沈老夫人十有八、九會找個理由把她打發到莊子上去，就算知道她是冤枉的，可那又如何？為了保住沈家的聲譽，她這個工具自然應當做出犧牲。

這件事落在其他人身上，八成會呼天搶地，但她卻是樂見其成。說起來這次她還得小小感謝沈梨焉，若不是她心存歹意，她又怎可能如此輕易地便將夏雨趕離身邊；若不是沈梨焉將這事傳出去，她又怎麼可能如此順利快速地離開沈家。至於名聲？只要離開沈家，離開陵城，找一個沒人認識的地方，又有誰會在意她的過去和那所謂的虛名？

聽說過了元宵，沈老夫人便會讓人牙子將兩個丫頭給賣了，至於賣到何處，大家心知肚明。這樣也算是報了前世之仇了吧。

沈梨若正想著，忽然聽見砰的一聲，只見留春跪在地上，砰砰砰地連磕了幾個響頭。

「留春，妳這是？」沈梨若急忙放下手中的書，伸手便去扶她。

「小姐，您心中的苦，奴婢知道。可是就算再苦也別這樣憋著，奴婢看著妳這樣，心裡……心裡……」留春哽咽道，一張小臉上滿是淚水。「小姐，此事都怪奴婢，都怪奴婢！

您要是心裡不舒服，就打我、罵我！奴婢絕不會皺一下眉頭。」

「妳說什麼呢？這關妳什麼事？」沈梨若被她又磕頭又哭的行徑，弄得哭笑不得。「我正慶幸今日沒了四姊在此唉聲嘆氣，沒想到換成妳了。」

自從二十七之後，沈梨落便花也不繡、布也不看了，天天坐在她旁邊時而唉聲嘆氣，時而咬牙切齒，時而低聲咒罵，讓她心中微暖之餘，整日不得安寧。還好昨日大夫人從娘家回來，將沈梨落關在屋子裡，她的耳根子才清靜了。現在卻……

「小姐，您不用安慰奴婢，奴婢就是死了也不能數清自己的罪過。」留春低下頭，哭道：「小姐早就告訴奴婢別相信夏雨，可奴婢沒放在心上……這才給了她機會讓她陷害小姐……都怪奴婢，都怪奴婢！」說到這兒，她已泣不成聲。

沈梨若笑了笑，這留春雖說為人老實沒心機，但對她的忠心是毋庸置疑的。她扶起留春，掏出手絹為她擦掉眼淚柔聲道：「夏雨只要一日在我院子裡，無論妳防不防，她都會找到機會。」她頓了頓。「再說當時我只是覺得她心思太深，才讓妳不要輕信她，卻沒想她竟然會如此……而且就算沒了她，二伯母也會找到其他法子，妳無須自責。」

「可是小姐……」

「好了，這大過年的本應該高高興興才是，妳倒好，非要把眼睛哭得像兔子一樣。」沈梨若拍了拍留春的肩膀。「事已至此，咱們要做的就是開開心心過年。」

「嗯。」留春定定望了沈梨若好一會兒才點了點頭，眼眸堅定有神。

「好了，下去吧！我再看會兒書。」見她心情平復了，沈梨若揮了揮手。

「是！」

見留春的背影漸漸消失在視線中，沈梨若嘴角輕揚，勾起一抹輕笑。過了元宵節，她應該就可以被「放逐」到莊上去了吧。想到這兒，她望了望窗外，只見一輪紅日從層層疊疊的雲層中鑽了出來，為這片本來有些陰沈的大地灑下一點點金光。

正月十六清晨，天才濛濛亮，大街上只有幾個抬著貨物的小販在走動著，四處遺留著元宵節歡快的氣息。

沈梨若告別依依不捨的沈梨落，頭也不回地登上早已候在一旁的馬車。

桂慶離陵城並不遠，坐馬車不到兩日便到了。這次去桂慶只有留春和許四跟著她。

桂慶的莊子……她記得已經幾乎荒廢了。

沈家現在外強中乾，月月入不敷出，為了支持沈家各主子的龐大開支，沈家的莊子能賣的都已經賣了，這桂慶的莊子現在剩下的不過幾十畝田而已。

翰墨軒的伯蘭紙已經賣空，除去成本，現已賺了超過一千兩，出發之前，許四的三叔許景康已將一千兩換成銀票送到她手裡。有了這一千兩，再加上沈老夫人的五百兩，她可以買上幾十畝農田，一棟宅子，自由自在地過著她想要的生活。

捏了捏袖中的五百兩銀票，沈梨若冷冷一笑，她這個好祖母算盤倒是打得不錯，扣下李府送來的全部藥材，就給了她區區五百兩銀子作為一年的生活費用……她的財產是那麼好拿的嗎？那些藥材她拿不走，卻可以讓李府全部收回去！徐書遠應該會答應她這救命恩人的請求吧？想著到時候沈老夫人精彩的表情，沈梨若的嘴角就不由得向上彎，真想親眼看看啊！

算算時間，離開沈府已經大半天了，現在應該進入了錦州的管轄範圍。

許四的駕車技術不錯，沈梨若坐在車內不覺得顛簸。她閉著眼睛，靠在車壁上，馬車「吱嘎吱嘎」往前行駛的聲音在耳中彷彿成了無比美妙的樂曲。

打重生以來，彷彿有一股濁氣一直壓在心裡，沈甸甸的，無比難受。直到今日，真正跨出沈家的大門，那股濁氣才消失得無影無蹤。

離開了，她終於離開了。

離開了沈府，離開了那個禁錮了她大半輩子的牢籠！

雖說只是莊子，但沒有了沈老夫人的壓制，沒有那些骯髒的爾虞我詐，只要待個一年半載，再想個法子離開，那從此以後天寬地闊，任由她自由自在地飛翔。

想到此，她的心彷彿都飄飄然了。

留春瞅了瞅閉著眼、渾身散發欣喜的沈梨若，微微皺了皺眉頭。自前幾日，沈老夫人決定讓小姐去莊子之後，便時不時這副模樣，讓她有些擔憂。

「皺著眉頭作甚？捨不得了？」忽然耳邊傳來一陣略帶笑意的聲音。

留春一愣。「怎麼可能！留春只要跟著小姐便不會有什麼捨不得，小姐可別想岔了！」

「好啦，逗妳玩的。」沈梨若輕輕笑了笑，望著留春鄭重說道：「不過要妳和許四跟著我去桂慶，難為妳了。」

「小姐，別這麼說！」留春望著沈梨若。「這都是留春自願的，在我心裡，小姐比什麼都重要……」

「別！」沈梨若心中一暖，笑罵道：「妳若這樣，那妳的許四哥豈不在心裡恨死我！」

「小姐……」留春紅著臉嗔道。

沈梨若伸手點了點留春的額頭。「看來到了莊上，我得先作主將妳和許四的婚事辦了，免得妳整日裡就知道纏著我。」

「小姐……您又笑話奴婢……」

兩主僕正笑鬧著，忽然吱嘎一聲，馬車停在路上，沈梨若沒坐穩差點栽倒在地。

她剛想發問，便聽到一個尖利的聲音在後面響起。「許四，你駕的什麼車，這前不著村、後不著店的，停什麼停？」

這聲音一聽，就是沈老夫人派來送她去莊子的婆子之一，沈梨若皺著眉向留春使了個眼色。

留春會意，掀開簾子一角輕聲問道：「許四哥，出了什麼事？」

許四還未出聲，便聽到一把嘶啞難聽的聲音囂張至極地傳來。

「此山為我栽，此樹為我開……」
緊接著，一略微小聲的聲音響起。「大哥錯了，錯了！」
「呃？錯了？」嘶啞難聽的聲音略帶疑惑響起，接著又吼道：「那我重來！此山為我開，此樹為我栽……」
「噗！」留春捂著嘴發出一陣輕笑。「小姐，小姐，原來是打……打劫的。」
沈梨若也不由得感到好笑，打劫打成這樣也算是前無古人了。
「小姐，您也來瞧瞧！」留春完全沒有一個被打劫者的緊張，反而興致勃勃地像在看戲班子演戲。
壓抑不住心中的好奇，沈梨若也掀開簾子湊了過去，頓時愣住了……
在她們的正前方站著兩個身穿短褐、綁著幞頭的男人。
左邊的大漢大約三十來歲，身材魁梧，肩上扛著一把大刀，左手扠腰站在中央，仰著頭、挺著胸的姿勢倒是極為威武，可是配上他那一大一小的眼睛，掃帚眉，塌鼻子……有些讓人哭笑不得。
另一個男子年紀稍輕，身材纖瘦，衣服鬆鬆垮垮地掛在身上，一雙三角眼正滴溜溜地打量著沈梨若一行的兩輛馬車，透露著無比的貪婪。
見沈梨若和留春露出了頭，那大漢把頭一揚，兩眼一翻。「兩小娘子，把身上的五百兩交出來！大爺我便饒過妳們的性命！」

五百兩？沈梨若心裡頓時一沈，這賊人說的是沈老夫人給的五百兩？

三角眼男子小聲說道：「大哥，那姑娘不是讓我們將這兩小娘子逮住賣了嗎？你怎麼……」

他話未說完，大漢便打斷了他的話，一臉正色說道：「二弟！咱們雖然是打劫的，但也不能做那害人清白的缺德事！」

將她們賣了？沈梨若的臉色頓時變得陰沈，知道她有五百兩又對她恨之入骨的人，除了沈梨焉還會有誰？沈梨若猛地攥緊了雙手，她還是低估了人的怨毒之心。本以為此去桂慶，以後想法子和沈家一刀兩斷，從此和她們便再無交集。而且沈梨焉嫁給劉延林之後，下半生必將悽苦不堪，也沒必要再想法子對付她。未料她沒有報復之心，別人卻不依不饒不肯放過她！看來她的心還是太過軟弱，才會給自己留下如今後患。

正想著，大漢掄起手上的大刀，在空中劃圈帶起一陣風聲，直直指向沈梨若。「小娘子，識相的就快將五百兩交出來，不然可別怪大爺我不客氣。」

「再不交出來，可別怪我們手中的刀不長眼。」三角眼男子怪叫一聲，掏出袖中的匕首，手舞足蹈地比劃了幾下。

看見那明晃晃的刀劍，留春才感到害怕，一把抓住沈梨若的衣袖。「小姐，這……這如何是好？」

沈梨若輕輕拍了拍留春的手。「別擔心，他們只是求財而已。」

「小姐，那可是咱們日後一年的費用啊！」留春急道：「而且刀劍無眼……」說到這裡，留春握緊了拳頭，猛地身子一側將沈梨若擋在身後。「小姐，待會兒您躲在奴婢身後，有許四哥和奴婢在，必能護您周全。」

望著身前微微顫抖的背影，沈梨若心中彷彿被什麼塞滿了。一直以來她和留春感情深厚，心裡卻始終有種高高在上之感，而在這一刻，此種優越感卻剎那間消失得無影無蹤。從此時起，這個雖然害怕不已，但仍然擋在她身前的小姑娘就是她的最親之人。

「好漢、好漢，稍安勿躁，我們馬上給，馬上給！」

「九小姐、九小姐，您快將銀子給他們啊！」後面那刺耳的聲音再次響起。

沈梨若沒有理會後面的嚎叫，將留春的身子往後面一扯，看向許四。「你好好駕車，無須擔心。」

說完，在那三人看不見的角度，輕輕往旁邊一指。

「謝九小姐。」許四輕輕點了點頭，攥緊韁繩道。「請坐穩！」說完便轉過了頭。

沈梨若放下簾子，背脊緊緊貼在車壁上，雙手死死抓住馬車上的座椅，沈聲道：「走！」

只聽見「啪」的一聲，許四重重給了馬屁股一掌。馬兒吃痛，發出一陣嘶鳴，頓時馬車像離弦的箭一樣射了出去。

沈梨若先已細心觀察過，那兩人雖手拿刀棍，看似凶神惡煞，但手中並無弓箭，也沒有害他們性命之心，只要許四控制得好，再加上馬車的保護，他們可以從兩人旁邊衝過去。

那兩人本是烏合之眾，本想著拿著刀如此恐嚇一番，這兩個嬌滴滴的小娘子定會渾身顫抖地將錢乖乖送上來。沒想到等來的不是求饒，反而是呼嘯而來的馬車，頓時邊閃避邊急得哇哇大叫。

聽見大漢氣急敗壞的聲音，沈梨若輕輕吐了一口氣，這次危機看來能平安度過了。就在這時，隨著一陣馬兒的悲鳴聲響起，接著馬車劇烈的顛簸起來。

這是怎麼了？沈梨若大驚。

只覺得一陣天旋地轉，她的身子重重摔在車壁上，伴隨著留春驚慌的尖叫聲，馬車倒在地上……車翻了！

沈梨若倒在地上，只覺得身子像散了架一樣，手上腳上疼痛不已。

「小姐、小姐，您沒事吧？」耳邊傳來留春擔憂的喚聲。

「我沒事。」沈梨若輕輕擺了擺手，在留春的攙扶下緩緩站了起來。

兩人互相檢查了一番，沈梨若微微鬆了口氣，因為是冬天，馬車內鋪上了厚厚的軟墊，再加上離開沈府前，許四又將這馬車上上下下加固了一番，所以這一摔，雖然將二人摔得七葷八素，但身上全是擦傷，並無大礙，反倒是許四因為駕著車，沒有任何阻攔，翻車時被拋了出去，肯定摔得不輕。

「許四哥！」留春正想去扶掙扎著起身的許四，便見到那兩個劫匪幸災樂禍地走了過來。

「想跑？就憑你們？」大漢兩眼一瞪吼道：「我二弟從小在北方牧場長大，萬馬之中想套哪匹馬就套哪匹馬，從未失手過！」

「就你們這些年老體衰的破馬，還想從大爺面前逃走，那簡直是癡心妄想！」三角眼男子鼻孔朝天。

「你們想怎地？」許四見狀，急忙幾個大步跑到沈梨若兩人身前一擋，沈著臉道。

「喲！你這車伕還真是忠心啊！」三角眼男子斜眼望向左手無力耷拉著的許四。「不過就憑你這樣……嘖嘖，手還斷了……」

「許四哥，你的手……」留春大驚，頓時上前一步走到他的身邊，眼圈泛紅。

「退回去！」許四兩眼一瞪。「誰讓妳過來的。」

「我……我……」留春被許四瞪得一愣，頓時眼淚就滑了下來。

沈梨若急忙上前將留春扯到了身後，抹掉她臉上的眼淚。「別擔心，想必是脫臼……別哭了，他也是擔心妳。」

「我……我知道。」留春哽咽地點了點頭。

三角眼男子見沈梨若三人自顧自的說話，根本不搭理他們，頓時怒道：「把錢交出來！哥兒幾個好言好語的，你們倒不把咱們放在眼裡了，再囉哩叭嗦的，我們就把妳們兩小娘子抓去賣了，再去找那姑娘領賞金！」

「九小姐，倒是快給了啊！」

「哎喲，真是倒楣啊！」

躲在遠處瑟瑟發抖的兩位婆子吼著，由於當朝對逃奴的懲罰極其嚴重，輕則杖責流放，重則全家貶為賤籍，再說兩人都是沈府的家生子，家人、子女都在沈府當差，即使她們心裡將沈梨若罵了千百遍，怕得兩腿發軟，也不敢逃跑。

沈梨若被她們吵得心煩，喝道：「閉嘴！」

她沈吟了一會兒，抬起頭、毫不退縮地上前兩步，越過許四迎上大漢的眼睛。「錢是吧？好！我給！」

三人中，她和留春手無縛雞之力，唯一有一拚之力的許四又受了傷，在此情況下，拿出那五百兩無疑是最好的決策。

「五百兩，五百兩……」大漢喃喃叨唸著，搓著雙手一臉興奮。「快！快拿來！」

「五百兩！這就是！」沈梨若平靜從袖中掏出銀票在空中揚了揚，彷彿她眼前的不是劫匪，她拿出的也不過是毫無價值的紙。

四道貪婪的目光頓時從兩人眼中直直射向沈梨若手中的銀票，大漢一個箭步就想衝上來拿，沒想到有人比他更快，左側的男子咻的一下衝了出來，一晃眼便來到沈梨若三人跟前。

他手握匕首，一雙三角眼死死盯著沈梨若手上的銀票，或許因過於興奮，或許是過於激動，他鼻孔大張，咧著一張大嘴……人捲著一團風便衝了過來。

沈梨若就算再鎮靜，也被他那模樣嚇了一跳，往後退了一步，差點撞到後面的許四。

就在這時，一顆石頭破風而至，沈梨若只覺得耳邊一涼，石頭便砸到三角眼男子的鼻上。

「哎喲！」三角眼男子捂著鼻子發出一聲淒厲的慘叫，連連後退。

「二弟，怎麼樣？」為首的漢子見狀急忙衝了過去。

「斷……斷了！」三角眼男子哭喪著臉。「大哥，鼻子斷了！哎喲……」

「誰！是誰！敢偷襲我兄弟，給我站出來！看大爺不把你砍成兩半！」為首的漢子怒吼道。

就在這時，又一顆石頭破空而來，這次砸到為首大漢的額頭上。

「他媽的，誰在戲弄老子，誰！是誰！」為首男子揮舞著大刀，一張臉氣得通紅。

「是你爺爺我！」一個冷冷的聲音忽然響起。

沈梨若一愣，這聲音好熟悉……

她轉過頭，只見身後右側不遠處的一棵松樹下，一個滿臉大鬍子的人抱著胸，好整以暇地站著。

是他！沈梨若心中一驚。他怎麼來了？

凌夢晨的視線一掃，正好將沈梨若那張著小嘴、一臉詫異的模樣收入眼底，不由得泛起一絲笑意，但笑意剛剛閃過便消失得無影無蹤，取而代之的是一股陰寒之色。

他剛才看見她身臨險境，一顆心差點兒跳出來了，一股前所未有的恐慌剎那間直衝頭頂，那時他心中只有一個念頭：她不能有事，不能有事！

髮髻凌亂的沈梨若雖然完整無缺地站著，但憑凌夢晨的眼力，他仍然透過衣衫的破損處看出她的手臂和腿上有不少擦傷，額頭上還腫了個大包……在這一瞬間，他忽然有想把眼前這兩個不長眼的東西大卸八塊的衝動！

大漢見凌夢晨不過一人，頓時喝道：「你敢背後偷襲，看刀！」說著，便舉著刀帶著雷霆萬鈞之勢衝了上去，而凌夢晨就這麼站在原地，冷冷看著迎面而來的大刀，一臉平靜。

大漢速度極快，一晃眼便跑到凌夢晨不遠處，對著他的頭就是一刀，那刀勢極為凶猛，眼看就要劈到他頭上。

沈梨若的心彷彿突然間被人用手揪住，急道：「不要！」

就在這時，大鬍子身子輕輕向左一滑，以迅雷不及掩耳之勢揚起右手，一掌拍在大漢右手手臂上。

只聽到「咔嚓」一聲，伴隨著一聲淒厲的慘叫，大漢重重摔在地上。

他還沒從右手的劇痛中反應過來，便見到一隻大腳帶著泥土劈頭蓋臉地踩來。

「搶劫？我讓你搶！我讓你搶！」凌夢晨背著手，邊踩邊唸道。

大漢揮舞著雙手奮力掙扎著，可無論如何也躲不開那雙如影隨形的大腳。

他雖然駑鈍，但也知道他們這三腳貓功夫嚇嚇普通人還可以，真要遇到高手只有逃命的分。而眼前這個一臉鬍子的人的身手絕對比他們高明不少，因為他的右手手臂被他一掌就打斷了……

而這時那三角眼男子不過才跑了幾步，見凌夢晨如此厲害便停下了腳步，眼珠一轉，正好瞄到一旁看得目瞪口呆的沈梨若三人，立馬握緊匕首便向沈梨若衝了過去，暗忖：那大鬍子一看就扎手，自己收拾不了他，難不成還收拾不了這兩個女人加殘廢？

許四見三角眼男子衝了過來，頓時大急，也顧不得脫臼的右手便撲了上去。

那三角眼男子雖然瘦如竹竿，但似乎學過武藝，側身一閃，左手一推，正好重重拍在許四脫臼的肩膀上，只聽見悶哼一聲，許四一個趔趄差點摔倒在地。

「四哥！」留春大叫出聲，正要衝過去，但右腳剛跨出去便收了回來，顫抖著身子擋在沈梨若身前。「你……你別過來！」

聽到留春的叫聲，凌夢晨回頭一望，只覺得一顆心都快跳出了胸口，吼道：「你敢！」手一甩，木棍便向三角眼男子砸了過去。

感覺到耳邊的風聲，三角眼男子立馬側身想擋，沒想到就在這時，沈梨若一把扯開留春，上前一步，腳一伸，正好絆住他的腳。只聽「撲通」一聲，三角眼男子頓時摔得狗啃屎，手中的匕首也飛出去老遠。而木棍便夾著風聲呼嘯而來，幾乎擦著他的頭皮掠過，砸到不遠處的地上，插入地裡足有半寸，三角眼一見，摸了摸發涼的頭頂，頓時出了一身冷汗。

「好漢！饒命啊、饒命啊！不敢了，再也不敢了！」趁此空檔，大漢好不容易從地上爬了起來，急忙撲通一聲跪在地上。

凌夢晨沒有理會他，只是踱著步子慢慢向三角眼男子走去。

「好漢，你想……你想怎樣？」三角眼男子瑟縮了一下問道。

「我？不想怎樣。」凌夢晨笑了笑。「不過最近比較拮据，想找個千八百兩花花。」

三角眼男子頓時哭了。「千八百兩……我們哪有那麼多錢……」

話未說完，凌夢晨便雙眼一瞪，揚起手便啪啪啪地向三角眼男子的頭上抽去，邊抽還邊罵道：「沒錢！沒錢還學別人搶劫！你這腦子有毛病吧！」

大漢跪在地上看著自家兄弟的悲慘模樣，不由得臉部直抽筋：你腦子才有毛病，兜裡有錢還搶劫做什麼？又不是吃飽了撐著。

沈梨若翻了個白眼，隔了一會兒見凌夢晨將幾人戲弄得差不多了，便咳嗽了一聲。「好了，我還有事想問問他們。」

凌夢晨聞言，站起身走到沈梨若身邊，點了點頭正色道：「妳問吧。」

「誰讓你們來的？」沈梨若走到三角眼男子身邊，踢了踢他。

雖然心中早已猜到是誰，但她還是想從這兩人口中知道答案，可能她還對那絲血脈親情報有一絲僥倖。

三角眼男子一愣，顯然沒想到沈梨若問的居然是這個問題，下意識便往大漢望去。

「說！」凌夢晨鳳眼中閃過一陣寒光，他來到此地時較晚，見到的也不過是翻了的馬車和灰頭土臉的三人，本想著是一次意外，沒想到還有此事。

「是、是！」兩人被凌夢晨一吼，頓時一個哆嗦，忙應聲道。

接著兩人便七嘴八舌的說了起來，亂糟糟的直聽得沈梨若暈頭轉向。

「夠了！」沈梨若揉了揉額頭低喝道。兩人說了半晌，她知道指使他們的是個年紀不大的女子，長得清秀可人，此女子告訴他們沈梨若一行人的詳細路線，給了他們一百兩來搶劫，並保證若是抓住她賣了還另有獎賞，可這些並不能確定那女子是誰。

凌夢晨越聽臉越黑，雙眼的寒光越甚，直嚇得兩人瑟瑟發抖。

是誰？是誰心腸如此狠毒，不僅誣陷她的名節還要將她賣了？他這幾日有事外出，今早剛回來便聽說沈家九小姐未出閣便和男子勾搭之事，他大吃一驚，那清秀有趣宛如蓮花般純淨淡雅的女子怎會如此？原想跑去沈府問個清楚，沒想到卻撲了個空。後來從沈府丫鬟的隻字片語中才隱隱知道她受人陷害，沈老夫人為保名聲已將她送去桂慶，便急急忙忙地趕了過來。

「還有……」忽然一個怯怯的聲音傳來。

「說！」凌夢晨正心煩意亂，聽到聲音頓時一瞪眼，喝道。

沈梨若順著聲音處看去，只見那大漢滿臉委屈。「聽那姑娘口音，應該是……是富川人。」

「哦?」沈梨若拉長了語調。

富川?她記得沈府只有沈梨焉身邊的秋雲是富川人!

第二十章　桂慶

沈梨焉！果然是她。

雖然沈梨若心中已做好了準備，但卻忍不住心寒，無論前生今世，她對沈梨焉雖說不喜，卻也沒有恨意，可沈梨焉一而再、再而三的歹毒，讓她心中那股難以壓抑的怒氣猛地衝了上來，頓時漲得心口生疼。

「沒事吧？」見沈梨若臉色有異，凌夢晨擔憂問。

沈梨若重重吐了口氣。「我沒事。」

好一會兒，她才使心情平復了下來，看了看正眼巴巴望著她的兩人，於是向凌夢晨問道：「他們呢？怎麼處置？」

凌夢晨還未說話，留春便叫了起來。「小姐，他們這麼可惡，應該抓他們送官，嚴刑拷打，再把那指使之人揪出來……」

送官？這可不是個好主意，就算到官府，憑他們兩個一面之詞就想將沈梨焉扯出來，那是幾乎不可能之事，最多只是把秋雲找出來，這樣非但不會損害沈梨焉分毫，反而還打草驚蛇……

見沈梨若沈默不語，兩人頓時急了。

「饒命啊，這位姑娘，不、姑奶奶！我們兩個可沒那黑心腸要賣了您啊，只是沒錢，想找點銀子花花而已！饒命啊！」

「奶奶！爺爺！可憐可憐我上有八十多歲的老娘要養，下有嗷嗷待哺的兒子，這次饒了我吧！」

「是啊，饒命、饒命！」

兩人七嘴八舌地一陣亂嚎，頓時讓沈梨若哭笑不得。見三角眼男子那模樣最多不過二十三、四歲，難不成他老娘六十歲才生了他？

不過這兩人雖說來搶劫，卻沒有想抓她去賣，證明還有良心，加上抓去見官也沒什麼用……但這樣放他們走，未免太便宜他們了。

沈梨若沈吟了一會兒。「放你們走倒也沒什麼。」

兩人頓時瞪大了眼睛，一臉驚喜地望著沈梨若。

「可是……」

他們的臉頓時垮了下來。

沈梨若忍住笑，指了指身邊的凌夢晨。「這位好漢最近手頭有點緊……」

她話還未說完，三角眼男子急忙點頭道：「明白，明白！」

說著先將自己的袖子、荷包翻了個底朝天，然後立馬雙手齊動將大漢全身翻遍，最後還扯下大漢的鞋子，從裡面抖出了一張銀票，然後將這些零零碎碎的銀子、銅板，小心翼翼地裝到荷包裡，膝行幾步，雙手捧到凌夢晨面前，一臉諂媚道：「您老……請收下。」

那模樣，簡直是一頭正在搖頭擺尾的狗。

凌夢晨愣愣地瞅了一眼身前的荷包，再看了眼一臉笑意的沈梨若，長長的鳳眼閃過一絲心疼，雖說她如今言笑晏晏，但受到這接二連三的打擊和迫害，心裡的傷口豈能這麼快就消失不見？

正想著，耳邊傳來大漢怯生生的聲音。「好……好漢，咱們就只有這麼多……」

凌夢晨抬起頭望了眼一副可憐相的兩人，收起荷包揮了揮手道：「滾吧。」

「是、是！」兩人如負釋重地吐了口氣，連滾帶爬跑了。

錦州雖和陵城相隔不遠，但由於香江從東到西貫穿整個錦州，使錦州成了重要的水路要道，自然比陵城繁華不少，又因緊靠江邊，漁業發達，土地肥沃，錦州也就成了著名的魚米之鄉。

而桂慶雖然沒有在香江附近，但離錦州城區不遠，地貌多為平原，適合耕種，倒也繁華。而沈家的莊子便在桂慶的邊界地帶，距離錦州城區不過大半日路程。本來沈家在此地擁有兩、三百畝田地，均是難得的良田。可是這些年沈家入不敷出，沈老夫人不得不接連變賣田產。如今桂慶這座莊子不僅所屬的田地只剩下區區四十來畝地，三年前連主屋也賣了出去，這所謂的莊子也算是名存實亡了。

一到目的地，見到如此情形的兩個婆子便迫不及待地辭行，這一路上這兩婆子的日子也不好過，先是被搶劫之事受了不少驚嚇，緊接著因臨陣脫逃、棄主子不顧，一路上受盡留春的冷嘲熱諷和白眼，還不時被凌夢晨冷眼一瞥，更是心驚肉跳，惶惶不安。沈梨若也覺得兩人實在礙眼，便早早地打發了。

這一日，天氣正好，太陽一大早便露了頭，讓寒冷的初春季節增添了絲絲暖意。

沈梨若躺在屋內搖椅上，瞇著眼睛看著窗外院子的樹枝上所展現的點點嫩綠之色，心情格外舒暢。這是個多麼悠閒美好、寧靜安詳的時光啊！

砰！砰！砰砰！一陣毫無節奏感的聲音兀的響起。

「開門！快開門！」緊接著一個帶著錦州口音的女聲響起。

沈梨若皺了皺眉，他們到達此地不過才兩、三日光景，怎地這麼快就有人來找？

「留春、留春！」沈梨若連喚幾聲也沒聽到留春的回答，只能無奈地搖了搖頭，披了件披風走出去。

留春這幾日又要收拾屋子，又要照顧受傷的許四……常常忙得腳不沾地，好半天都看不見人影。

如今沈梨若住的地方本是莊上管事所住之地，當時沈家變賣主屋時並沒有將它賣出，因此沈梨若便有了個棲身之地。屋子雖然不大，但也比一般的農戶院子寬敞不少，門前還有個不小的院子，收拾乾淨後倒也寧靜幽雅。

「開門！人都死哪兒去了？開門！」門外的聲音越發不耐煩。

這什麼人啊？沈梨若皺著眉。

「我說妳小聲點，這一大早的，說不定還沒起身呢？」一個身穿褐色葛布長袍的男子，扯了扯在門前叫嚷的婦人道。

那婦人身穿一件黃色鑲白邊的短襖，灰白色下裙，雖是簡單的農婦裝扮，但頭上卻戴著一根雕花的金簪子。

「沒起身？這都日上三竿了還不起來！真以為她還是那深宅大院的千金小姐不成？」那婦人兩眼一瞪，一張圓潤的臉盡顯刻薄之色。

「她本來就是。」男子咕噥了一句，見婦人張嘴立馬道：「不管如何，她都是沈家正經的主子，再說咱們現在有事找她，總得遵守點禮節。」

「就她？一個不知道做了什麼骯髒事被打發出來的小姐，算什麼主子，還禮節？我呸！」說完，她那戴著金戒指的手指戳了戳男子額頭。「哼！平時見你一副精明膽大的模樣，怎麼著？關鍵時刻便怕了？」

「說什麼呢，誰怕啦？我是說咱們就算要來討，也得講講策略……」男子揮開婦人的手。

「策略？什麼策略？老娘不懂，老娘只知道你在沈家幹了這麼多年，一根毛都沒給你，現在忽然來個什麼主子，便把這宅子占了，憑什麼啊？老娘無論如何也嚥不下這口氣。」說到這兒，她不再理會男子，轉頭便使勁拍著眼前的木門，大聲叫道：「開門！人都死哪兒去了！開門！」

話音剛落，木門便開了，緊接著一張白皙清秀的小臉露了出來。

「何事？」沈梨若冷冷看著眼前來者不善的兩人。

「去！把你們家小姐叫……」婦人剛張嘴，便被後面的男子一拉，頓時閉上嘴，轉過頭怒目瞪著男子。

男子未理會婦人，上前一步走到門前作了一揖。「這位姑娘，在下郝仁，是沈家莊子的管事，求見九小姐。」

「這麼囉嗦做什麼！」婦人一把推開男子，就從門外跨了進來。

「去，把你們小姐叫出來。」婦人昂著頭，扠著腰，一臉倨傲。

沈梨若先是一怔，扯了扯衣服，眼中閃過一陣了然，卻沒有解釋，只是冷冷問道：「何事？說吧。」

因沒有出門，又未在沈家，她穿得隨便，就一件淡綠色的棉布襖子，白色下裙，頭上簡單綰了個圓髻，渾身上下沒有一件首飾，也難怪二人誤認她是丫鬟。

「說！說了妳能作主嗎？」婦人不耐煩地揮揮手。「去去去，別在這兒耽擱時間，叫你們小姐出來。」

見眼前這婦人一臉不耐且刻薄之相，沈梨若皺了皺眉。「我就是沈梨若，有事便說，無事就回。」說完，便作勢往屋內走去。

「喲，還擺什麼臭架子。」婦人陰陽怪氣說道。

「沈梨若？沈梨……」郝仁猛地抬起頭，扯了扯正準備開口的婦人。「見過九小姐，這位是賤內李氏，鄉村婦人不懂禮節，請九小姐勿怪。」

「妳說誰是鄉村……」李氏正準備發飆，被郝仁狠狠一瞪，便咕噥幾句閉上了嘴。

「說吧，這一大早的，吵吵嚷嚷有什麼事？」沈梨若轉過頭，半眯的黑眸輕飄飄地從兩人身上掃過。

「九小姐，是這樣的。自從老夫人將主屋和大部分田產賣了之後，便沒再給小的工錢，小的還有一大家子要養，日子實在是過不下去了……」說到這兒，郝仁低下頭，頓了頓。「後來實在沒了法子，小的便將這宅子租了出去，自己帶著一家大小搬去隔壁村的老丈人家，這宅子租金雖然不多，但日子倒也過得下去，可是如今小姐來了，這宅子……」

看著一副忠厚老實模樣的郝仁，沈梨若終於明白了他們一大早是來做什麼的。原來是嫌她一來，便占了這宅子，讓他減了不少進項，如今是來問她要租金的。

工錢？沈梨若冷冷一笑，出門前她可是打聽得清清楚楚，這郝管事的工錢，可是用那四十五畝田產的租金抵了的。看來這兩人是想著她一深閨女子不懂營生，巴巴地來占便宜。

「那你說，我該補償你多少銀子？」沈梨若臉上露出個溫暖的笑容。

這麼容易？郝仁先一愣，接著雙眼迸出一絲驚喜和貪婪。「看九小姐說的，這宅子本來就是主家的，也是小的日子實在艱難……」說到這兒，他頓了一下，咬了咬牙道：「小的這宅子租得便宜，一年也就十兩銀子，再加上這些年修葺的費用。三十兩就夠了，至於拖欠的工錢……」

三十兩？還有工錢？他倒真敢說。沈梨若不怒反笑，望向兩人。「見過臉皮厚的，卻沒見過你們這樣的，今日我也算是長見識了！不送！」

「喂！妳什麼意思？」李氏見沈梨若轉身要走，立馬叫道。

而郝仁站在一側有些發愣，剛剛還和顏悅色的，怎麼眼看著事情要成了，就變樣了？

「就你聽到的意思，滾！」面對如此臉厚貪婪之人，沈梨若不想理會，沈著臉喝道。

她聲音雖然不大，但擲地有聲，話語中的嚴厲與高高在上的氣息，頓時讓李氏這鄉村婦人感到絲絲畏懼。

但轉瞬間李氏便恢復了厲色，咬牙切齒地望著沈梨若。「妳這是要趕人了？」

見沈梨若沒有理睬，李氏咬了咬牙，瞪了她一眼，忽地一屁股坐到地上，雙手拍著腿嚎了起來。「哎呀，沒天理了！這是仗著有權有勢把我們一家逼上絕路啊！工錢也不給，還讓咱們這窮苦人家倒貼錢，這讓我們怎麼活啊……」

望著在地上撒潑打滾的李氏，再瞄了瞄站在一旁滿臉淒色的郝仁，沈梨若神色微訝異。無論前世還是今生，她都一直生活在深宅大院之中，周圍的人不是彬彬有禮的公子，就是禮貌有佳的貴婦小姐，何曾見過這村婦撒潑胡鬧的情形。如今李氏這毫不要臉的舉動，倒讓她覺得格外新鮮。

「欺負人！欺負人啊！咱們家老郝為你們沈家做牛做馬這麼多年，到頭來卻是要逼死我們啊，只顧自己富貴，完全不理會咱們這些幹活的人的死活，這日子沒法過了，沒法過了啊……」李氏越嚎越利索，雙手拍著地板，蹬著雙腿，再搭配臉上的淚水，倒真有那受人壓迫、無處伸冤的可憐模樣。

李氏的聲音很大，沒一會兒便吸引了不少看熱鬧的人圍在屋子周圍。

沈梨若掃了眼屋外的人，看穿著大多是周圍的村民，正站在門外對她指指點點。

見周圍人越來越多，郝仁輕輕用袖子擦了擦眼角，上前一步拉著李氏的胳膊。「別這樣，被人看見……」

李氏猛地甩開郝仁的手，伸手一推，也沒見怎麼使力，卻把郝仁推了一個趔趄。

「看見又怎麼著，看見又怎麼著了？他們都不要臉了，我們還為他們挽住面子不成？他們就是見你脾氣好，才欺負你，今日趁鄉親都在，正好為咱們評評理，看他們還敢不敢仗著有幾個臭錢便欺負咱們……」

李氏叫得大汗淋漓，沈梨若也看得津津有味，這姿勢、這動作比那些惺惺作態的閨秀們有趣多了。

「這是怎麼了？這麼吵？」留春的聲音由遠而近。

沈梨若回過頭，見留春從屋後急匆匆趕來，手上還拿著掃帚，便笑道：「沒事，遇到兩個裝腔作勢的強盜。」
「強盜？在哪兒？」留春握緊手中的掃帚，走到沈梨若身前。「小姐，您沒事吧？」
見留春一驚一乍的模樣，沈梨若輕輕笑了笑正準備發話，一陣刺耳的嚎啕聲響了起來。
「看看、看看！這是要打人了、打人了啊！老郝為他們家做了這麼多年，起早貪黑，沒有功勞也有苦勞，現在可好，工錢不給，還要打人了。」
這時，門外有個膽大的漢子走了進來，甕聲甕氣道：「妳這小姑娘，看妳斯斯文文的，怎能心腸如此之壞，若是還有點良心便把欠人的工錢還了！」
「快還了！」
外面看熱鬧的人紛紛幫腔。
「你！你們……」留春緊緊攥著手中的掃帚，看著門外一臉激憤的人們，頓時滿臉怒容。
「鄉親們！鄉親們！」郝仁忽然走到門邊大聲道：「在下謝謝鄉親們的仗義執言，今日郝某也不是貪圖那銀子，只是想著這麼多年為沈家辛苦，如今卻得到這等待遇，心中不甘，定要他們給我一個說法！」
「對，不錯！不能這樣欺負人！」
「給錢！給錢！」
「謝謝鄉親們了。」郝仁拱了拱手，轉過頭望向嘴角帶笑的沈梨若。「九小姐，這麼多年工錢的差額可以先放一邊，待小的回去算好再來向您稟告，但這宅子的六十兩您看是不是先給了？」

三十兩妳不願意給，如今這麼多人，我翻上一翻，看妳還敢不敢不給！

「六……六十兩！」留春張口結舌。

「這宅子雖說是沈家的，但從未有人理會，光這麼多年的修葺費用都足足花了小的六十多兩銀子，如今九小姐來了，零頭小的也不要了，還請把六十兩還給小的吧。」郝仁腰微微彎著，一臉真誠，但他眼裡的那抹譏誚卻未逃過沈梨若的眼睛。

「小……小姐！」留春轉過頭一臉驚慌，六十兩這可不是小數目。

沈梨若拍了拍留春的肩膀，上前一步。「六十兩，我若是不給呢？」

「不給！」郝仁收起了那副忠厚的模樣，面露狠色。「妳若不給，今日就別想出這大門！」

沈梨若掃了郝仁一眼，不屑地笑了笑。「這屋子是我的，院子是我的，我為什麼要出去？」

「鄉親們，評評理，這是擺明賴帳啊……」

見郝仁一窒，李氏張嘴剛嚎啕出聲，便見沈梨若朗聲道：「三年前我們沈家與這位郝管事約定，用租子抵做工錢，而如今我們在此地還有田地共計四十五畝，雖不是極好良田，但也算不錯。在場的各位都是懂的，四十五畝田，一年產量有一百石左右，除開稅收，郝管事收到的租子大約有四十石。一石糧食大約值一兩銀子，也就是說郝管事一年就算遊手好閒也有四十兩銀子的收入，再加上郝管事未經主家允許，私自將此宅子租出去，謀取私利。這樣算下來，他一年至少五、六十兩銀子的收益，足夠他們一家子好吃好喝過一年了。」

這年頭，普通農民年收入也就十幾兩，這還是一家人起早貪黑辛苦勞作所得，如今一聽郝仁兩口子啥事不做，一年便能得到四十兩，均大吃一驚。

見郝仁正想辯駁，沈梨若幾步走到門前，面帶委屈。「我們主僕不過才到此地兩、三日，就有那貪得無厭之人，見我年紀不大，又是個姑娘家，便想來訛詐！」

沈梨若今世本才十六歲，從小到大雖說不如意，但也是錦衣玉食，皮膚白皙，在這些長年風吹日曬的農民眼中，最多也就十三、四歲。如今見這樣一個小姑娘面帶委屈，睜著一雙黑眸巴巴地望著，讓人很難不生起同情之心。原本還覺得郝仁夫婦有理的眾人，此時望向他們的眼神也充滿懷疑，而那幫他們說話的大漢也開始慢慢向門外挪去。

就在這時，沈梨若轉身指向坐在地上的李氏。「大家且看這婦人手上的戒指，頭上的髮簪，金光燦燦的樣子，哪裡像是窮苦人家？」

李氏一聽便想伸手去遮住頭上的髮簪，但又想起手上還戴著戒指，一時間顧頭顧不上尾，狼狽不堪，一張臉脹得通紅。

「這……這是咱爹娘買給我的不行啊。」李氏張口結舌，好半天才擠出這句話。

沈梨若輕輕一笑。「妳家飯都吃不起了，妳爹娘不支援妳糧食，反倒讓妳穿金戴銀，如此好的父母，倒真是讓人無比好奇。」

「我……我……」

站在一旁微微低著頭的郝仁，臉色陰沈，他本想著十幾歲的小姑娘，又從小生活在沈家，應該和沈家那些自認為高高在上的主子一樣，都是不懂營生的白癡，便想著乘機撈上幾筆銀子，卻沒想到這沈家九小姐竟然是如此精明。

留春站在一旁也看出這兩人原來是想來占便宜的，頓時氣不打一處來，指著李氏的鼻子罵道：「我什麼我？說不出話來了吧，哼！真不要臉，瞧妳那尖嘴猴腮的模樣，真是披上人皮、戴上首飾也沒個人樣，我要是妳，就去地裡刨個洞把自己埋了，免得出來丟人現眼。」

「妳……妳這個牙尖嘴利的死丫頭！」李氏一雙眼睛瞪得老大，額頭上青筋爆出，胸口劇烈起伏著。

這時站在一旁的郝仁見李氏吃了虧，心一橫，抬起頭。「九小姐，小的嘴笨，不如您伶牙俐齒，可是無論您說得如何天花亂墜，也不能抹掉我這些年修葺這宅子的那六十兩！」

「郝仁，郝仁！你還真是糟蹋了這麼好的名字。」沈梨若冷笑。「從我們賣掉祖屋和田產至今不過三年時間，區區三年你修這麼一個屋子就用了六十兩，虧你好意思說出口。怎麼著？你當咱們所有人都是傻子不成？」

郝仁一噎，臉上頓時青白交錯，好一會兒才道：「那六十兩可不止包括這三年，還有三年前……」

「三年前？三年前沈家莊子的管事可不是你郝仁！」沈梨若沈著臉斥喝道：「郝仁！我初來乍到，本想為各位留點顏面，可是你卻得寸進尺，著實可恨！」

見郝仁還想反駁，沈梨若袖子一甩。「我的地方不歡迎你，帶著這個女人給我滾！」

「聽到沒有，快滾！快滾！」留春揮舞著掃帚叫道。

「妳……妳給我記著！」李氏被掃帚帶起的塵土弄得灰頭土臉，起身便咬牙切齒。

「誰啊，要記著什麼？」忽然，一個渾厚的聲音兀的響起。

接著，便看到凌夢晨那標誌性的鬍子臉出現在人群中，身側跟著許四。

「四哥。」留春見狀，連忙扔下掃帚，像翩翩蝴蝶一樣迎了上去。

「發生了什麼事？」凌夢晨鳳眼輕輕瞇起，視線掃過郝仁和李氏。

不得不說，凌夢晨那一把鬍子臉在此時顯得格外有威懾力，李氏被他一看，不由得低下頭往郝仁的背後挪了挪。

留春扶著許四，在凌夢晨耳邊低低說了幾句，又指了指李氏和郝仁，再抬起頭時，望向二人的眼神已滿是幸災樂禍，一副「你們完了，你們死定了」的模樣。

留春的神情變化沒有逃過郝仁的眼睛，他眼珠一轉，便料到眼前這滿臉鬍子的人是個厲害角色，頓時收起眼中的厲色，嘴角扯出一個笑容。「九小姐，今天之事全是小的唐突，誤會、誤會而已，請不要見怪。」說完，便急匆匆道了聲告辭，拉著李氏向屋外走去。

「凌大哥，快收拾他們，收拾他們啊！」留春看著郝仁二人離去的背影，揮舞著拳頭。

凌夢晨瞥了沈梨若一眼，笑道：「留春，妳家小姐的性子妳還不瞭解？要從她手裡刨出銀子，那得先吐出半桶血來。妳別看這兩人現在好好的，說不定回去就氣得只剩下半條命了，根本不用我出手。」

留春斜著頭想了一會兒。「不錯，不錯！凌大哥，這兩人今日可沒占著半點好處，還被氣得不行，你沒看見他們的臉……」

望著嬉皮笑臉的凌夢晨和留春，沈梨若不由得翻了個白眼，曾幾何時，這視她為最重要的留春，如今嘴上掛的全是那滿臉大鬍子的可惡傢伙。

自那日凌夢晨解決掉劫匪後，便受到留春及所有人的崇拜和歡迎，然後在眾人的央求下護送他們來到桂慶。

好吧，那時候許四受了傷，考慮剩下的全是婦孺，走在路上不安全，她便勉為其難地答應了。沒想到，到了桂慶他竟然賴著不走，什麼這裡山清水秀，風景宜人，正好修身養性……囉囉嗦嗦說了一大堆，最後竟然掏出五片金葉子買了隔壁的農舍。

可奇怪的是他此舉受到留春和許四的歡迎，只剩下她眼睜睜看著他被隔壁屋主一臉諂媚地迎了進去，一見那五片閃閃發光的金葉子被屋主小心翼翼收入懷裡的情形，沈梨若心中就開始不悅。

五片金葉子……那可是五十兩！五十兩就買了個那破破爛爛的屋子，真是個敗家子！

正想著，耳邊傳來留春緊張兮兮的聲音。「四哥，你的手大夫怎麼說？」

沈梨若抬眼望去，只見留春小心翼翼托著許四的手臂，便側了側身子，注意聽著。三日前，到達桂慶時，他們第一時間找了大夫，大夫說本來只是脫臼沒什麼大礙，但因後來受到碰撞，便不好說了，所以今日一早，凌夢晨便帶著許四去複診，錯過了郝仁和李氏的好戲。

「放心，沒事。」許四寵溺地拍了拍留春的手。

凌夢晨瞄了眼站在一旁側身傾聽的沈梨若，笑了笑。「放心，大夫說了，妳的許四哥壯得跟頭牛似的，休養十天半個月就沒事了。」

「真的？」留春驚喜地叫道。

「那是自然！」凌夢晨道。

沈梨若也大大鬆了口氣，望了眼笑臉如花的留春和面帶寵溺的許四，露出愉快的笑容，看來得早點選個日子把他倆的親事辦了。

每月的十六，錦州城附近的人們都會去城內趕集，而今日天還未亮沈梨若便起了身，留下一張紙條和幾位婦人坐上去錦州的牛車。

一晃眼，來到這個小村莊也有一個月了，坐在牛車上，感受到陽光照到身上的暖意，沈梨若心中感到舒暢。這一個月，可以說是她重生以來最開心愉快的日子，每日漫步在村間小路，眼見田間勞作的人們、小溪邊洗衣服的婦女們、路邊奔跑嬉鬧的小孩子……這一切的一切都讓她感受到簡單的幸福。

如今事情已安排妥當，郝仁辭去管事職務了，現在由許四督促幾家佃農做農活，所有的一切都順利發展著，她也該為留春備點嫁妝了。一想到留春起來，見到那張紙條時氣急敗壞的模樣，沈梨若便不由得一陣好笑。

「沈家妹子，想什麼呢？笑得這麼開心。」坐在沈梨若左側、一個二十來歲的婦人笑道。

這個婦人叫李菊，丈夫正是趕車的王石，家離沈梨若住的地方不遠，夫妻倆都很老實和善。

村中之人本想著沈梨若出身富貴人家，必會高傲驕縱，望向她的眼神都帶著好奇和疏遠，不過經過這一個月的相處，眾人見她待人和氣，沒什麼架子，慢慢地也就放下戒心，如今倒也相處得不錯。

「能想什麼？見沈家妹子笑顏如花的模樣，就知道是在想意中人唄。」坐在沈梨若對面的黃衣婦人道。

「意中人？誰啊？誰啊？」車裡的其他幾人頓時七嘴八舌問道。

「還能有誰？」黃衣婦人雙手在下巴上比劃了幾下，做出一副摸鬍子的模樣。

「哦！」其餘幾人紛紛恍然大悟。

沈梨若張口結舌地看著眾人擠眉弄眼的模樣，一張臉頓時脹得通紅。「胡說，我哪有什麼意中人！」

第二十一章 麻煩

「妳不是因為和凌大郎私定終身，才被家裡攆到咱們這兒來的嗎？」李菊一臉疑惑。

「啊？」她和凌夢晨私定終身？什麼時候的事，她怎麼不知道！

「是啊，我也聽說，因為妳家嫌凌大郎家中貧寒，你倆才……」

「富家小姐戀上貧寒才子，為愛離家，多麼美好的故事……」

「什麼才子？就凌大郎那模樣……」

聽著幾人的胡言亂語，沈梨若不由得目瞪口呆，這什麼時候她和凌夢晨的關係在村民的心目中已經變成這副模樣。

「別聽他們胡說。」李菊湊到沈梨若身邊。「我看凌大郎倒是不錯，人也誠實，咱們女人圖的也就一個可靠的人，樣貌這些又算得了什麼。」

沈梨若嘴巴張了張，解釋的話倒是沒說出口。只得懊惱地揉了揉額頭，心裡將凌夢晨罵了無數遍，要不是他每天三餐準時到她家報到，會讓人誤會嗎？會有這些流言嗎？

「對了，這幾日怎沒見妳家凌大郎？」黃衣婦女忽然問道。

聽到「妳家」二字，沈梨若嘴角抽了抽，好半天才道：「他有朋友來了，前幾日便去了錦州。」

「怪不得，沈妹子今日一大早便和我們一道了，原來是幾日不見，想了啊。」說罷，幾人噗哧地笑了起來。

沈梨若已懶得理會幾人的調侃，只是脹紅了臉，雙手死死揉搓著衣角，彷彿那就是凌夢晨那可惡的鬍子。

正在這時，牛車吱嘎一聲停了下來，趕車的王石轉過頭來。「到了。」

「到了？」沈梨若一聽大喜，急忙跳下馬車，打了個招呼後，逃也似地離開了那群仍在笑鬧的女人。

「沈家妹子，記得申時在這兒集合啊！」身後傳來李菊的聲音。

「知道了。」沈梨若頭也不回鑽進人群裡。

錦州河運發達，集市也比陵城熱鬧許多。

現在時間尚早，沈梨若也不著急，慢慢地逛著，遇到一些新奇的小玩意兒或手工精緻的物件，就買了下來。現在所有的事情都已妥當，她手中還有一千五百兩銀子的餘錢，自然不在乎這些小錢。

忽然，一抹明亮的大紅色映入眼簾，沈梨若心中一動便走了過去。她今日來的主要目的，是為留春採購一些布置新房的布料。枕襯、被子、褥子、幔帳……都需要重新採買。

這家布料鋪子的店主是一個胖胖的婦女，見沈梨若走來，她輕輕地掃了眼道：「想要什麼？」

沈梨若隔著櫃檯輕輕摸了摸那捲大紅色布料，質地柔軟，顏色明亮，是上好的絹布。

「老闆，這多少錢？」沈梨若指了指紅色絹布。

「五百文一尺。」女老闆抬了抬眼，淡淡說道。

五百文，倒也不是很貴，這一捲布大概三十尺，算下來要十幾二十兩銀子。沈梨若沈吟了一會兒，道：「老闆，我全買了。」

那女老闆先是一愣，上上下下打量了沈梨若一番，瞬間臉上綻放出燦爛的笑容。「好的，姑娘妳可真是好眼力，這可是我們店裡最好的絹布，妳看這顏色，再摸摸這布料……」

「多少錢？」沈梨若皺了皺眉，打斷了女老闆的叨唸。雖然她知道自己今日穿著簡單，一件普通的淡綠色棉布上襦，一條白色棉裙，除了頭上的銀簪子外，全身上下沒有多餘的首飾，看上去不像那些財大氣粗的顧客，可是這老闆打開門做生意卻這般勢利，著實讓人討厭。

「呃……」女老闆一愣，忙堆滿笑容。「這捲布共有三十六尺，共十八兩銀子。」

沈梨若點了點頭，正準備掏錢。

正當她要跨進門檻時，一個人忽然從右側衝了進來，猛地一下撞在她的手臂上，巨大的力道讓沈梨若一個趔趄，若不是左手及時抓住櫃檯定會摔倒在地。

「哎呀！誰啊？沒事橫在這裡擋路！」沈梨若還未出聲，一個尖利的聲音便響了起來。

沈梨若站直了身子，眉頭皺起，她站在櫃檯外側，身後還有著大約十尺寬的通道，何來擋路一說。

沈梨若順著聲音望去，只見一個穿著鵝黃色小襖、梳著雙髻的女子正輕蔑盯著她。

雖然女子身上衣衫的布料不錯，但沈梨若還是從衣服和髮髻樣式看出此人必是某富貴人家的丫鬟。一個丫鬟都如此張狂，可以看出其主人是何模樣。

沈梨若不想多生事端，便沒理會女子，掏出荷包便準備付錢。

就在這時，一隻手伸過來猛地在她肩上一推，沈梨若一時不察，退了兩步才站穩。

「怎麼？撞了人還想走？」女子上前一步，走到沈梨若跟前，直瞪著眼睛。

沈梨若抬了抬眼皮，臉一沈道：「讓開！」

她不想多生事端，但若有人欺上門來，也絕不會忍氣吞聲。

「喲，脾氣還挺大的。」女子斜著眼道。

女老闆見二人吵了起來，急忙堆著笑跑過來。「二位姑娘，消消氣，小事、小事而已。」

「小事？她撞了我，連句話都沒有？可沒那麼容易。」

女掌櫃經商多年，自然有些識人之明，眼前這女子雖然是婢女的穿著打扮，可衣衫的布料、頭上的首飾卻極為不錯，定是出身大富之家。並且這婢女一看便是負責出門幫主子採買物品的，得罪了她少不得損失一大筆銀兩。

女老闆眼珠一轉，好言勸了幾句，便轉向沈梨若道：「這位姑娘，妳撞了人本就是妳的不對，要不……」

我撞了人？

沈梨若挑了挑眉，懶得理會這個見風使舵、張嘴胡說的女老闆，掏出銀子丟到櫃檯上。「老闆，銀子。」說完，便抱起那捲大紅色布料抬腳向外走去。

那女子見沈梨若這樣一個農婦不將她放到眼裡，頓時氣紅了臉，一把扯住布料的一頭。「老闆，這布正是我家小姐需要的，我買了。」

沈梨若對上女子飽含怒氣的眸子，淡淡說道：「我已經付錢了。」

「十八兩是吧？」女子冷哼一聲，瞅了眼桌上的銀子。「老闆，二十兩我買了。」

女老闆一聽，頓時眼睛笑得瞇成一條縫。「這位姑娘真是好眼力，這種布料可是才到的新貨，小店正好還有一卷，請稍等片刻，我馬上去取。」

「誰說我要另一卷了，我就要她手上這捲。」女子兩眼一瞪。

「這……」女老闆為難地看了兩人，最後望向沈梨若帶著討好的笑容。「姑娘，要不妳先將這卷布讓給那位姑娘……」

女老闆話還未說完，女子便打斷她的話。「讓？老闆，妳給我聽好了，今天她買哪卷布，我便要哪卷，別的我還不要了。」

女老闆見女子無理取鬧的模樣，堆滿笑容的圓臉也垮了下來。「姑娘，妳這樣我很難做生意。」

「三十兩！」女子兩眼一翻。

女老闆先是一愣，接著臉上的笑容又堆了起來，忙道：「好的、好的，就賣給姑娘了。」說罷，便伸手欲去奪沈梨若手上的布料。

沈梨若目光掃過掛著諂媚笑容的老闆，和一臉倨傲的女子，忽然噗哧一笑，淡淡說道：「四十兩。」

「啊！」女老闆頓時張大了嘴，眼前這女子一看便不是富裕之人，怎地張口便喊出四十兩銀子。

而那丫鬟更是呆在當場，上上下下打量了沈梨若一番，粗衣粗布，渾身上下透露的都是那股子窮酸氣，怎會用四十兩銀子買下這卷布？

想到這兒，女子冷笑道：「四十兩？瞧妳這樣有嗎？別到最後交不出錢來。」

女老闆本來也在納悶，一聽也回過神來，以為沈梨若存心搗亂，語氣中帶著埋怨。「姑娘，妳若沒錢，這布便是那位的了，妳還是去別家店吧。」

沈梨若撫摸著布料輕笑。「我今兒個錢帶得不多，不過，不多不少正好有四十幾兩。」說到這兒，她將錢袋放在右手上掂了掂，嘴角向上勾出一抹笑容。

她的笑容雖然輕輕的、淡淡的，但在那女子眼中卻極為刺眼。

「五……」女子剛張開嘴，彷彿又想到了什麼，硬生生將後面的話嚥了下去，一張臉憋得通紅。

沈梨若心中冷冷一笑，就算主子們再有錢，也不可能白白讓自己的錢被奴才們拿去揮霍，逞威風。越是大戶人家，規矩就越嚴，像這種出門採買的婢女，取的銀子都有定數，最多也就能虛報價格、貪點小便宜，怎可能平白無故多花幾十兩銀子。

想到這兒，她的眼角輕輕掃了眼女子，輕蔑地說道：「沒錢了？沒想到這位姑娘穿得如此光鮮，竟然連五十兩都沒有。」

女子雖說是個奴婢，但作為主子的大丫頭，在府裡誰都給她幾分薄面，如今卻被一農婦譏誚，臉色唰地一下變得鐵青。

今天是趕集的日子，人本就很多，而那女子聲音又大，周圍吸引了不少看熱鬧的人。

「就是，瞧那張狂的樣子，還以為是個財大氣粗的，沒想到卻是中看不中用。」

「你知道什麼？現在有些人就喜歡打腫臉充胖子，沒事裝富貴。」

眾人你一眼，我一語，說得女子的臉頓時青白交錯，雙眼惡狠狠地盯著沈梨若，咬牙切齒吼道：「五十兩，老闆，這布！我買了！」

沈梨若抱起布料站起身，隨手扔到老闆懷裡道：「這位姑娘財大氣粗，竟然捨得花五十兩銀子買一卷十幾兩的布料，我衷心佩服。只是不知道妳口中的小姐願不願意做冤大頭？」說完，便輕輕笑了起來。

那女子臉色先是一僵，又立刻昂起頭，倨傲地說道：「妳這土包子知道什麼？這叫千金難買心頭好！再說五十兩算什麼？我家小姐要是喜歡，幾百兩買下這布都行！」

說完一把抱過布料，掏出五十兩塞進老闆手上，輕蔑地掃了沈梨若一眼，昂著頭、挺著胸轉身往外走去。

沈梨若噗哧一聲笑了出來，這丫頭真是傻得可愛。

她走到櫃檯旁邊，將上面的十八兩銀子裝進荷包裡，走到女老闆身邊掛著諂媚的笑容。「老闆，今日我幫妳足足多賺了三十幾兩銀子，妳看是不是得多分點？」

女老闆睜著眼，張著嘴，不可置信地望著一臉笑嘻嘻的沈梨若。

她打開門做生意，憑的就是人脈和誠信，先不論那女子的背景，光是設局陷害顧客的事情要是傳了出去，她這小店就別想再開下去了。

這時，那女子不過才走到門口，聽到此話頓時腳一軟，差點兒沒站穩摔了個狗吃屎。

多分點？

難道今天的一切都是這兩人設的局？

女子只覺得一股洶湧怒氣衝了上來，將胸口漲得生疼。

她轉過頭，雙眼通紅，狠狠瞪著沈梨若和女老闆，從牙縫裡面擠出話來。「妳們騙我？」

女老闆頓時回過神來，圓滾滾的身子以前所未有的速度衝到女子身邊，點頭哈腰。「別誤會，怎……怎敢騙妳？是她……是她胡說！」

「老闆，妳怎麼能這樣過河拆橋，不近人情呢？」沈梨若一臉的委屈。

「妳……妳……」女老闆顫抖的右手指著沈梨若，只覺得一口腥甜湧上喉嚨。

女子將布疋往地上一扔，扯著女老闆的衣襟。「敢騙我？」

「不……不敢……」

「這布是為我家小姐買的，妳騙了我，就是騙我家小姐。」

「沒……沒……」

「知不知道我家小姐是誰？」

「不……不知……」

「妳給我聽好了，我家小姐是錦州知府的親甥女！」

「我……我沒有騙妳啊！」錦州知府四個字一出，女老闆頓時哭了。

沈梨若冷冷一笑，錦州知府？那不是大姊家？

正在這時，一聲嬌喝響起。「聯翩，這是怎麼回事！」

幾個和女子同樣裝扮的丫鬟簇擁著兩個衣著不俗的麗人從人群中走了出來。

「小姐……」名叫聯翩的女子先是一愣，接著滿臉的囂張倨傲剎那間變成了委屈和驚慌，迅速跑到說話的女子身邊低著頭。「小姐，這家店是黑店！這老闆勾結那農婦設局騙我……」

「騙妳？」女子長相倒是不錯，眼大鼻挺，但顴骨高聳，唇薄如線，顯得刻薄。

聯翩被女子一瞪，頓時瑟縮了一下，支支吾吾道：「她們倆設局，騙我用五十兩買了那疋絹布……」

「五十兩？」女子臉色一沈，手一揚便狠狠地搧了聯翩一個耳光。「妳這蠢貨，竟然用五十兩買下這疋破布！」

「小……小姐……」

女子沒理會聯翩撫著臉的委屈樣，視線慢慢掃到女老闆身上。

女老闆全身一哆嗦，看著女子那副狠戾的模樣，頓時想把沈梨若吃了的心都有了，她哭喪著臉小跑到女子身邊。「誤會、誤會！這都是那賤婦搞出來的，和小人半點關係都沒有……」

「哦？」女子沈著臉。

女老闆手一指沈梨若，惡狠狠說道：「就是她，就是這賤婦不滿小人將布疋賣了這位姑娘，才……」接著，便添油加醋將事情說了一遍。

沈梨若好整以暇看著女老闆口沫橫飛的模樣，逕自緩緩地走到椅子上坐下，拿起桌上待客的茶杯細細把玩著，哪有半點被人指責的驚慌或羞憤，反倒像在自家院子裡喝茶，悠閒淡然。

那兩名女子的出現，沈梨若便一眼認出，其中那位作婦人裝扮的女子，即是前年嫁給朱凌的大姊沈梨苑。時隔一年多未見，她的大姊雖然依舊五官精緻，美貌動人，但卻失去了少女時期的靈動活潑，眉眼間露出淡淡的疲憊和落寞，就算是精細的妝容也無法掩蓋眼底那圈青黑色。

沈梨若心中一嘆，想必她那大姊夫昨日又是一夜未歸吧。

「小姐，就是那賤人……」聯翩見沈梨若氣定神閒的模樣實是礙眼，又見女老闆幫著自己說話，急忙湊上去。

沒想到話還未說完，隨著「啪」的一聲，她的臉上又重重挨了一記，頓時那張還算清秀的小臉立馬腫成了包子。

「妳這蠢貨，還敢插嘴！」女子伸手在聯翩手臂上一擰。「這種小伎倆妳也上當，真是丟盡了我的臉。」

聯翩被女子這一打一擰，頓時疼得眼淚在眼眶裡打轉，心中只覺得委屈非常，又不敢出聲，只得縮在一邊望著沈梨若，一臉怨毒。

見女子滿臉怒氣，沈梨苑輕輕拍了拍她的手臂，柔聲道：「雲柔，莫為了這些小事生氣，現在事情已問清楚，雖然那農婦有錯在先，但只是耍了點小手段，說欺詐就……」

沈梨苑知道這個表妹脾氣不好，連帶著身邊的丫鬟也有些驕縱，今日之事雖然聯翩吃了虧，可若不是她惹事在先，那姑娘又怎可能無緣無故設局針對？可事已至此，表妹的人吃了虧，就算知道女掌櫃和聯翩話中有不實之處，也不能當眾指出，讓自己人沒臉，只怪那姑娘倒楣，惹什麼人不好，偏偏惹到了這萬雲柔身上。

想到此，她望向坐在椅子上一副事不關己的沈梨若。「這位姑娘，此事雖不算欺詐，但也是妳無禮在先，事已至此，我們也不想追究，妳道個歉便是。」

她的聲音柔柔的，帶著大事化小、小事化無的味道，可聯翩卻不這麼想，只是身為婢女，沈梨苑這主子已發話了，就沒有她出聲的地方，所以只得狠狠瞪著沈梨若，心中咒罵不已。

一旁的萬雲柔有些不滿地瞄了沈梨苑一眼，冷冷說道：「還有……那疋布是我要的，可是如今弄髒了，妳拿出五十兩銀子買回去，這件事就不再追究。」

自始至終把玩著茶杯的沈梨若聽到這話終於忍不住「噗哧」一聲笑了，她緩緩站起身，從門裡走了出去，雖然木釵布裙，但步伐輕盈、身姿曼妙，帶著一種優雅和從容。一時之間，倒讓圍觀眾人覺得眼前這農家裝扮的姑娘比穿金戴銀的萬雲柔更像出身大戶之家。

「我一直在想，是什麼樣的人會調教出如此蠻橫無理的丫鬟，現下見到這位囂張無禮、自說自話的小姐，嘖嘖，終於明白了什麼叫做上樑不正下樑歪。」

聽她諷刺這位凶神惡煞的官家小姐，旁邊圍觀的眾人忍不住發出一陣嗤笑，可心裡也嘆息這姑娘伶牙俐齒，未免太不識時務，見到對方衣著裝扮也不知道服軟。

萬雲柔黑著一張臉，雖說她脾氣不好，卻也不會沒腦子當場發飆，畢竟出身富貴之家，教訓丫鬟是一回事，和農村婦人打嘴仗如此有失身分之事，倒也不會做。

就在兩位主子沈默的當頭，沈梨苑身側的一個圓臉丫鬟輕輕點了點頭，拉著臉開口道：

「這位姑娘，見妳衣著打扮，便知家中清苦，想必家中長輩忙於生計沒空教妳何謂識禮知書，但我們夫人和小姐念妳一介平民，愚蠢無知，不與妳計較，妳還是趕快道歉拿錢為好。」

她話音剛落，沈梨若便笑道：「這位丫鬟姑娘，妳說得太對了，我雖然跟著祖母一起生活，奈何家中兄弟姊妹眾多，長輩們對於我的確疏於管教，早走的父母又沒有教我如何蠻橫無理，仗勢欺人，唉……」

萬雲柔在一旁聽著，臉色越來越黑。「我要是妳那祖母，定將妳這牙尖嘴利的丫頭逐出家門。」

「咦？」沈梨若一臉吃驚。「妳怎麼知道我祖母將我趕出來了？」

萬雲柔頓時一噎，她是家中獨女，從小父母寵著，舅舅、舅母對她也疼愛有加，就連她這清高美豔的表嫂對她也是捧著讓著，何曾受過如此挑釁，想發飆又礙於身分，只得黑著臉，右手狠狠在身側丫鬟身上一擰，聽到那陣壓抑住疼痛的悶哼聲，心中那口氣才散了不少。

兩位主子礙著身分，可聯翩卻管不了那麼多，想著今日的羞辱和責罵全源於沈梨若，便罵道：「有了妳這賤人，妳祖母就算身體康健，怕也快要下去和妳那短命的父母團聚了。」

聯翩這話說得極為惡毒，不僅詛咒了沈梨若的長輩，還暗指她刑剋家人，所以她話音剛落，周圍圍觀之人紛紛皺眉。這時代無論達官貴人、凡夫俗子，最看重的就是孝道、親情，若是有人辱罵他人先輩，詛咒家中長輩，那可以看做生死大仇的。

就當眾人等著沈梨若跳起來拚命的時候，沒想到她卻若無其事地理了理衣袖，輕飄飄道：「這丫頭咒祖母早死，妳說該如何處置啊？大姊！」

「大姊」二字一出，頓時讓在場眾人吃了一驚，紛紛四處張望著看誰是她的大姊。

剛開始沈梨若坐在店內，因店裡光線不足，距離又較遠，沈梨苑只看見衣著打扮，樣貌並未看清楚。後來沈梨若走了出來，她便覺得眼前之人的眉眼十分熟悉，隱隱和自家九妹相似，但氣質卻完全不同。雖然上個月祖母來信說九妹到桂慶，可她一個千金小姐，從小錦衣玉食，又怎麼如此穿著打扮出現在市集之中。

正當她暗自納悶的時候，沈梨若這聲「大姊」讓她吃了一驚。她抬起頭，疑惑地打量了沈梨若一番。「九……九妹？」

若是先前的那聲「大姊」讓眾人吃驚，這句「九妹」簡直是讓人目瞪口呆了，眾人只覺得今日之事波瀾起伏，事事出人意料，簡直比看戲還精彩萬分。

「這是妳家的丫鬟吧？」沈梨若抬了抬眼皮，看了眼已驚得面無人色的聯翩笑道：「大姊，這朱家的丫鬟，調教得可真好。」

若說其他人是驚訝，那聯翩便是驚嚇了。能夠做到主子身邊的大丫頭，當然也有幾分腦筋，聯翩的視線在沈梨苑和沈梨若身上轉了幾圈，立馬撲通一聲跪在地上，舉起手「啪啪啪」地給了自己幾個耳光，邊打邊叫道：「夫人、夫人饒命，是奴婢嘴賤，奴婢該死！」

沈梨苑臉上青白交錯，沈老夫人從小對她如珠如寶，沈家小輩中就數她和沈老夫人感情最為深厚。雖說聯翩是無意的，可無論怎樣，她咒罵沈老夫人都是事實，沈梨苑心中自然極為不豫。

她雖是朱家的少夫人，但朱夫人對她一直頗為不滿，而萬雲柔不僅極討朱夫人喜歡，其父親又是京都府尹……再加上如今皇上選秀在即，萬雲柔已在內定名單上，憑藉她的樣貌和家世，定能脫穎而出，到那時自當貴不可言，所以她平時都極力討好這個表妹，如今又怎能越過萬雲柔代她處置丫鬟？

萬雲柔也因沈梨苑和沈梨若的姊妹關係吃了一驚，現見沈梨苑一臉為難地望著自己，又看了看在一旁邊打自己耳光邊哭泣求饒的聯翩，眼中閃過一陣厲色。「如夢。」

「是！」她身側的丫鬟急忙躬身應聲。

「以後聯翩的事情妳全部接手……」萬雲柔淡淡說道。

「小姐……小姐，奴婢該死，奴婢知錯！」聯翩抬起頭，膝行到萬雲柔身邊抓住她的裙襬求饒。

「妳的確該死！」萬雲柔一腳踢在聯翩的胸口，頓時將她踢得摔倒在地。

「小……小姐……」萬雲柔這腳踢得不輕，聯翩只能摸著胸口抽泣著。

「如夢，待會兒隨便找個地方給賣了。」萬雲柔看也沒看一臉可憐的聯翩，平靜說道。

周圍的人不由得抽了口氣，沈梨若也不由得吃了一驚，沒想到這萬雲柔不僅蠻橫無理、囂張跋扈，還如此心狠，自己身邊之人竟然說賣就賣了。隨便找個地方？她可不認為會找到什麼好地方，想到這兒，她看向聯翩的眼神也帶著同情。

此話一出，聯翩的身子頓時癱倒在地，看來她對萬雲柔的性子極為瞭解，知道事到如今就算求饒也沒用。

而如夢顯然有所不忍，嘴唇動了好一會兒，才在萬雲柔的瞪視下輕聲道：「是。」

萬雲柔深深看了眼沈梨若，好一會兒才道：「既然妳是表嫂的妹妹，那大家都是親戚，此事我便不再計較，不過下次……」

沈梨苑立刻滿臉堆笑。「看表妹說的，一場誤會，哪會有下次。」說到這兒，她急忙向沈梨若招招手。「九妹，快來跟表妹陪個不是。」

沈梨若的腳步卻沒有絲毫移動，依舊站在那裡，臉上帶著淡淡的笑容，對沈梨苑的呼喚視而不見。

見沈梨若不為所動，沈梨苑臉色僵了僵，偷偷瞄了瞄臉色更加難看的萬雲柔，不免埋怨地看了看沈梨若。

萬雲柔陰沈著臉。「表嫂，一家人何必客氣，不過妳這妹子倒真是與眾不同。」

「我這妹子從小性子執拗，妳別見怪，我一定好好和她說說。」沈梨苑帶著討好的笑容。

「今日出門不利，八成是撞了瘟神。表嫂，我就先回了。」萬雲柔說罷，轉身走了。

「對，對，這集市也沒什麼可逛，我也回了。」說到這兒，她望向沈梨若，滿臉的笑容頓時化作冰霜。「九妹，大姊先走了。」接著跟上萬雲柔的腳步離去了。

沈梨若看著兩人漸漸遠去的背影，撇了撇嘴，看來她這還算和藹可親的大姊也變了。想到這兒，她理了理衣裙，抬腳向外走去，被這一折騰，午時也過了，布也沒買到，真是倒楣。

忽然，周圍傳來一陣抽氣聲，接著一聲大喝：「小心！」

沈梨若心中一驚，立馬轉身，只見聯翩雙手握著一把不知從哪裡找來的斧頭向她劈來，她腫得發紫的臉上帶著血跡，指印清晰可見，髮髻凌亂，狀如瘋癲，猙獰可怖。

沈梨若望著那明晃晃的斧頭越來越近，只覺得手腳冰涼，在眾人的驚呼聲中，她急忙向右躲去，卻不承想剛移動幾步，便絆到旁邊的石階，頓時一個趔趄摔倒在地。

見沈梨若摔倒在地，已近在咫尺的聯翩反而停下腳步，通紅的雙眼怨毒地望著沈梨若，在她驚慌的眼神中慢慢舉起斧頭。

聯翩嘴角帶著笑容，彷彿欣賞著她死前的求饒和恐慌。

第二十二章　弱點

沈梨若強壓下心中的驚慌，見聯翩如此模樣，她便知道現在無論說什麼也沒有用。聯翩雖然可恨，但她會落得如此下場，除了自作孽和萬雲柔的心狠外，還有她沈梨若的推波助瀾。

忽然沈梨若掃過聯翩微微發抖的雙腿，心中一動，聯翩雖是丫鬟，卻侍候在萬雲柔身側，定沒做過重活。而那斧頭頗大，看樣子重量不輕，以聯翩這樣一個手無縛雞之力的女子拿著應頗為吃力，何況先前又跪又挨了打……

就當沈梨若準備伸腿去絆聯翩的腳時，一個白色的身影突地出現在聯翩身側，在眾人吃驚的眼神中，來人右手抓住斧子的手柄輕輕一奪，便將斧子奪了去，然後左手拎著她背後的衣衫一提，左手一甩，頓時將聯翩摔了老遠，趴在地上不再動彈。

突如其來的變故，讓沈梨若愣在了原地，直到身子被攬入一個溫暖的懷抱才回過神來。

「凌夢晨？你怎麼在這兒？」沈梨若轉過頭望著眼前的大鬍子，只覺得心中暖暖的，先前的驚慌害怕立刻消失得無影無蹤，取而代之的是無比的寧靜和安心。

似乎每次她遇到危險，他都會出現在她的身邊。

「我不在這兒，妳這條小命又沒了。」凌夢晨耷拉著一張臉。「怎麼妳身邊這麼多麻煩，不是撞馬車就是遭搶劫，現在竟然被人當街追著砍。」

這話一出，沈梨若心中的那點柔情頓時消失了一大半，她噘著嘴道：「要你管！」

「我不……」

「我什麼我？」沈梨若瞪著眼。「我還沒說你呢，招呼也不打就跑了。」

「我給留春……」

「留春是留春，我是我。」沈梨若白了一眼。「見朋友！哼！說得好聽，這錦州人生地不熟的你哪有朋友？」

「我……」

沈梨若還張口欲說時，幾個略帶囂張的聲音響起。「幹什麼？幹什麼？大白天的吵吵嚷嚷的！」

「誰在鬧事？想跟我回衙門了是吧！」

沈梨若一愣，轉過頭便看見四、五個衙役正氣勢洶洶地撥開人群走了過來。

她剛想站起身，才發現自己還半坐在臺階上，整個身子斜靠在凌夢晨的胸膛上，而他的右手環著她的肩……沈梨若甚至可以透過衣衫感受到他身體傳來的熱度。

沈梨若的心猛地一跳，一張臉唰地一下脹得通紅，她推開凌夢晨的身子，騰地一下站起身，但由於心中太過驚慌，右腳跨出時不小心踩到裙襬，一個趔趄便往前栽去……

完了，這下可要丟臉丟到家了。

抱。

沈梨若苦笑著，可是預期的疼痛沒有襲來，右手被人一扯，身子再次落入那個溫暖的懷抱。

「毛毛躁躁的，也不小心點。」低沈的聲音在頭頂上響起，帶著責備和寵溺。

感受到他呼出的氣息拂過她的頭頂，沈梨若頓時滿臉通紅，就連白玉般的頸脖也染上了紅色，一顆心怦怦直跳。

「嘖嘖，你們倆這樣卿卿我我的，也要顧忌一下我這個孤家寡人的感受啊。」就在沈梨若舉手無措之時，一個促狹的聲音響起。

沈梨若頓時回過神，急忙掙開懷抱向左跨了一大步，理了理衣裙，好半天才讓心情平復下來。她轉過頭，只見一個身穿白色深衣，頭戴玉冠的俊逸男子搖著摺扇正對她擠眉弄眼。

沈梨若不由得一愣，這人好生熟悉……

「多嘴！」凌夢晨感受到手中軟軟觸感的消失，心中悵然若失，不由得瞪了男子一眼。

男子沒有理會凌夢晨，他迎上沈梨若打量的目光，嘴角輕輕揚起，雙眼含笑，加上俊逸的五官，白皙的皮膚，真是風度翩翩一美男子。

「姑娘，我們又見面了。」男子微微一笑，眼睛斜睨，輕輕眨了一下。

沈梨若一愣，眼前這一幕越看越熟悉，好似曾經發生過……忽然她腦中靈光一閃，景雲居！這人她曾經在那裡見過，好像是叫木易來著。

沈梨若微微一笑。「公子，好久不見。」原來這就是凌夢晨所說的朋友。

木易咧嘴一笑。「沈姑娘不過見了一次便記住在下，真是好記性。」說到這兒，他忽然撫了撫額頭，一臉無奈。「不過這也怪本公子樣貌實在太出色，讓人一見難忘……」

這什麼跟什麼啊？沈梨若嘴角一抽，再抽！

這時，幾個衙役已經走到他們身邊，領頭的望著沈梨若，打斷了木易的絮絮叨叨。

「那女的拿著斧子要砍妳是吧？走，跟老爺我走一趟，有何恩怨去衙門解釋清楚。」

看來這幾個衙役已經在眾人口中將事情瞭解了大概，沈梨若望了望天空，嘆了口氣。去衙門？看來今日留春的嫁妝是買不成了。

沈梨若點了點頭，剛想跟著衙役們去時，右手便被人一扯，她疑惑地轉過頭，只見凌夢晨對木易使了個眼色。

木易會意，看向領頭的衙役道：「這位……大人……」

那衙役也是個有眼色的，見木易衣著不俗，腰帶上玉扣晶瑩剔透，色澤均勻，便知非富即貴，急忙收起臉上的囂張傲氣，恭恭敬敬說道：「不敢，不敢。」

「事情大概想必你們已經瞭解了，這位姑娘受了驚嚇，需要靜養，就不跟你們回衙門了。」木易淡淡說道。

「這……」領頭的衙役面露難色，這鬧市之中出現持械傷人事件本就是他們的失職，回去少不了一頓排頭，現在連一個知道事情前因後果的人都不帶回去審問清楚，他們也不好交差。

「光天化日之下，我朋友當街被人持械追殺，看來我應該找朱永昊談談這錦州城治安的問題了……」

朱永昊乃是錦州知府的名字，衙役見木易一開口便直呼知府大人名諱，知道眼前這人不是他們能惹得起的，急忙點頭哈腰。「都是小的失職，小的失職！大人別惱！」

沈梨若疑惑地掃了眼依舊身穿白衣的凌夢晨，再看了看氣度不俗的木易，心中納悶，有這樣一個朋友，他怎會是一個普通人？

正想著時，領頭衙役的話打斷了她的思緒。「姑娘既然身體不適，那小的不再打擾，不過姑娘可否告知一位瞭解事情前因後果之人，好讓小的帶回去給大人審問。」

沈梨若見狀道：「大人想要的不過是個人證而已，這裡除了小女子還有一人對此事知道得一清二楚。」

她視線輕輕一掃，伸手一指，直直指向縮在一旁、全身發抖的女老闆。「她是此店的老闆，今日之事除了我之外，最瞭解事情經過的就數她了。」

領頭的衙役忙點了點頭。「謝謝姑娘，既然如此，我們就先回衙門了。」說完拱了拱手，押著聯翩，帶著女老闆，在斷斷續續的求饒聲中遠去。

望著聯翩步履蹣跚的背影，她心中忽然有些發堵，當街持械殺人，雖然沒有成功，但以她一罪奴的身分，這條命怕是保不住了。雖然今日之事全是聯翩咎由自取，但若沒有萬雲柔的狠絕，她又怎會落到如此地步？再聯想到沈梨苑的淡漠，她心中一陣煩悶。

「還站在這兒幹什麼？我的九小姐，走吧。」凌夢晨見沈梨若在原地發愣，笑道。

沈梨若先是一愣，接著被那個「我的」羞紅了臉。「胡說八道，誰是你的？」

「是、是、是！算我錯了……」

「本就是你的錯！」

「九小姐說得對！在下知錯，九小姐這是要到哪兒去？」

「你想幹麼？」

「在下不過想貢獻一下自己的棉薄之力……」

見著二人笑鬧著遠去的背影，木易嘴角一揚，露出一個了然的笑容，悠然邁著步子跟了上去。

五月十八，是近幾個月內最好的嫁娶之日。許四和留春的父母都去世得早，家中也沒什麼長輩，因此兩人的大喜之日便由沈梨若作主定下了。

雖然離成親的日子還有大約兩個月的日子，可喜被、幔帳、枕襯……留春早已準備得七七八八。

這一日，太陽已快落山，留春剛擺好晚飯，凌夢晨便到了，接著一個爽朗的聲音在門外響起。「凌兄、九姑娘，看我今日帶回了什麼？」

門猛地一下被推開，木易的身影出現在門口。

「我今日在錦州的聚賢樓買了瓶好酒，九姑娘，妳可得嚐嚐。」木易道。

沈梨若端起碗，小小喝了一口，點了點頭。「這酒色清如水晶，入口甘美醇和，果然是好酒。」說完她瞄了眼凌夢晨，笑道：「凌大哥也喝點吧。」

本以為對方會接下，卻不承想凌夢晨臉一拉。「不用了。」

沈梨若怔了怔。「凌大哥，這酒真不錯……」

「不喝！」

沈梨若一聽頓時沈了臉，將碗往桌上一放。「不喝算了。」

「九姑娘，妳不知道，凌兄酒力極差，只要沾了一點點就會……」

「木易！」凌夢晨的聲音輕飄飄傳來。

木易頓時住了口，向沈梨若擠了擠眼睛。「九姑娘，還是咱們喝咱們的，若是他沾酒出了醜……」

「閉嘴！」

「好、好，閉嘴，閉嘴！哈哈。」

望著幸災樂禍的木易和臉黑如鍋底的凌夢晨，沈梨若心中嘀咕，出醜？據說有些人喝醉了酒便會做出平時從不展現的醜態，難不成凌夢晨也會如此？一想到這兒，沈梨若嘴邊頓時泛起一陣笑意。

第二日一大早，沈梨若便將留春支了出去，在廚房裡忙活了兩個時辰才笑容滿面地端著碗走了出來。

平時都是你戲弄我，凌夢晨！看你這次還不遭殃！

來到隔壁，沈梨若打開院門走到凌夢晨的房前輕輕敲了敲。

「進來。」沒一會兒，屋內傳出低沈的聲音。

沈梨若吐了口氣，推開了房門。

凌夢晨正靠在椅子上看書，見沈梨若進來，便放下手中的書。「妳怎麼來了？」

沈梨若甜甜笑了笑。「今日我一時興起做了些點心，特來拿給你嚐嚐。」

凌夢晨的鳳眼閃過一陣亮光，嘴角也揚了起來。「謝謝。」

沈梨若打開食盒，將碗端到他面前。「這是我小時候母親教我做的，你快嚐嚐好吃不？」

「嗯。」凌夢晨深深看了沈梨若一眼，舀了一勺吃了一口。

「好吃嗎？」沈梨若問道。

「好吃。」凌夢晨點了點頭。

「真的。」沈梨若雙眼亮晶晶地望著凌夢晨。「那趁熱吃完。」

「好。」

看著凌夢晨一口一口將酒釀丸子吃下肚，沈梨若嘴角揚起。為了這特殊的酒釀丸子她可是下了不少功夫，不僅糯米和紅豆都用酒泡了一個時辰，連甜酒釀都加了一般的兩倍，此外還加了一些香料遮掩酒味。

很快一碗酒釀丸子便見了底，凌夢晨的臉已經有些泛紅，他甩了甩頭問道：「這點心叫什麼名字？」

「這個啊……」沈梨若嘴角一勾。「這是我娘親家鄉的小吃，叫酒釀丸子。」

「哦，酒釀丸子，酒……」凌夢晨忽然一頓，迎上沈梨若戲謔的笑臉，驚詫問道：「這裡面有酒？」

見他變了臉色，沈梨若心中竊喜，但表面卻不動聲色。「凌大哥，你放心，這裡面只有一點點酒，不礙事……」

話還未說完，便見到凌夢晨原本有些泛紅的臉色瞬間通紅，身子搖了搖，一軟便倒在了地上。

啊？這就倒了？沒有胡言亂語，沒有打滾胡鬧，就這樣倒了？

沈梨若愣了好一會兒，見他仍無反應，頓時急了，急忙蹲下身子，搖著他的手臂喚道：「凌大哥，凌大……」

沈梨若剛喚了兩聲，躺在地上的人忽地睜開眼，在她剛鬆了口氣時。他右手一伸，沈梨若的手腕便被捉住，一扯一拉之間，她便被帶入他的懷中。

在她的驚呼聲中，凌夢晨左臂一環，圈住她的腰，用力將她壓在胸前，身子一翻，轉瞬間便將她壓在身下。

沈梨若只覺得一陣天旋地轉，頭便磕在地上，還來不及感受後腦勺的疼痛，硬硬的鬍子便扎到了她的臉頰。沈梨若瞪圓雙眼，凌夢晨深濃如墨的劍眉下，一雙長長的鳳眼半眯著，映上她呆愣驚慌的臉孔。

沈梨若一顆心怦怦直跳，只覺得現在的凌夢晨陌生又危險，下意識挪了挪四肢，想掙脫出去，可他壓得太緊，她嘗試了好一會兒也沒有移動分毫，只得僵直著身子，小聲支吾著：「凌……凌大哥……」

「嗯……」凌夢晨的頭重重壓在她的肩上，軟軟的聲音傳來。

凌夢晨顯然已經喝醉了，就這樣將她當作床墊，全身的重量都壓在她的身上，讓沈梨若覺得喘不過氣來。「凌大哥，你喝醉了……快起來！」

凌夢晨咕噥了一聲，挪了挪身子，沈梨若正在暗自慶幸之時，他卻將頭靠在她的肩窩裡，尋找了一個最舒服的姿勢，不動了。

沈梨若頓時欲哭無淚，這才是偷雞不著蝕把米，人沒整到，反把自己栽了進去。

隔了一會兒，見他還沒有動靜，沈梨若也急了，這孤男寡女的，還是這種姿勢，萬一留春或是其他人走進來，那她有一百張嘴也說不清了。

她奮力掙扎著，身上的人好似極為不滿床墊怎會動來動去，於是撐起手臂，抬起頭。

沈梨若見狀忙道：「凌大哥，快起來，我扶你去床上……」

誰知她還未說完，腰部的手臂猛地收緊，見那亂糟糟的鬍子湊了過來。「不起來。」

「嗄？」沈梨若張大了嘴。不……不起來了？

這人原來喝醉酒後不是發酒瘋，不是醜態畢現，而是喜歡將人當床墊……剎那間，沈梨若彷彿明白了木易提起這事時的怪異眼神，試想，若是他喝醉時身邊是個男人……沈梨若頓時打了個寒顫，那場面可真夠震撼的。

就在沈梨若胡思亂想的時候，凌夢晨吸了吸鼻子，咕噥道：「好香。」

香？哪裡香？沈梨若一愣。

「香……」凌夢晨的頭靠在她的耳側，左手輕輕撫著她的秀髮，喃喃道。

直到耳朵感受到他呼出的氣息，沈梨若才反應過來他說的香，是她的髮香，一張小臉紅得彷彿要滴出血。

「你快點起來！」沈梨若急了，奮力地掙脫出雙手，推著他的胸膛。

「不要！」凌夢晨低語。

緊接著，她的耳垂處便觸到一個軟軟的東西，像甜甜膩膩的桂花糕，柔柔、濕濕的，帶著一絲絲小心翼翼。沈梨若渾身一僵，腦中一團如亂麻。

撫在她髮上的手臂轉而扣住她的後腦，他軟軟的嘴唇夾帶著淡淡酒味，慢慢從耳垂欺上臉頰，往她的嘴唇而來……

就在他快親上她的嘴唇時，沈梨若猛然瞪大眼睛，如從夢中驚醒般，頭使勁一側，逃開了他的親吻。她不知哪來的力氣，雙手雙腳死命地掙扎，慌亂間竟將凌夢晨掀側了身子，她大喜，立馬手腳並用從他身下鑽出去，連滾帶爬跑出了屋子。

一晃眼，這幾日沈梨若便待在屋內，連三餐都是留春端進屋內用的，一時倒像是在沈府那大門不出、二門不邁的日子。此舉，驚得留春還以為她身體有恙，慌慌張張地要找大夫，是沈梨若費盡了口舌才糊弄過去。

不管她心中那股難以言明的感情是不是愛慕，兩人終究只是萍水相逢，最多也只能算是朋友，而那日之事，歸根究柢都是她自作自受，實在怪不到凌夢晨身上。

再說上一世，她好歹也是個成親多年的已婚婦女，男女之間的事她清清楚楚，加上死過一回，她的心志比尋常女子堅強許多，不會被親了一口就尋死覓活，心中明白歸明白，但一想到自己被占了便宜，沈梨若心中極為不快。

再者，她實在不知凌夢晨醉酒之後還記不記得那日之事，若是不記得還好；若是記得，那見到他時，自己這張臉該往哪兒擱？所以沈梨若便當起了縮頭烏龜，躲在屋子裡逃避。

這幾日凌夢晨也沒來找她，自從前幾日許四的手傷完全好之後，便央求凌夢晨收他做徒弟。凌夢晨雖然答應教他一些防身的武技，卻不承認師徒關係。這幾日，天還未亮兩人便去了後山。

沈梨若倚著窗子，似笑非笑地望著眼前一身火紅嫁衣的留春。

「小姐，怎麼樣？怎麼樣？合身不？」留春撫了撫身上的衣裙，緊張問道。

沈梨若摸著下巴，看了看滿臉洋溢幸福氣息的留春，笑道：「美，漂亮，簡直是豔光四射！我保證成親當日，許四掀開蓋頭，一定會被妳迷得神魂顛倒……」

「小姐……」留春紅著臉跺了跺腳。「您就知道笑話我……」

「怎麼會？」沈梨若忍住笑，正色道：「我說的可是人實話。」

兩主僕正談笑著，忽然院子裡傳來一陣清脆的嬉笑聲。

沈梨若瞅了瞅窗外那堆鶯鶯燕燕，嘴角抽了抽。

自從木易來了之後，每日幾乎全村的未嫁少女都會準時前來報到，歡聲笑語、嬌言嗲語絡繹不絕。

而木易每日流連於眾女之間，簡直是樂此不疲：這個柳眉杏眼，那個粉面桃腮；這個貌比西施，那個豔賽貂蟬，直哄得這些沒什麼見識的農村少女飄飄欲仙，嬌笑連連，簡直將木易當作天上之謫仙，地上之潘安，讓她這小院再也沒有平靜過。

正在這時，一陣富有節奏的鑼鼓聲忽然響起，由遠而近。

發生了什麼事？沈梨若揚了揚眉，這節奏三短一長，乃是村裡有大事或有重要事情宣布，召集全村人集合時奏起的。

「小姐……」

「妳留在這兒把嫁衣換了，我出去看看。」沈梨若扔下一句便走了出去。

沈梨若走出院門，便見到外頭黑壓壓地圍了一圈人，木易和那些鶯鶯燕燕也在其中。

「什麼事？」沈梨若碰了碰旁邊一個農婦的手臂。

「不清楚。」農婦搖了搖頭。「只知道來了幾個衙役，村長便敲鑼打鼓地把咱們叫出來了。」

「該不會是誰犯了事吧？」一名老農插嘴。

「不會吧，咱們這兒又沒那潑皮閒漢。」另一個農婦也插嘴。

隨著「咚！咚！」兩聲，剛才還議論紛紛的眾人閉上了嘴，因為這表示村長有事宣布。

村長姓黃，大約六十歲年紀，身材瘦弱，留著一把長長的鬍鬚，站在人群中央，寬大的衣裾翻飛，反倒像一名仙風道骨的遊方道士。

第二十三章　驚聞選秀

「安靜！安靜！」黃村長抬了抬雙手，大聲道：「今日召集大家前來，乃是有要事宣布。」說到這兒，他頓了頓，朝身側的幾位衙役拱了拱手。「幾位官爺，請！」

其中一個滿臉橫肉的衙役向前一步。「皇上有旨，為充盈後宮，宮裡篩選秀女，所有十三歲至十八歲尚未婚配的女子全在此列。」

「選秀？這可怎麼是好？我家閨女今年十六……」

「我家外甥女也才十五……」

剛說到此，周圍眾人便爆發出一陣哀聲。

選秀？記得上一世選秀之時，她和劉延林已經成親，不在甄選行列，倒是沈梨焉匆匆忙忙定了門親事嫁了，讓二夫人整整幾個月都在為女兒的婚事簡陋而叨唸，可如今……沈梨若心中一緊，她怎麼把這茬兒給忘了。

「都給我閉嘴！」衙役兩眼圓瞪，喝道：「大人有令，所有符合條件的女子十五日內必須收拾妥當，去錦州參選！若是發現有人耍花樣，哼！可別怪咱們哥兒幾個的拳腳無眼！」

說到這兒，他轉過頭喝道：「村長！」

「是、是！」黃村長連忙應聲。

「給你十日時間，把所有符合條件的女子名單給交上來，準備好後我們來拿。」衙役冷哼一聲。「要是沒準備好，哼！」

「是、是！官爺放心，小的一定準備好。」黃村長點頭哈腰。

「那就好。」衙役點了點頭，一揮手。「咱們走！」

待衙役的背影消失在人們的視線中，周圍的人頓時如炸開了鍋。

「村長，我閨女又黑又醜，這選秀……」

「去去去，你也知道你家閨女醜，送去也選不上，我家閨女水靈靈的……村長……」

「村長，我姪女今年才十四，還不懂事……」

村長被眾人扯來扯去，只覺得一身老骨頭都快散了架，忙憋紅了臉大叫「安靜」，奈何中氣不足，沒幾下便被淹沒在眾人七嘴八舌中。

選秀！十三至十八歲！沈梨若傻愣愣地呆在原地，這……這可如何是好？

她今年不過十六歲，正在甄選之列，一想到皇宮，沈梨若心中就一緊，她可不想這美好自由的下半輩子就困在這世上最大最危險的牢籠中。

沈梨若回到家後呆呆坐在椅子上，心中一團亂麻。留春倒是無妨，她本是沈家的婢女，入了奴籍，不在選秀範圍內，可她……

而留春來回踱著步子，一臉焦急地唸道：「怎麼辦，怎麼辦……」

她走到沈梨若身邊。「小姐，早知如此，還不如當初再求求老夫人讓咱們留在陵城，也總比在這個人生地不熟的村莊好，就算要臨時找人嫁也好找啊……」

陵城？陵城？沈梨若靈機一動，猛地站起道：「留春，拿上銀子，跟我走！」

「都這時候了，去哪兒？」留春一愣。

「待會兒妳就知道了，快走！」沈梨若說完走出了房門。

木易搖著扇子躺在院子的躺椅上，瞇著眼睛望著天空，一副悠閒愜意的模樣。

凌夢晨和許四跨進院子時見到的便是這副情景。

凌夢晨掃了眼四周，沒瞧見往日的鶯鶯燕燕，有些詫異地瞥了眼木易，便往屋內走去。

剛走幾步，耳邊便傳來木易的聲音。「甭進去了，九妹妹和留春出去了。」

「出去了？」凌夢晨停下了腳步，望了望已經漸晚的天色，詫異問：「去哪兒了？」

「我怎麼知道。」木易聳了聳肩。「兩人急匆匆出去了，留春這飯也還沒做呢……」

剛說到這兒，外面便響起了一陣女子的哭泣聲。「爹，我不嫁給表哥！我要參加選秀，我不嫁！不嫁！」哭聲幽幽，讓聞者憐惜。

選秀？凌夢晨一愣，急忙走到門邊，向外望去。

只見一個嬌小少女的身影正在不遠處奮力的掙扎，一名中年男子正拚命拽住她。

那掙扎的少女，幾人倒也認識，她名叫李蘭兒，雖然皮膚泛黑，但五官秀麗，身材窈窕，在這小村莊也算是個美人，是平時圍在木易身邊的女人之一。

李母在一旁抹著眼淚勸道：「女兒，妳早已和君兒訂親，怎能說不嫁就不嫁呢？」

「我不管！我不管，表哥又窮又醜……」女子哭道。

她話還未說完，李父手一揚，一巴掌搧到女子的臉上。

「你這是作甚？」李母拽住李父的袖子。「好好說便是，這傷了臉，明日怎麼出嫁？」

「好好說有個屁用？」李父雙眼一瞪。「她分明是中了魔障，放著君兒這老實、肯吃苦的誠實人不要，偏要異想天開當富貴奶奶。前些日子不要臉地纏著那姓木的小白臉，現在怎麼著，又想進宮了……」

見幾人鬧騰，木易聽了奇道：「這選秀而已，他們怎麼搞得自家女兒要進鬼門關似的？」

許四望了望木易，撇了撇嘴道：「你說得輕巧，這選秀是為了給皇帝爺選宮女。古往今來，最終能出頭的又有幾個？若是出身官宦人家，起碼有靠山有財力，巴結巴結裡面的太監姑姑還有好日子過，這些普通人家的閨女進了宮，那還不是得……」說到這兒，他一頓，驚叫道：「糟了，那小姐和留春……」

凌夢晨也皺了皺眉。「選秀？幾時的事？」

木易聳了聳肩。「就今日下午，說是所有十三歲至十八歲尚未婚配的女子全部進入候選名單。」

「什麼？」凌夢晨還未出聲，許四便叫道。

木易翻了個白眼。「你急什麼？留春入了奴籍，選不上的，再說留春的嫁衣都準備好了，大不了提前辦喜事就行了。」

凌夢晨蹙起眉頭。「她們出去多久了？」

「她們？出去已有大半個時辰了。」木易愣了一下。

正在這時，虛掩的門開了，沈梨若和留春走了進來。

「小姐。」許四一見急忙問了聲好，便走到留春身邊擔憂地問道：「留春，妳們去哪兒了？那選秀……」

「放心。」留春笑了笑。「我和小姐已去找過村長，我們的戶籍都在陵城，桂慶這邊管不了我們。村長已經答應不會將小姐和我列入候選名單。至於陵城的官差，這個時候又怎麼有空到桂慶來管我們兩人。」

許四一聽，頓時鬆了口氣。「那就好，那就好。」

沈梨若笑了笑。「許四，有我在，你媳婦跑不了的。」

頓時，許四黝黑的臉頓時泛紅。

「九妹妹，雖說村長答應不將妳報上候選名單，可這秀女篩選乃是縣衙操辦，一個小小的村長又能作何保證？」木易沈吟了一會兒，正色道。

「小姐……」留春一聽，神色擔憂。

「放心，哪有這麼多意外。」沈梨若扯了扯嘴角。

木易嘿嘿一笑。「不過九妹妹也不用著急，若是出了差錯，我倒是不介意，咳咳，當這個夫婿人選……只要一成親，選秀什麼的自然煙消雲散。」

「你想得美！」留春一聽頓時瞪大了眼望著木易。「我們家小姐怎麼可能嫁給你。」

「我再怎麼說也風流倜儻，英俊瀟灑……」

木易話還未說完，突然覺得一股刺骨的寒意從背脊升了上來，轉過頭正好迎上凌夢晨眼中的陰寒，不由得退了一步，訕訕笑道：「說笑，說笑而已。」

凌夢晨瞥了木易一眼，望向沈梨若正色說道：「若出了何事，找我！」

說完，便轉身進了屋。

找他？找他作甚？望著凌夢晨消失的背影，沈梨若一怔，難不成他有門路讓她躲過選秀？

正想著，耳邊傳來留春的嗤笑聲。「小姐，凌大哥的意思是他願意當咱們家的姑爺！」

「胡說！」沈梨若滿臉脹得通紅。

姑爺？

難不成他真是這個意思？沈梨若頓時只覺得一顆心怦怦直跳，好半天沒有恢復正常。

接下來的幾日裡，吹吹打打的聲音便沒停下來，把村裡的兩個媒婆累得快斷了氣，可就算如此，嫁人的風波依舊連綿不絕，有幾戶人家沒找到媒人，也不再講究，給女兒穿件紅衣、披個蓋頭，便送到男方家裡。小戶之家沒權沒勢，不敢違背官府，唯一的法子就是趁名單還沒報上之前將女兒嫁了。

這嫁了女兒的人家自然是歡天喜地，可沒找到親家的則是愁雲慘霧。村莊雖然不大，也還有五、六十戶人家，適齡的女子怎麼也有四、五十個，可這男人除了娶老婆的、老的、牙沒長齊的，合適的也就那麼幾個，這還不算隔壁村女子前來搶的。

一時間，村裡的單身漢頓時成了香餑餑，走到哪兒都有一群人圍著、供著。以前想娶個媳婦，誰不得準備好房子、糧食、聘禮，低聲下氣、點頭哈腰地走到女方家去陪笑臉……生怕岳父大人一個不滿意，媳婦就沒了。現在可好，什麼都不用準備，有得是人捧著錢、備好糧食、準備好新房求著自己娶他家女兒，而且不止一家，由著自己選，倒讓這群單身漢足足威風了一把。

在這女多男少的情況下，終於一個家境不好、老求不到女婿的人家怒了；由老爹舉起扁擔開路，老娘舉著掃把護法，兄弟扠著腰殿後，女兒羞答答地走在中間，對著某男一指，頓時老爹揮舞扁擔，老娘舞動掃把掃開所有障礙，幾個兄弟衝上去揪住某男，一家人便把這女婿搶了回去。

這一下頓時炸開了鍋，求娶大賽立馬變成了搶親大賽，以迅雷不及掩耳的速度在周圍蔓延，凡有單身男子出現在路上，只要不是頭頂生瘡、腳底流膿、面目可憎的，立馬會有人將其搶到家裡成親。

木易這幾天的日子也極為不好過，原本溫柔可人的美人們各個化身成母老虎，帶著家人對他進行圍追堵截，木易空有一身武藝此時也沒了作用，每日東躲西藏，恨不得在他那張引以為傲的俊臉劃上幾道疤痕……還好沈梨若的屋裡有個地窖，使他有地方躲避那群急著出嫁的鶯鶯燕燕。

至於凌夢晨，因村中傳著他和沈梨若早已私定終身的謠言，所以村民倒也沒打他的主意。

這一日便是村長交名單的日子，可老村長硬是被堵在了屋裡，出不了門，這幾日他們家的門檻都要被人踩破了，無論白天黑夜都有人在他們家門前守著、叫罵聲、哭泣聲、哀嘆聲沒消停過……而屋裡面他的婆娘、媳婦每天也哭哭啼啼、撒潑耍混，想將她們姪孫女、姪女的名字從秀女名單中劃掉。

老村長氣得全身發抖，罵自己的婆娘和兒媳婦，罵桂慶的衙役，最後連皇帝老子都罵上了，嚇得婆娘兒媳婦停住了哭泣，急忙衝上去捂住老爺子的嘴，生怕這大逆不道的話被人聽到。老村長愁啊，別人只知道罵他，怨他，可他有什麼辦法？這名單雖說由自己報上去，可這整村子人的名冊都在桂慶縣衙的戶籍檔案裡存著，他這交名單不過是走個過場，減少點縣衙老爺們的工作量。

先不提老村長家的麻煩事，沈梨若家這時也遭了殃，隨著時間的流逝，村民們也越來越恐慌，直到村中乃至附近的男人都紛紛娶了老婆之後，剩下有閨女的人家終於瞄準了沈梨若家裡的單身男人。

一大堆人將沈梨若家院門圍了個水泄不通。

一人擠在門邊道：「裡面的小哥兒，我家雖然只有五十來畝地，可我家有一個作坊，雖然不是大富大貴，但也不錯，若是娶了我家閨女，我們不要聘禮，而且保證嫁妝豐厚。」

另一人高聲道：「小哥兒，我爹生前可是個秀才，我家閨女知書達禮、眉清目秀、溫柔嫻淑……」

話還未說完，一個女聲便高叫道：「小哥兒，只要你願意，我家兩個閨女都可以娶走！」

許四奮力頂著院門，留春不時掏出手絹為他擦著頭上的汗水，不知是累得還是嚇得；而凌夢晨也是皺著眉，沈著臉防止有人翻牆而入。

沈梨若張著嘴瞪著眼，見過嫁女兒、賣女兒的，卻沒見過如此白送外加倒貼的，今日她倒是長見識了。

「唏嚓」一聲，不堪重負的大門發出了一聲脆響，沈梨若心中發緊，急忙轉頭望了眼凌夢晨，雖說村中早有謠言，可今日如此情況，免不得有人病急亂投醫，看來得將木易放出來轉移這些人的注意力。

正想著時，門終於受不了眾人的蹂躪壞了，一群人出現在眾人眼前，有男有女，有老有少，推推搡搡，嘰嘰喳喳，望著許四和凌夢晨就像是貓見了老鼠一樣，兩眼放光。

眾人一窩蜂地衝了進來，瞬間便將沈梨若和留春擠在角落裡，一些頭髮斑白，滿臉皺紋的老爺子、老奶奶們也格外英勇，四肢並用，枴杖齊飛，奮力地在人群中擠著。

「小哥兒，我家女兒今年十五……」擠在許四身邊的一個中年婦人抓住他的胳膊。

許四一聽大驚，連忙掙脫著搖頭。「不行，我馬上就要成親了。」

「沒關係，沒關係。」中年婦人忙道：「到時候你順便把我女兒娶了就是……」

「讓開！」一名壯漢伸手將中年婦人一推，湊了過來，滿臉笑容。「我女兒才是生得貌美如花，你若點頭，做小都沒問題。」

眾人拉扯著許四，七嘴八舌，群情激憤地推銷著自家的女兒或孫女，不僅讓許四急得滿頭大汗，旁邊擠不進去的留春也氣得直跳腳。

而凌夢晨這邊人數要少得多，只有七、八個圍在他一步之遙的地方。

「凌小哥……不對，大哥！」一個身材健壯的漢子愁眉苦臉地看了看那邊黑壓壓的人群，吸了口氣，壯起膽子上前半步。「我女兒今年十七，嗯，雖然年紀大了點……」

他話還未說完，凌夢晨兩眼一掃，冷冷說道：「不要！」

話中的冷意讓壯漢縮回了腳步。「大……大哥，我知道你和沈姑娘……不過沒關係，我家女兒願意做小。」

「我說了，不要！」凌夢晨皺著眉。

壯漢還欲再說，頭上便被敲了一記。

轉頭一看，一個頭髮花白，身體瘦弱的老爺子三步併作兩步衝到凌夢晨面前。「我孫女，今年十四，配你正合適。」說到這兒，便一把抓住凌夢晨的胳膊。

「這位老爺子，我……」

「怎麼，當我孫女婿難為你了？」老爺子拉著臉。

凌夢晨哭笑不得地看著這個抓住自己、站著都顫巍巍的老頭，想甩開又怕不小心摔了他，只得皺著眉。「老爺子，這成親總得你情我願才是，這強嫁逼娶……」

「什麼你情我願，現在什麼時候了？再晚點，我那如花般的孫女就要被送去宮裡了。」老爺子兩眼一瞪。「老夫認定了你，不拜完天地、入了洞房就別想走！至於你父母啥的，入了洞房後，老夫再陪你去解釋！」

凌夢晨張著嘴，一滴冷汗從額頭上滴了下來：這樣都成?!

沈梨若見幾人圍在凌夢晨周圍只是小心翼翼的試探，本來還有些幸災樂禍、看熱鬧，如今卻見不知打哪兒冒出一個老爺子不按牌出牌，拽著就不鬆手了，頓時她也急了。

她對凌夢晨的感情一直說不清、道不明，可是如今眼睜睜見著他要被拉去當別人的相公，只覺得心中翻江倒海，是什麼連她自己都說不清楚。她現在只有一個念頭：他不准娶別的女人，至少現在不能。想到這兒，她提起裙襬便衝了上去。

眼角瞄見沈梨若黑著臉，急匆匆跑來的身影，凌夢晨嘴角一揚，眼角露出一絲笑意，故意頓了頓。「老爺子，讓我娶你的孫女也不是不行。」

「真的？」老爺子頓時兩眼放光，一張滿是皺紋的臉頓時笑開了花。「你想要什麼？」

旁邊的幾人一見凌夢晨如此輕易便鬆了口，後悔得直跺腳，紛紛湊過來道：「哥兒要什麼條件，我們家付雙倍。」

「滾開你，我們家付三倍——」

第二十四章　他是我的

正在吵吵嚷嚷間，忽然一陣飽含憤怒的吼聲響起。「什麼條件都不行，他是我的！」

說完她一把推開眾人，扯開老爺子的手臂，攔在凌夢晨身前瞪視著眾人。「他是我的！」

「小姑娘，他可是我先看中的。」老爺子一臉不豫。

其餘幾人也七嘴八舌起來。

就在沈梨若手足無措的時候，一雙有力的手臂攬住了她的腰，往後一帶，她的背便靠住了一個溫暖的胸膛。

「大家先別急，聽我把話說完。」她頭上傳來飽含笑意的聲音。

難道他真想娶那些女人？沈梨若覺得一股怒氣衝上胸口，憋得難受，她掙扎著仰起頭，狠狠瞪向那張可惡的臉。

凌夢晨扣緊了手臂，似笑非笑地看了眼沈梨若。「乖，別動。」

「要我娶你們家的女兒或是孫女，只要……」他頓了頓，抬起頭望向一臉喜意的眾人。

「只要她——我未來的夫人同意便成。」

未來的夫人？沈梨若心一顫，抬起頭正好對上凌夢晨促狹的笑容，一張小臉頓時脹得通紅。

「沈……沈姑娘，妳看可不可以……」

還來不及羞澀，沈梨若望著逼近的眾人，拉下臉喝道：「不行！」

「可是……」

見眾人不願散去，沈梨若眼珠一轉。「各位，雖然他不能娶你們的女兒或孫女，但大家不用失望，我家還有一位未婚男子，長得風流倜儻，英俊瀟灑。」

凌夢晨先是一愣，眼睛閃過一陣笑意。

「沈姑娘說的可是木公子？」先前說話的壯漢道。

「不錯！」沈梨若笑著點了點頭。

「可是，木公子不是去了外地嗎？」旁邊一位婦女插嘴。

「噓！大家小聲點。」沈梨若放低聲音。「我可以帶他出來，但你們得答應不能再糾纏我們。」

「那是自然，那是自然。」眾人紛紛點頭。

「那好。」沈梨若笑了笑，扯住凌夢晨的衣襟往下一拉，在他耳邊低語幾句。

凌夢晨嘴角上揚，似笑非笑看了眼沈梨若，點了點頭。「真是個調皮的丫頭。」

低沈的聲音如此溫柔，長長的鳳眼中透露出前所未有的寵溺，沈梨若的心跳頓時漏跳了幾拍，忙低下頭，白皙的頸脖染上了一層粉紅。

直到他的腳步聲響起，沈梨若才抬起頭，攔住想跟去的眾人，大聲喚來留春。

「小姐。」留春噘著嘴，望著被眾人重重圍住的許四，急得直跺腳。

「別急。」沈梨若拍了拍她的肩頭，小聲低語幾句。

留春先是一愣，接著雙眼閃過一陣亮光。「小姐，您真聰明。」

沒一會兒，一個帶著疑惑和不安的聲音由遠而近。「凌……凌兄，你把我抓出來做什麼？」

凌夢晨和木易的身影出現在眾人的面前。

就在這時，留春深吸一口氣，接著氣沈丹田，高昂的女聲壓過了所有人。「你們未來的女婿在這裡，在這裡！」

頓時所有人轉過頭，無數雙眼神剎那間射向了風度翩翩的木公子。

不過，現在的木公子已經沒有了平時那風流倜儻、溫文爾雅的模樣，他背後的衣襟被凌夢晨抓住，正張著嘴、瞪著眼，一臉的呆樣。

「是那姓木的。」

「不錯、不錯，我認識他，我家閨女天天叨唸他。」

「還以為他去了外地，沒想到藏在了這裡。」

不知是誰帶了頭，一群人頓時推推搡搡衝了過來。

「兄弟，保重。」

凌夢晨鬆開手，在木易錯愕的眼神中，右手一推，頓時木易一個趔趄，往前衝了幾步才穩住身形。他剛回過神來，便迎上了滿臉紅光的眾人，顧不得咒罵凌夢晨，便撩起下襬撒丫子跑了出去。

「凌夢晨！你給我等著！」遠遠地，木易氣急敗壞的聲音傳來，綿綿不絕。

夜晚。

今日是月中，一輪滿月掛在天空，為整個大地灑下一片淡淡銀光。

沈梨若倚在窗邊，遙望著迷人的夜空。

「想什麼呢？」一個低沈而熟悉的聲音在耳邊響起。

沈梨若的臉頓時發燙，吞吞吐吐說道：「沒……沒什麼。」

自今日白天那句「他是我的」脫口而出之後，沈梨若的心就一直七上八下，每次對上凌夢晨那似笑非笑的鳳眼，她就恨不得就地挖個洞鑽下去，再也不用見到那滿臉鬍子的臉。

「這麼晚了，還不睡？」凌夢晨慢慢向沈梨若走來。「難道因為心中有事而睡不著？」

「誰……誰說的？」沈梨若心一跳。「我有沒有心事要你管。」

她本想義正詞嚴斥喝走他，沒想到話一出口卻軟綿綿的，反倒如嬌嗔般，只得暗罵自己沒用。

「我睏了。」她說完，便往屋子跑去。

誰知剛跑了兩步，左手便被一隻大手拽住，沈梨若身形一頓，抬起頭正好對上他深邃的鳳眼，蕩漾著讓人心動的光華。

「你……你有何事？」沈梨若說得結結巴巴。

「我說妳該不會想反悔吧。」凌夢晨笑了笑。

「反悔？反悔什麼？」沈梨若張口結舌。

看著她的模樣，凌夢晨一陣氣悶，他怎麼就看上這麼個沒心沒肺的丫頭。

凌夢晨往沈梨若身邊蹭了蹭。「我的親親娘子，妳今日可是當著那麼多鄉親父老的面說我是妳的人，現在難道想不認了？」

他話音剛落，沈梨若頓時跳了起來，嘴唇劇烈地抖動著。「你……你胡說！」

凌夢晨低下頭，沈梨若甚至能感到他呼出的氣息噴到自己臉上，一顆心怦怦直跳，呼吸急促起來。

「你……你站遠點。」她垂著頭，伸出手在他的胸口上推著。

可是剛推了兩下，雙手便被一隻大手包裹住，接著下巴被人扣住。

她頓時一驚，急忙側過頭，接著溫暖滑潤的唇落到了她的唇角。

來不及抱怨那硬邦邦的鬍子扎在臉上的不適感，那火燙的觸感頓時讓沈梨若的臉脹得通紅。

他吻她？

他竟然吻她！

沈梨若不由得又急又羞，悶悶說道：「放開！」

「我不！」他帶著笑意的聲音在耳側響起。「我的若兒似乎不喜夫君的親吻，上一次也是這般側過頭，真不乖。」

來不及反對「夫君」二字，沈梨若便被他的「上一次」三個字震得腦袋發暈。

上一次？

剎那間，他吃下酒釀丸子的事頓時出現在腦海裡。

沈梨若一雙眼睜得老大。他記得！他竟然記得！

她立馬抬起頭，狠狠瞪向了凌夢晨，沒想到在她抬頭的一瞬間，他溫暖的唇便準確覆在她的唇上。

「唔……」感覺到唇上溫暖的觸感，沈梨若呆呆地看著近在咫尺的臉孔。

「把眼睛閉上！」感到殺風景的眼神，凌夢晨叼住她的上唇道。

深沈嘶啞的聲音將她處於混沌的思緒拉了回來，頓時又羞又惱擺了擺腦袋。

「小丫頭，乖，閉上。」凌夢晨瞇著眼睛，看著滿臉潮紅卻還不忘鬧彆扭的沈梨若，嘶啞的聲音無比溫柔。

「我偏不！」沈梨若回嘴。

就在她張嘴的一瞬間，一隻大掌猛然扣住她的後腦勺，同時靈巧的舌頭便滑了進來，在她的嘴裡肆意掠奪著。

沈梨若全身一僵，腦子裡一片空白，任由他和她的氣息交纏，舌緊密地纏繞在一起，直覺得全身發軟，一股酥酥麻麻的感覺延伸到四肢百骸。

沈梨若前世和劉延林做了五年的夫妻，對男女之事並非毫不知情，但這一吻中的甜蜜卻是她前世從未經歷過的。

直到凌夢晨離開她的唇，她才發現自己不知何時癱倒在他的懷裡，被他的雙臂緊緊禁錮著。

望著月光下懷抱中的人兒，白皙的臉紅得似火，隱隱帶著羞惱，而被他品嚐的紅唇半張著，透露出誘人的氣息。

凌夢晨不由得緊了緊手臂，真想再好好品嚐品嚐那令人流連忘返的銷魂滋味。

沈梨若不知哪來的力氣，一把推開凌夢晨，捂住嘴，只覺得那張可惡的臉上的笑意好生礙眼，又氣又惱之下，伸手抄起身旁几子上的茶杯便向他扔去。

奈何瘦弱力小，茶杯還未碰到凌夢晨的衣衫便被他一手抓住。

「哼！」沈梨若咬了咬嘴唇，跺了跺腳便往屋內跑去。

腳步剛邁出去，手臂便被人拽住，他戲謔的聲音便在耳邊響起。「想謀殺親夫啊！」

「你……胡說！」沈梨若掙了掙手臂，惱道。

凌夢晨晃了晃手上的茶杯。「壞丫頭，這麼快就想不認帳？那可不行！我還等著妳負責呢。」

「負……負責？」沈梨若差點兒沒被自己的口水嗆到，他占盡了便宜還想讓她負責？

「是啊，夫人。」凌夢晨鳳眼含笑。

「誰是你夫人？」沈梨若掙不開手，只得瞪他。

「夫人，妳看妳親也親了，抱也抱了……」

兩人正糾纏著，忽然一陣急促的腳步聲響起，伴隨著留春的呼喚聲傳來。

沈梨若全身一僵，不知哪來的力氣，掙脫了凌夢晨的手，轉瞬間將他推到牆角。

就在這時，門砰的一聲被人打開，留春慌慌張張地跑了進來。「小姐、小姐，不好了！」

沈梨若連吐了幾口氣，才讓臉上的滾燙慢慢淡下來，她理了理衣衫道：「怎麼了？」

「剛剛黃村長派人來……」留春喘著粗氣。「您的事不成了！」

「我的事？」沈梨若先是一愣，接著臉唰地一下變得雪白。「妳是說選秀女……」

「不錯！那人說，有人將您的事告到了衙門，村長在回村的半路上就被衙役帶回去了！」留春道。

「什麼？」沈梨若的腦子頓時一片空白，身子搖搖欲墜。

凌夢晨急忙上前幾步，一把扶住沈梨若。「先別慌！咱們還有時間。」

他的聲音不大，卻堅定有力，沈梨若的心也安定了不少。

她連連點頭。「不錯，就算官差要來抓人也得等到明日，咱們還有時間，讓我好好想想，好好想想。」

不要慌，不要慌，會有辦法的。沈梨若在心裡默默唸著。

重生至今，雖然有很多不確定之事，可她都心中有所思量，但未曾有過這次的手足無措。她一直想方設法要離開沈家，擺脫劉延林，為的不過是找一個平凡良善之人、自由自在地過一生，可如今天意弄人，竟然讓她碰上了選秀入宮?!一想到要進入那個猶如黃金打造的牢籠，她就不由得打了個冷顫。

不行！她不能坐以待斃！

看著沈梨若陰沈著臉在屋子裡來回踱著步子，留春看了眼站在一旁的凌夢晨，忽然靈光一閃正準備說話，便聽到一個低沈的聲音響起。「我娶妳！」

沈梨若的腳步一頓，身子明顯僵了僵。

「對啊，小姐，只要您和凌大哥成親，那就不用去參加選秀了！」留春一掃先前的驚慌，滿臉喜色。

沈梨若低著頭，沈吟了好一會兒才慢慢抬起頭。「婚姻大事，不是兒戲，你無須為了幫我……」

「小姐，您在說什麼?凌大哥……」留春急道。

沈梨若抬起手止住了留春的話，她知道凌夢晨雖然樣貌平凡，但從相識至今的相處，這個看似大咧咧的男子已悄然闖進了她的心。若是換一種情況、換一個環境，她聽到這句話或許會無比歡喜雀躍，可如今她卻退縮了……作為一個女人，就算前世受盡了傷害，她仍打從心裡希望能被心愛的男人光明正大娶進門，在長輩、親友的祝福下嫁為人婦。

對上凌夢晨真摯堅定的眼神，沈梨若心中有的卻是一股不確定感，相識至今他對她所知甚詳，而她對他的瞭解僅僅限於名字。他的家人，他的背景……一切的一切她都毫不知曉，除了一個木易……而能和木易成為至交好友的人，又豈能是普通平凡之輩？可他……沈梨若望著眼前這無比熟悉、卻普通得猶如村裡農夫的臉……

「妳在胡思亂想什麼？我從不把婚姻大事當作兒戲。」凌夢晨恨不得把眼前這彆扭的丫頭狠狠教訓一頓，卸掉她全身的防備，讓她依靠自己。

沈梨若只覺得腰部被一隻手臂緊緊禁錮著，她抬起眼，正好看見那張大鬍子臉慢慢靠近。

沈梨若心中一跳。「你……你幹什麼！留春在……」

「留春？早走了。」凌夢晨道。

「啊？」沈梨若掃了眼四周，果然周圍已沒了留春的身影，就連屋門也不知何時關上了。

「怎麼？丫頭，妳怕了？」凌夢晨戲謔的聲音響起。

「走開！我……我怕什麼了？」沈梨若推了推他的胸膛，這種姿勢讓她感覺渾身不自在。

怎知，攬在她腰上的手臂不僅沒有放鬆，反而一帶，她的身子便靠上了他胸膛。

「還是這樣感覺最好。」凌夢晨摸了摸她柔順的秀髮。「梨若，我是認真的，嫁給我吧！」

沈梨若頓時一愣，只覺得一顆心怦怦直跳，歡喜？興奮？擔憂？還有那滿滿的幸福感一起湧上心頭，剛要掙扎的身子也停了下來。

「妳就這麼不信我？」頭頂上傳來柔柔的聲音。

沈梨若靠在他的胸膛，感受到那強而有力的心跳，好一會兒才喃喃道：「我……我……」

「妳想說什麼？」凌夢晨扳過她的身子，俯下頭盯著她的眼。

「我除了你的名字，什麼都不知道……」沈梨若垂眸。

——未完，待續，請看文創風101《吉時良緣》下

肥妃不好惹 棠茉兒著

全套三冊

穿越便罷，偏偏這王妃不僅沒人緣，還肥得令她震怒！
這會兒她既要忙著減肥，還得應付那些想害她的瘸腳妃妾們，
最衰的是，她根本不愛王爺夫君啊！嗚～～想想她也太冤了吧……

文創風 089 上

有這副肥到走幾步路就喘的身子，
她還能成啥事啊？
別說王爺夫君厭惡她、
整個王府中沒人將她這王妃放在眼裡，
就連她自個兒攬鏡自照，
都很想一把掐死自己算了！

文創風 090 中

蛤？林側妃吃了她代人轉交的糕點後，
就中毒暈死過去了？
呿，這簡直是笑話！
她若要下毒，
會親自出馬讓人有機會指證嗎？
這種搬不上檯面的小兒科手段，
根本是在侮辱她若靈萱的智慧嘛！

文創風 091 下

若靈萱沒想到自個兒瘦下來、臉上的紅疤又治好後會美成這樣！
這下可好，不僅夫婿看她的眼神愈來愈曖昧兼複雜，
就連小叔對她的愛意也是愈來愈藏不住，害她一時左右為難啊～～

天才廚藝美少女遇上天下最挑剔刁嘴的美少年

重生的試煉．穿越的新鮮
人情的溫暖．溫柔的情意
精緻烹煮的美食佳餚，佐以專一的愛情調味，
引得你食指大動、會心一笑……

食全食美 全套八冊

真情流露派寫作大手／尋找失落的愛情

文創風092 **1**
她對愛的癡傻竟換來寧氏全族遭到滅門之禍。
既然老天爺讓她重生，她定要好好的活一回！
從此，她不再是那個不解世事、爹疼娘寵的嬌嬌女，
她求爹答應教她廚藝，憑著過目不忘及異常靈敏的味覺，
她肯定能成為世上獨一無二的名廚。
她要避開前世所有的禍端，守護所有的親人。
她要看清楚所有人的真面目，不再受人欺瞞。
但容瑾這男人卻是她看不明白的，遇上他，她就上火……

文創風093 **2**
這個寧汐，是長得像個精緻的娃娃似的，模樣討喜，
但她不饒人的小嘴和倔強的性子，他領教得可多了！
哼！她想山高水遠不必再見，他偏不如她的願，
要知道少了她在眼前晃，他生活可就太平淡無聊了……

文創風094 **3**
這容瑾自大自傲，說話又毒辣，可實在太俊美了，
他只要淺淺一個微笑，都會令少女心神蕩漾。
不過迷戀他的少女之中可不包括她。
但看著他運用聰明才智地將鼎香樓炒得火紅，
她心生佩服之餘，覺得他的毒辣似乎沒那麼難忍了……

文創風095 **4**
容瑾的出身、絕美的容貌、睿智才情……
看得愈多，就愈明白他真有高傲狂妄的資格。
她配不上出身高貴的他，可他老是來撩撥她的心，
連夜探香閨這種事他都做得出來，她根本拿他沒轍……

文創風096 **5**
在他心裡，這寧汐什麼都好，就是太招人喜歡的這點不好！
迷了他就算了，還迷了一堆男人，
惹得他老大不痛快，吃不完的飛醋！
看來他下一步要籌劃的就是怎麼樣儘快娶她進門……

文創風097 **6**
寧汐知道大皇子想要的是她身上所具有的神奇異能，
她不想嫁入皇室當妾，更不想容瑾為了她衝動惹禍。
如果能平安地度過這次的危難，她願意早點嫁給容瑾……

文創風098 **7**
不能怪他性子急，娶妻這事他是一天也不想忍了！
心愛的女人遭人覬覦的感覺真是糟透了。
只要寧汐還沒娶進門，他就名不正、言不順，
無法大方地行使他作為丈夫的權益！

文創風099 **8** 完
這次容瑾真的無法低頭了，瞧他把她寵成什麼樣？
他全然地對她坦白，她卻藏著自己的秘密，
還是關於另一個男人的，這下更是氣極了！
婚後最大的爭執於是展開，冷戰就冷戰吧……

宅鬥界新天后／不游泳的小魚傳授宅鬥、宮鬥終極奧秘！

望門閨秀

全套七冊

嫡女出口氣　姊妹站起來——

百年大族、詩禮傳家，但宅門裡可不是風平浪靜；她一個小小姑娘，上鬥祖母、姨娘，下鬥不長眼的僕人，還要小心不懷好意、摸不清底細的姊妹，更要護住母親平安，唉，大小姐真的好忙啊……

文創風 082 1

她這嫡長女怎能過得比庶女還不如？
該她的，自然要拿回來；
怎知人太聰明也不對，
竟然因此受人青睞，
兩位世子突然搶著求娶她？！

文創風 083 2

這紈袴公子非她心中良人，
況且她還沒過門，
他府裡小妾已經好幾房，
但她既然是他明媒正娶的妻，
就得聽她的，讓她好好整治侯府——

文創風 084 3

本以為嫁給葉大公子不是個好歸宿，
還沒培養感情，
就得先處理妾室、婆婆，
但他成了丈夫卻乖巧得很，
事事以她為重，簡直是以妻為天……

文創風 087 6

俗話說小別勝新婚，
葉成紹才離開多久，她便思念得緊，
可他在兩淮辛苦，
她也不能在京城窩著，
也是要為兩人將來盤算一下……

文創風 085 4

人說在家從父、出嫁從夫，
但她還沒確定丈夫的真心，
可是不從的；
不過只要他心中只有自己，
那什麼都好說了……

文創風 088 7 完

做個大周的皇太子是挺不錯，
但若這皇太子過得不如意，
也不必太眷戀；
此處不留人，自有留人處，
天下可不只大周才有皇太子可當啊……

文創風 086 5

相公的身分是說不得的秘密，
知情的和不知情的，都緊盯著他倆，
這要怎麼生活啊？
不如遁到別院去逍遙，
順便賺點錢……

文創風 071 4

相公生得俊美無比又腹黑無敵，
她孫錦娘也不差，
宅鬥速速上手，如今更能使計設陷阱，
一步步靠近幸福將來……

文創風 073 5

才剛過一陣子舒心日子，
陰謀詭計又接連而來，
當真是應接不暇，
不過他們小倆口也不能任人欺凌，
如今也要將計就計，反將一軍……

文創風 077 6

王府掩藏了十幾年的秘密，
終於一一水落石出，但傷害依舊，
因此她更堅定地要愛，
愛相公、愛家人，
用愛反擊一切陰謀！

文創風 078 7 完

終於能見到相公站起來，
玉樹臨風、英姿凜凜，
教她這個做妻子的多驕傲，
等了這麼多年，經歷各種離別，
他們總算能看見
最終的幸福日子……

文創風 100

吉時良緣 上

國家圖書館出版品預行編目資料

吉時良緣 / 百里堂著. --
初版. -- 臺北市 : 狗屋, 民102.07
冊 ; 公分. --（文創風）
ISBN 978-986-328-098-9（上冊：平裝）. --

857.7　　　　102011360

著作者	百里堂
編輯	黃淑珍
校對	黃鈺菁　黃薇霓
發行所	狗屋出版社有限公司
地址	台北市104中山區龍江路71巷15號1樓
電話	02-2776-5889～0
發行字號	局版台業字845號
法律顧問	蕭雄淋律師
總經銷	知遠文化事業有限公司
電話	02-2664-8800
初版	102年7月
國際書碼	ISBN-13　978-986-328-098-9
原著書名	《重生之名門閨秀》，由瀟湘書院（www.xxsy.net）授權出版

定價250元
狗屋劃撥帳號：19001626
網址：love.doghouse.com.tw　E-mail：love@doghouse.com.tw